穏やか貴族の
休暇のすすめ。

A MILD NOBLE'S
VACATION SUGGESTION

9

著
岬

TOブックス

もくじ

穏やか貴族の休暇のすすめ。 9
A MILD NOBLE'S VACATION SUGGESTION

CONTENTS

イラスト：さんど
デザイン：TOブックスデザイン室

A MILD NOBLE'S
VACATION SUGGESTION

CHARACTERS

人物紹介

リゼル

とある国王に仕える貴族だったが、何故かよく似た世界に迷い込んだ。全力で休暇を満喫中。冒険者になってみたが大抵二度見される。

ジル

冒険者最強と噂される冒険者。恐らく実際に最強。趣味は迷宮攻略。

イレヴン

元、国を脅かすレベルの盗賊団の頭。蛇の獣人。リゼルに懐いてこれでも落ち着いた。

ジャッジ

店舗持ちの商人。鑑定が得意。気弱に見えて割と押す。

スタッド

冒険者ギルドの職員。無表情がデフォルト。通称"絶対零度"。

ナハス

アスタルニア魔鳥騎兵団の副隊長。世話焼かれ力の高いリゼルと出会って世話焼き力がカンストした。

小説家

若い女性向けの作風を持つアスタルニアの新鋭作家。団長とは戦友。幼女(大人)。

宿主

リゼルたちが泊まる宿の主人。ただそれだけの男。"やどぬし"と読む。

105.

「〝ギルド主催・パーティ対抗団結力試し大会〟、ですか？」

「おう」

いつものように冒険者ギルドを訪れていたリゼル達は、依頼の受付手続き中に知らされたそれに首を傾げた。全く聞き覚えがないといった三人に、然《さ》もありなんとスキンヘッドのギルド職員が諦《あきら》めたように溜息《ためいき》をつく。

「ギルド長の思い付きで決まってな、昨日。急なもんだから参加者を急いで集めてんだ」

「それに俺達が？」

「お前らが出りゃ話題性的に客も集まりやすいだろ」

客寄せ扱いされている。

しかしアスタルニアの冒険者ギルドはギルド長の趣味なのか何なのか、面白いことをやるものだとリゼルは一つ頷《うなず》いた。以前、劇団〝Phantasm《ファンタズム》〟の団長から聞いた魔物の人気投票といい、船上祭《じょうさい》の迷宮品展示といい、国民へのアピールを欠かすことがない。

人気取りと言ってしまえば身も蓋《ふた》もないが、ようは〝血の気の多い冒険者だけど宜《よろ》しくね〟という事なのだろう。ただでさえ荒くれ者の集団、親しみを持ってもらうように越したことはない。

「でもこういうの、ジルが嫌がるんですよね」

冒険者的な知名度という意味で、最も客引きに向くだろう〝一刀《いっとう》〟。

どうだろうかとリゼルが隣をちらりと見れば、案の定《あんじょう》嫌そうな顔を返された。やはり無理かとほのほのと笑うリゼルに無理強いするつもりもない。どうしても出たい理由もないからだ。

「いや、出るだけなら二人から出れんだ。元々幾《いく》つか種目があって、パーティ内からその種目が得意な奴ら二人を選んで出てもらう予定だしな」

冒険者のパーティといえど人数はまばらで、規定人数を定めるのも難しい。ならば最低二人はいるんだしと、二人一組の競技だか種目だかで団結力を試す事にしたようだ。

「それ何すんの？」

「当日まで秘密だ。公平だしな、公平」

実はまだ決まっていないのではと勘繰《かんぐ》る三人の前で、職員が期待を込めたように顔を上げた。手続きが終わったのだろう、ギルドカードも返される。

「どうだ、出る気になったか？　参加料は銀貨一枚かかるからな」

「リーダー出てぇなら俺と出る？」

リゼルはギルドカードを手に、覗《のぞ》きこんできたイレヴンへと視線を返す。

基本的にノリの良いイレヴンはこういうのを嫌がらない。とはいえ特に目的もなければ積極的に参加したいと言い出すタイプでもないので、リゼルが出ないならば興味もないのだろうが。

にんまりと笑う相手に、微笑んでみせた。

「出てみましょうか、楽しそうだし」

「ん、りょーかい」

「ジルも見に来てくださいね」

「見るだけならな」

職員は力強く拳《こぶし》を握り込みそうになる腕を組んで、よしよしと頷いた。

明日の為《ため》に急ピッチで準備が進められているのだ、参加者や観客が集まらないなどとなっては寂《さび》しいだろう。元々が祭り好きの国民が多いとはいえ急な開催だ、目的を思えば観客は多ければ多いほうが良い。これで客引きには困らない。

「開始は朝十時の鐘だ、参加料はその時に集めるからな」

「分かりました」

開催場所などの簡単な説明を終え、職員はリゼル達を送り出した。

そして三人の後ろ姿を見ながら、ふと思う。仲が良いと言うと違和感がある気がするが、パーティを組んでいて仲違《なかたが》いしないのならば冒険者的には相当仲が良いだろう。実際、互いに互いを認めているのも見ていて分かる。

だが、それでも思ってしまうのだ。

「(あいつら団結力なさそうだよなぁ……)」

参加を促《うなが》しておいて何だが、どうにも個人主義の集まりで連携《れんけい》を取るようには見えないリゼル達。顎鬚《あごひげ》をなぞりながら何とも言えない顔をする職員は、さて明日はどうなるかと次の冒険者達の受付に向かうのだった。

海に面したアスタルニアの砂浜は、西側と東側に分けられている。海岸には王宮を中心に港が広がり、その更に外側に広がっているのが白い美しい砂浜だ。

普段ならば子供達が駆《か》け回《まわ》り、大人達も海に飛び込み、恋人達が練り歩く。そんな場所が今日は、老若男女問わず人に溢《あふ》れるイベント会場となっていた。砂浜のど真ん中には〝ギルド主催・パーティ対抗団結力試し大会〟と書かれた大きな旗が突き刺さっている。

「結構人が集まってますね」

「凄《すげ》ぇ宣伝してたしな」

呆れたように告げたジルに、リゼルは可笑《おか》しそうに笑った。

昨日、依頼を受けてギルドの外に出てから馬車の停留所に行くまで。其処《そこ》かしこでギルド職員が必死にこの大会を宣伝していたのを目撃している。宣伝内容に何故《なぜ》か早くもリゼル達の参加が上げられていたのが不思議だったが。

ギルドが呼んだのか勝手に集まったのか。観客のみならず屋台や歩き売りの陽気な騒《ざわ》めきとすれ違いながら、リゼル達は砂浜へと足を踏《ふ》み入《い》れた。

「サンダルの隙間《すきま》から砂が入って来てざりざりします」

「そんなモンっすよ」

ケラケラと笑うイレヴンに、そんなものなのかとリゼルは足元を見下ろした。

今までサンダルなど一度も履《は》いたことがない。革で作られたそれは素足《すあし》が見える作りをしていて、場所が砂浜だと聞いた時にイレヴンが用意してくれたものだ。しかし慣れないなと苦笑する。

勿論《もちろん》、イレヴンが用意したのはサンダルだけではない。今日という日の為に、砂浜で動き回っても違和感がない服装を彼は頭のてっぺんから足先まで全て用意してみせた。お陰《かげ》で今日のリゼルは僅《わず》かに足首も出ている。

「安っぽいカッコ似合わねぇんだもんなァ、リーダー。俺凄ぇ頑張《がんば》った」

「場違い感はなくなったんじゃやねぇの」

「でっしょ」

割と好き放題言われているような気もする、と思いながらもリゼルは周りを見渡した。

だが二人の言うとおり、参加する冒険者達は皆一様に装備を脱ぎ捨て軽装で、さらにアスタルニアの男達は普段から半裸《はんら》のような者も多い。確かにいつもの格好では場違いだったかもしれないと、素直に感謝する。

「有難《ありがと》うございます、イレヴン」

「気に入った？」

「勿論」

つい、と見分《けんぶん》するようにリゼルの服をつまんだイレヴンへ目元を緩《ゆる》めれば、満足げな笑みが返された。ぱっと離《はな》れた手が己《おのれ》の背で揺れる髪をぴんっと弾《はじ》く。

「で、どこ行きゃ良いんだよ」

「多分あっちだと思うんですけど」

「そこは観客っぽい」

リゼル達はそのまま、ぎゅむぎゅむと砂を踏みしめながら人の集まる方向へと向かった。砂浜に思い思いに座っているのは観客だろう、彼らの横を通り過ぎる。

「ジルは本当に出ないんですか？」

「出ねぇ」

「あ、でも参加登録だけでもしておけば近くで見れるみたいですよ」

観客と冒険者の間には特に仕切りもない。とはいえ炎天下《えんてんか》の下での見物はジルにとって不快だろうと、リゼルは砂浜に点在する休憩スペースを指さして見せた。

恐らく冒険者ごとに宛《あて》がわれるスペースだろう。絨毯《じゅうたん》が敷かれ、さらに布で簡単な日よけも作られている。海風もあるので、日差しを避《さ》けられるというだけで酷《ひど》く涼しそうだ。

普段から温暖なアスタルニアだが、今日が快晴という事を差し置いてもやけに暑さを感じてしまうのは砂浜効果か。

「どうですか？」

「……登録だけする」

ジルは暑さに負けた。

「はーい大会に参加する冒険者の方はこっちでーす！　まもなく参加募集を締め切りまーす！　早くー！　お願い心変わりしないでー！」

その時、やけにこちらを凝視《ぎょうし》しながら声を張り上げるギルド職員の姿を見つけた。

「リーダー俺飲みモン買ってくる」

「甘くねぇの」

「分かってるって」

「先に登録だけしておきますね」

恐らく飲み物以外にも色々買って来るだろうイレヴンを見送り、リゼルは名乗るだけの参加登録と、さらに参加料を三人分渡した。

リゼルとイレヴンのみの参加だと聞いていたらしい。職員は銀貨三枚と二人を何度か見比べていたが、直前に参加を決めても参加できるぐらいのゆるさなので問題はないだろう。

「昨日の今日で、それなりの人数が集まるのが凄いですよね」

「お前も参加してんだろ」

「そうですけど」

そろそろ始まるのだろうかと、そんな事を話しながら二人が適当に空いているスペースへと向かっていた時だ。

「あっ」

「え？」

ふいに聞こえた声にリゼルは足を止めた。

見回せば好きな場所に座る観客や、砂浜を走り回る子供や冒険者の姿。しかし見知った顔はなく、気の所為《せい》かと首を傾けた時だ。ふいにジルに頭を摑《つか》まれ下を向く。

そこは自然と大会スペースと見学スペースの境界線が生まれ始めている一番前。麦藁のストローを咥《くわ》えてしゃがんでいる見覚えのある二人が此方《こちら》を見上げていた。

相変わらず仲が良いことだ、と微笑んだリゼルの前で、団長と小説家の二人組が尻を叩きながら立ち上がる。

「こんにちは、船上祭以来ですね」

「え？　あっ、う、うううううん、そうなのかな……ッ」

「今日は一緒で良かったなコンニャロッ……」

語尾を詰まらせながら何かに悶《もだ》える二人に、一体何がと思いながら目を瞬《またた》かせるリゼルの後ろ。ジルがそんな二人に呆れながらも、さりげなく視線を逸《そ》らす。

そして一通りジタバタして何かを発散したらしい団長達は、手に持っていたドリンクを飲み干して大きく息を吐いた。落ち着いたらしいと頷き、リゼルは会話を再開させる。

「今日は二人で見学ですか？」

「つーか場所を変えて打ち合わせだなコンニャロ。次の台本で冒険者もの書かせるから、冒険者見ながらなら何か浮かぶだろって見にきた」

「小説にも生かせるかなって。普段、あんまり堂々と冒険者見られる時ってないから」

脚本も兼任《けんにん》している劇団員と小説家、その所為かこの二人が揃《そろ》っている時は大抵仕事の話をしている。気は合うのだろうし、仲が良いのは確かだろうが、これで良いのだろうかと思わないでもない。

しかし何事も一生懸命なのは良いことだと、リゼルは一つ頷いた。

「今日出るんだね、応援してるかなって！」

「出るようには見えなかったけどな。頑張れよコンニャロ」

「知り合いに見られてると緊張しますね」

緊張など欠片《かけら》も感じさせせない笑みに、流石《さすが》だと団長らが深く納得した時だ。開始を仄《ほの》めかすギルド職員の掛け声が届き、リゼル達は団長達に再び応援の言葉を送られながら別れる。

そんな二人の去り行く後ろ姿を眺《なが》めながら、カシカシとストローを齧《かじ》る団長が零《こぼ》した呟《つぶや》きは幸いな事に隣の小説家にしか届かなかった。

「……あいつら絶対団結力ねぇだろコンニャロ」

「しっ」

誰しも思う事なのだろう。

そして、十時の鐘が鳴り響く。

観客も増え、そんな彼らに囲まれた砂浜の真ん中。そこに一人のギルド職員が歩み出た。全員を見渡せる位置で立ち止まり、手に握った魔道具を口元に当て、もう片方の腕を背中へ回す。

足を肩幅《かたはば》に開き、彼はすぅっと大きく息を吸った。ざわりざわりと熱気が高まる空気を胸一杯に吸い込むと、真剣な顔をして真《ま》っ直《す》ぐに正面を向く。

『本日は快晴に恵まれ皆様には益々《ますます》ご健勝《けんしょう》の……』

ぴたりと途切れた言葉は、直後に天を仰《あお》ぐ咆哮《ほうこう》と化した。

『なんて言うと思ったかオラァァ‼　盛り上がってるかアスタルニアァァァァ‼』

それは高まる期待を爆発させ、砂浜を震わせる程の大歓声を生んだ。

冒険者や観客問わず盛り上がるなか、リゼル達はというとその光景をのんびりと眺めている。敷かれた絨毯は魔力布だったらしく、ほんのりと冷えているのが心地良い。

イレヴンが買い漁ってきたアイスコーヒーを飲みながら、リゼルはひたすら周囲を煽《あお》っているギルド職員、その手の魔道具《まどうぐ》を見て口を開く。

「拡声器《かくせいき》も色々な形がありますね。カヴァーナで見た物とは全然違います」

「あそこは職人のオリジナルが多いんだよ。あれが一般的なんじゃねぇの」

「つっても大して出回るモンでもねぇじゃん」

「まぁな」

リゼルは成程《なるほど》と頷きながら、手に持つカップをくるりと回した。小さく氷同士がぶつかる音がする。

『今日の解説兼実況《じっきょう》はギルドの広報《こうほう》担当の私が担当いたします。それではまず、今回の大会の説明から行きましょう』

リゼル達は大体の説明を先日聞いているので、恐らく見物客の為《ため》の説明なのだろう。

一つの競技にパーティ内から二人選出すること。競技は幾つか行われること。ルールはその都度《つど》説明すること。余程の事でなければ反則行為とはしないが、揉《も》め事《ごと》は起こさないこと。

そして優勝者は、今日集めた冒険者達の参加費を総取りできるということ。

「そういえば賞品について聞いてなかったですね」

「間に合わなかったんだろ」

「勝った奴が総取りとか賭《か》け場《ば》みてぇ」

賞品を考える暇《ひま》などなかったらしい。

ギルドにしては参加費が高いと思っていたが、もしや銀貨だったのは賞金として見栄《みば》えが良いからか。何となくギルド長の発案な気がする、とリゼルは飲みかけのアイスコーヒーをジルへと渡す。

そろそろ最初の競技が始まりそうだ。

『それじゃあ一つ目の競技を発表します。その薄っぺらい脳みそに叩《たた》き込《こ》め冒険者共！』

流石はギルド職員というべきか。

冒険者相手でも容赦《ようしゃ》なく煽るし、ドスの利《き》いたブーイングを喰《く》らっても美しいまでの聞こえない振りを披露《ひろう》している。

『第一競技、その名も〝互いをよく知る借り物競走〟！　まず一人目が合図と共にスタートし、砂浜に並べられたカードを一枚ゲットしてください。カードにはそれぞれパートナーに関する問題が書かれていて、並びの左から右にかけて難度が高くなっています』

一人は走者。

後ろ向きに伏せた姿でスタート地点に並び、合図と共に駆け出して砂浜に並べられているカードを手に入れる。今まさに並べられていくカードは五枚、五組のパーティで競うようだ。

純粋な走力は当然だが、瞬発力も大きく影響するだろう。早く辿《たど》りついた者から簡単な問題を手に入れることができる。

『尚、カードは迷宮品です。不正解を叫《さけ》ぶと燃えるので分からなければパスしてください。結構貴重な紙なのにギルド長が使うって聞かないから！　あんま燃やさないで！』

訴《うった》えが切実だ。

もしかしたら昨日の今日でギルドの職員達はあまり寝られていないのかもしれない。テンションがおかしい。

『一人が答えたらもう一人の出番です！　カードの向こう側に三つの箱がありますね？　その箱の中から一枚紙を引いて、書いてある御題に当てはまるモノを見事借りて判定員の所まで持っていけば勝ちです！』

〝判定員〟と分かりやすいタスキをかけた職員が、箱の隣でヒラヒラと両手を振る。

借りてきたものが御題に沿うかどうかに判定があるのだろう。つまり、それが必要な程にアバウトなお題が書かれているということ。冒険者達は嫌な予感に顔を顰《しか》めている。

『ただ、三つの箱にも難易度があります！　一人目がカードの問いに正解できれば簡単、まぐれ当たり確証なし当たりなら普通、パスかハズレなら難しい箱を選ばなくてはなりません！　その判定はカードを見れば一目瞭然《いちもくりょうぜん》、正解すれば凄く光って、マグレでは凄く煙が出ます』

迷宮クオリティが惜《お》しみなく発揮《はっき》されている。

自分以外にも変なものを出す人がいるんだなと思うと、リゼルは少し心が楽になった。

『なのでパートナーの事を何処《どこ》まで知っているのか鍵になりますね。仲良きことは美しきかな！

じゃあ今から読み上げたパーティの代表二人は前に出てきてくださーい！』

一パーティにつき三回。総合的な順位はクリアまでの早さで決まるという。

正直、一人目が速かろうが遅かろうが数秒の違いしかないだろう。一番遅いものが一番難しいカードを引いたとして、正解さえ出してしまえば借り物で充分《じゅうぶん》に巻き返せる。

つまり、パートナーの関連問題に正解することが必須。参加する冒険者は誰もがその結論に達し、今更ながらに個人情報を交換し合っている。

そんななか、リゼルはさてと立ち上がりながらイレヴンを見た。

「イレヴンは走者と借り物、どっちがやりたいですか？」

「なんで選択肢あんの？」

「一応、と思って」

聞くまでもないだろうに、という視線がジルとイレヴンから注《そそ》がれた。

その間にも、解説の職員が参加する五組のパーティの名前を読み上げている。参加パーティが多いので三回一回りでは終わらない。組み合わせはギルドが適当にアミダくじか何かで決めているのだろう。

『そして二組目は例の三人組ー、例の三人組ー』

「俺達でしょうか」

「分かりやすいのかにくいのか分かんねぇな」

「パーティ名ないとちょいちょい不便ッスよね」

「一刀＋α《アルファ》」

「三人ズ」

「リーダーと赤黒い三人組」

戯《たわむ》れるように会話を交わしながら、リゼルとイレヴンは日差しの下へと出た。

眩《まぶ》しさに手で目元を覆《おお》うリゼルを、ぐっぐっと屈伸《くっしん》しながらイレヴンが見上げる。

「問題って何が出んだろ、リーダーに関する問題っつうこと？」

「いえ、誰が引いても良いようになってるでしょうし、〝パートナーの好きな色は？〟とかだと思います」

「俺それ知らねぇんだけど」

「もし引いたら、ぜひ当ててみてください」

悪戯《いたずら》っぽく目を細めるリゼルに、立ち上がりながらイレヴンもケラケラと笑った。

勝負は本気だからこそ面白い。そのうえで、そのほうが楽しいだろうと両者は思うのだ。

「じゃあジル、行ってきます」

「行ってきまァーす」

「ああ」

解説に集合を促され、二人はさくさくと砂浜を歩いていく。

楽しそうで何よりだとそれを見送ったジルが、少しぬるくなったアイスコーヒーを飲みながら〝あいつら団結力なさそうだよな〟と自分を棚《たな》に上げて考えていた事など知る由《よし》もなく。

『それでは一組目、準備が整ったようです』

フラッグを手に持つ職員が、胸と両肘《りょうひじ》をつけて砂浜に伏せるよう指示を出す。冒険者達は並ぶカードに足を向け、いつでも立ち上がれるように体勢を整えながら合図に備えた。

その中の一人であるイレヴンは、肘がついていれば良いのだろうと砂浜に頬杖《ほおづえ》をついている。砂が熱い、そんな事を思いながら赤いフラッグを持ち上げる職員を眺めていた。

それが下ろされた瞬間が、スタートの合図だ。

『大会の第一戦を飾る戦いが今、幕を上げようとしています！　注目はやはりあの三人組か！　パーティ名ないと凄く不便！』

そんな走者から少し離れた場所、リゼルは〝そんなこと言われても〟と思いながら三つの箱の前に立っていた。

リゼルからも、スタート地点に伏せているイレヴンの姿がよく見える。パタン、と時々足が持ち上げられて砂に落とされるのを、余裕《よゆう》な時に余裕ぶるのがらしいなと微笑んで眺めていた。

そしてついに、競技の開始が告げられる。

『じゃあ熱い戦いを始めるぞ冒険者共！　よーい………スタート!!』

勢いよく振り下ろされたフラッグに、冒険者達が瞬時に立ち上がる。

流石は冒険者というべきか。ほとんどタイムラグのない動きで振り返った彼らは横一線、しかしそこから一歩抜き出るようにイレヴンは既《すで》に走り出している。

起き上がりながら一歩目を踏み出す、あまりにも滑《なめ》らかな動き。それがどれほど洗練された高度なものなのか分かる者は少ないだろう。目視《もくし》できるかどうかの刹那《せつな》の動きだ。

「(速いなぁ)」

実際、リゼルもその程度の感想しか零せない。

だが、ずっとイレヴンを注視《ちゅうし》していたからこそ気付けた。彼の一歩目が、大きくズラされたように見えたのは。

『落ちたーー!!』

直後、イレヴン以外の冒険者が砂浜の中に落下した。

『これぞギルドが誇る一歩目の落とし穴! その油断が迷宮では命取りになるというギルド長の有難いお心遣いなので冒険者達は感謝するように!』

「引っ込め!」

「明日ギルドで覚えてろよテメェ!」

先程よりも険悪な野次《やじ》が飛ぶなか、リゼルはふと横を見る。

ひたすら細々とした雑用に追われていたギルド職員達が、今や落とし穴に落ちた冒険者達を指差して狂ったように爆笑している。もしや一睡《いっすい》もせず落とし穴を仕込んだ本人達だろうか。これには思わず見ていた者達もドン引きだ。

そうこうしている内に、余裕でカードまで辿りついたイレヴンが遠慮《えんりょ》なく一番難度の低いカードを拾う。そして手の中でクルリとひっくり返した。

【パートナーの名前は？（偽名・略称不可）】

『おっと此処《ここ》である意味予想どおりの人物がカードまで辿りついた！　二番から四番目は大して変《か》わり映《ば》えしませんが、一番目、五番目は特に難易度が顕著《けんちょ》です。間違いなく余裕で』

「パス！」

『パスしたーー!!　これは余裕の表れなのか！』

何も分からん、とイレヴンは一瞬も迷わず堂々とパスした。

これでリゼルは高難度の箱からお題を引かなければならないのだが、その前にとちょいちょいイレヴンを手招く。察したように駆けよってきたイレヴンの手にあるカードを覗き込み、思わず納得したように頷いた。

「これは仕方ないです」

「ん、だからリーダー頑張って」

「頑張ります」

他の走者らが穴から這《は》い上《あ》がるのを見て、リゼルはいそいそと箱の前に立った。

そして躊躇《ためら》いなく中の見えない箱に手を突っ込む。見えないのだから悩んでも意味がないだろうと、最初に手に触れた紙をそのまま引き抜いた。

折り畳まれた紙を広げ、探すべき借り物を楽しみにしながら中を見る。

「あ、これなら行けそうです」

安堵《あんど》したように微笑み、リゼルは迷いなく観客が集まっているほうへと向かう。

数多《あまた》の視線を一身に受けながらも気にせず辿りついたのは、先程まで言葉を交わしていた団長達の所だった。二人は張り切ったように色々なものを差し出してくれる。

「何が欲しいんだコンニャロ！　眼鏡《めがね》か！　台本か！」

「ペンかなっ、それともネタ帳かなっ」

「いいえ、小説家さんに一緒に来てほしくて」

微笑んで手を差し伸べるリゼルに、ここで照れるべき乙女はその手を力強く摑んで立ち上がった。出るからには勝つという気合いが目に見えるようだ。

そして判定員の元へと駆け出す小説家に、相変わらずだなとリゼルも引っ張られるままに続く。

周囲に微笑ましげに見られているのは、兄を引っ張る幼い妹にしか見えないからか。それで良いんだけど、とリゼルは満足げだ。

『さぁ一番乗りはリゼル選手だ！　果たして高難度を誇る御題は何だったのか！』

「では御題を見せてください」

判定員に促され、リゼルは御題の書かれた紙を渡す。


【詐欺師《さぎし》】

判定員はリゼルを見た。穏やかで清廉《せいれん》な空気が惜しげもなく醸《かも》し出《だ》されている。

判定員は小説家を見た。御題は小説家か、はたまたクリエイターかと意気込んでいる。

『おっと判定が出ない！　もしや御題に沿わないのか！』

「俺とほぼ同い年の小説家さんです」

『判定が出た！　リゼル選手借り物を無事成功だー!!』

判定員の手にある白と赤の旗、その内の白い旗がバッと上げられた。判定成功だ。

やっぱり小説家の職業が必要だったのか、と嬉しそうな彼女は真実を知らされないままにリゼルから礼を告げられ、意気揚々《いきようよう》と観客の中へと戻っていく。知らないで済むなら知らないほうが良いだろう。

近付いてきたイレヴンだけが、その御題を覗きこんで酷く納得したように頷いていた。

〝互いをよく知る借り物競走〟の二回戦は、対戦相手の組み合わせが変わるようだった。恐らく公平さを出す為だろう、三回もやれば組み合わせが被《かぶ》る事もあるだろうが。

流石に二度目ともなると落とし穴に引っ掛かるような者はいない。しかしイレヴンは変わらぬ一番手でカードまで辿りつき、やはり最も難度の低いカードを拾い上げた。


【パートナーの一番好きな色は？】

来た、と彼は口元を引《ひ》き攣《つ》らせる。

その話題がリゼルとの会話に上がった事はない。だが先程のような全くのノーヒントという訳でもない。何故ならばイレヴンは、リゼルが敬愛《けいあい》する異世界の国王を目にした事があるのだ。

問題は、果たしてどちらなのかということ。あの存在から視界に叩き込まれた色は二つ。圧倒的な存在感を示すように一点の曇《くも》りもない銀と、人の視線を自らに強制するような強い意思を宿す琥《こ》珀《はく》。星の色と、月の色。

以前、リゼルに酒を飲ませた時は琥珀に目を奪われていた。しかし一度だけ、銀の髪を目で追っているのを見た事がある。いや、リゼルは好みを目だと言っていた。だが、そんな単純だろうか。裏をかいてとかある気がする。しかしさらに裏をかいて。

イレヴンは完全に思考の罠《わな》に嵌《はま》った。

「……銀！」

『イレヴン選手の紙が燃えたーーーー！　勿体《もったい》ない！』

「ッだよもー!!」

惜しい、と苦笑するリゼルへと駆け寄り、イレヴンはその肩へとぐりぐり額を押し付けた。

リゼルの手が慰《なぐさ》めるように鮮《あざ》やかな赤の髪をなぞり、背に移動する。ぽんぽんと促すように叩かれて、不貞腐《ふてくさ》れきった顔を取《と》り繕《つくろ》うことなく持ち上げた。

「何でそんな不満そうなんですか」

「だってさァ！　これじゃ俺がリーダーに全然興味ねぇみてぇじゃん！」

「誰もそんなこと思いませんよ」

リゼルはブツブツと不満を漏《も》らすイレヴンに微笑み、その前髪をくしゃくしゃと掻《か》き混《ま》ぜてやりながら先程と同じ箱へと手を入れた。

他の冒険者も続々とカードへ辿り着き、正解したり外れていたりしている。意外と外す者が多いのは、たとえ同じパーティだろうと相手を詮索《せんさく》しないという暗黙の了解がある所為か。

何はともあれ手早く御題を引いて場所を空けなければと、悩む事なく一枚の紙を引き抜く。

「ん、今日は運が良い気がします」

リゼルは嬉しそうに告げ、先程と全く同じルートで観客の元へと向かった。

相変わらず、眼鏡か台本かペンかメモ帳かと協力的な団長達の前へ。今度は団長へと手を差し伸べれば、彼女は戯れるように完璧な淑女《しゅくじょ》の礼をもって掌《てのひら》を重ねてくれた。

だが直後、リゼルの手首を鷲掴《わしづか》んで判定員までダッシュするのだから、小説家と気が合うのも酷く納得できてしまう。

勝ちにこだわるのは良いことだとリゼルは何も気にしない。むしろ純粋な感心すら抱いていた。

『さぁ、借り物では二番手となるリゼル選手。一番手が判定を認められなかった今、一位抜けするチャンスです！』

「では御題を見せてください」

何処となく判定員が警戒しているように見えるのは気のせいだろうか。

リゼルは不思議に思いながら、折り畳んだ紙を手渡した。判定員が注意深くそれに目を通す。

【魔王】

判定員はリゼルを見た。自信ありげに一度頷かれる。

判定員は団長を見た。御題なんぞ知らんが拒否は許さんという目で睨《にら》みつけられる。

『やはり判定が出ない！　一体何が書かれているのか！』

「とある劇団で麗《うるわ》しき魔王役を演じている方です」

『判定成功だーー‼　高難度の御題を二問連続クリア！』

勢い良く上がった白旗に歓声が上がる。

小説家と違い、御題が気になったのだろう。一体なんだったのかと此方を見上げる団長に御題を見せれば、満更《まんざら》でもなさそうにニヤリと笑われた。不満に思われなかったようで何よりだ。

そして達成感に満ちた足取りで帰っていく団長を見送るリゼルの手元を、いまだ少し不貞腐れているイレヴンが覗き込む。

『正直、深夜テンションで決めた高難度を達成できる人がいるとは思ってもいませんでした！　まさかの二問連続クリアにギルド職員一同びっくりです！』

だよなぁ、とイレヴンは頷いた。

そして運命の三回戦。

イレヴンは危なげなく一番手でカードの元へと辿りつく。だが先の二回と違うのは、手に取ったのが一番右のカードだということ。つまり最高難度だ。

そもそも簡単だろうが難しかろうが分からないものは分からない。先程から見ている限り、むしろ応用の利いた出題のなされる難問のほうが正解できる可能性が高かった。

それに、難問をクリアして先程までの不正解をチャラにしようという思惑もある。リゼルと仲が悪いとか思われたら絶対嫌だった。

『おっと一番乗りなのにあえての最高難度！　最高難度は難易度だけでなく、心が削《けず》られる問題もあるので注意が必要です！』

イレヴンは拾ったカードを引っくり返し、にんまり笑う。


【パートナーの好きな所を十個言う】


「笑った時の目が甘いトコ！　肌すべっすべなトコ！　指先と爪の形が綺麗《きれい》なトコ！　意外と決断力あって潔《いさぎよ》いトコ！　頭の回転速いトコ！　髪の毛フワフワとサラサラの真ん中なトコ！　声聞いてて落ち着くトコ！　過小評価も過大評価もしないトコ！　俺のやる事に口出さないトコ！　やっぱり何だかんだで好き勝手やるトコ！　仕方ないなぁって笑った時の顔ーー!!　眩しッ」

『まさかのドヤ顔！　今まで誰一人としてクリアできなかった【相手の好きな所を十個】を即答な上にプラス一個の余裕も見せた!!　見た瞬間に砂浜に叩きつける者続出の問題相手に淀《よど》みない！』

機嫌《きげん》良さそうに髪をしならせ駆け寄ってくるイレヴンに、リゼルは満足そうだから良いかと苦笑して箱に手を入れた。本日三回目にして初めての正解の箱だ。

そして引いたお題は流石に簡単で、迷わずサクサクとジルの元へと向かう。盛大に嫌そうにしている彼を引っ張って判定員の前に立った。

「はい、どうぞ」

【黒いもの】というお題の書かれた紙を差し出せば、即行で白旗が上がった。


借り物競走を終えた冒険者達は、休憩スペースで次の競技を待つ。競技内容は発表されていないが、目の前で進められている準備を見ればおおよその予想はついた。

砂浜に等間隔《とうかんかく》で並べられた太い綱《つな》。そして綱の真ん中で左右を区切るように引かれた赤いライン。もしかしたら変則的《へんそくてき》なルールがあるのかもしれないが、まごうことなく綱引きの用意だった。

お陰で、時折そわそわしたような視線が周りの冒険者達からリゼルへと向けられる。だがリゼルは気にした様子もなく、すっかり温《ぬる》くなってしまったアイスコーヒーを飲んだ。

「綱引きですか……ジル、登録はしてあるし出ませんか？」

「出ねぇ」

「ですよね」

うーん、とリゼルは考える。

団結力というのなら、イレヴンと一緒に綱を引っ張れば良いのだろう。だが果たして、自身がどれ程の役に立つのか。どのパーティも力自慢を出してくるだろう、屈強《くっきょう》な冒険者の中からさらに選ばれた力自慢ともなれば、正直リゼルでは全く太刀打《たちう》ちできない。

さらには当のイレヴンも加えてジルも、リゼルを綱引きに参加させるのを微妙に嫌がっている節がある。あまりにも似合わない為にやらせたくないらしい。

「つっても二対一は流石に厳しいしなァ」

「ですよね。それに、折角の団結力なんだし一人参加は駄目だと思います」

イレヴンも細身には見えるが、純粋な力で他の冒険者に引けを取る事はない。ここにいる半数には力勝負でも恐らく勝てるというのだから、流石は獣の恩恵《おんけい》を受けているだけある。

とはいえ、それは他の参加者にも言えること。準備運動のように体を動かしている冒険者の中には、獣人《じゅうじん》の姿もちらほらと見えた。

「ジル、出ませんか?」

「出ねぇっつの」

「ニィサンならVS全員でも勝てんじゃねぇの」

「やらねぇよ」

すっかりと日陰に腰を落ち着けているジルは、呆《あき》れたようにリゼルの手から減った様子のないアイスコーヒーを取り上げた。代わりに渡してやるのは、借り物競争中に歩き売りの商人から買った冷たいレモン水。

「有難うございます」

「ああ」

リゼルはさっぱりとしたそれを一口飲み、ふと思い付いた。

ようは団結していれば良いのだ。誰が何を言おうと二人が協力していれば良い。ルールでは魔法禁止とも言っていなかったので、それならば問題はないだろう。

うん、と一つ頷いてレモン水をイレヴンへ回す。全部飲まれた。

そして、二つ目の競技である綱引きが始まった。

「これ、足場悪ィから結構キッツいんスけど……ッ」

「質量差もありますしね。頑張ってください、イレヴン」

『どう見ても団結力があるようには見えない光景だが良いんでしょうか！　団結力試し大会だというのにこの光景！』

イレヴンは今、一人せっせと綱を引っ張っている。

だが、いかにも体格の良い男二人を相手に勝負は互角。しかも本来ならば共に綱を引っ張るべきパートナーが隣に立ってひたすら応援している。何とも不思議な光景だった。

『ただ釈明《しゃくめい》だけさせてもらうと、リゼル選手も確かに参加しています！　事前に強化魔法の使用について質問され、ギルドはきちんと許可を出していますよ！　皆さん、彼は現在強化魔法使用中です！』

リゼルをフォローしてくれたのか、それとも大会の名目《めいもく》を保とうとしているのか。

解説を入れてくれた実況に微笑み、リゼルは詠唱《えいしょう》もなくイレヴンへの強化魔法を継続する。ジルにもイレヴンにも必要がなさすぎて今まで使った事はなかったが、リゼルもきちんと強化魔法を使えるのだ。

ちなみに魔法の効果は本来の身体能力に比例するので、リゼルが自分に使っても大した上昇は望めない。勿論ジル達に使えば相当な効果が見られるのだが、そうしたところで過剰《かじょう》戦力なのでやはり出番はなかった。

「妨害《ぼうがい》もあり、っていうのは聞いてますし」

リゼルは呟き、ちらりと対戦相手の二人組を見る。

実際、余所《よそ》では足元の砂を蹴《け》り上《あ》げて相手を怯《ひる》ませたりもしている。その後、高確率で乱闘になるので某職員の〝オヤジのラリアット〟が乱発されているのだが。

そしてリゼルはちょいちょいと指先を揺らし、強化魔法を切らす事なくもう一つ魔法を発動させた。無詠唱の同時発動。魔法に明るくないアスタルニアの面々では、何が起こっているのか分からないだろう。

「Enterrar《埋めます》」

「うおっ⁉」

ずぶり、と対戦相手の足元が沈む。

魔法だ魔法だと此方を指差してハシャぐ子供達の声を聞きながら、リゼルは相手がバランスを崩《くず》した瞬間を狙って強化魔法を強めた。そうすれば一気に勝負が決まる。

相手の冒険者達の身体が前のめりになった時を狙って、彼らの足元の魔法を解除した。前に立っていた冒険者の足が赤いラインを踏む。

『ここでまた一組、決着がついたようです！』

「お疲れ様です、イレヴン。手、痛くないですか？」

「ん、グローブ着けてたし。やっぱ強化魔法あると楽ッスね」

『まさか魔法を駆使《くし》して綱引きに勝利するとは思ってもみませんでした！　あ、こら参加してる二人以外が強化魔法使うな！　反則だオッサン行ってこい！』

だがしかし、団結しているのかどうかは微妙な勝利だ。


リゼル達はこの後も、団結しているのかよく分からないままに大会を楽しんでいた。

迷宮をなぞった暗号問題では、パートナーと協力して解くような問題をリゼルが一人かつタイムロスなしで解いた。『やっぱこの人凄ぇ頭良いわ』と思わず解説に素で呟かれた。

目隠しをしたまま砂浜に置かれたスイカをいかに早く割れるかという競技では、リゼルが何かを言う前に匂いを辿ったイレヴンが簡単にスイカを割った。最初、リゼルは彼がスイカの気配を察したのかと思った。そんな訳がない。

ギルドが用意した木製の武器を使用しての模擬《もぎ》戦《せん》形式では、二人の脚が片方ずつ繋《つな》がれたのでイレヴンがリゼルを脇に抱えて立ち回った。リゼルは抱えられながら魔法で援護《えんご》した。

そもそもリゼル達の場合、個々で動いたほうが効率の良い場面が多いのだ。適材適所で動けているといえば聞こえは良いが、それは裏返せば団結力を必要としないということ。

結果として、優勝はできたのだが。

「俺達にはこの優勝は相応《ふさわ》しくないみたいです」

そう苦笑して辞退したリゼル達を誰もが納得して受け入れた程度には、大会を使ってそれを証明してしまったのだろう。

106.

地下酒場、それは闇《やみ》に生きる者達が互いの存在を確認し合う場所。

アスタルニアに存在する地下酒場の数は一ともいわれるし十ともいわれる。本来なら存在さえ不確かなその場所の全てを把握《はあく》しようと思えば、たとえ地下酒場同士であっても困難を極めるだろう。それ程に厳重に隠《かく》され、そして知る者も容易《ようい》には語らない。

集まる者は多種多様。浅い所では街のごろつきや情報を求める冒険者、深い所では堂々と表を歩けない者やそれらと繋がりを持つ者など。何も知らずに足を踏み入れれば、何をされようと同情などされないだろう面々が集まる。

「…………此処か」

一人の男がいた。

姿は黒いローブに隠され、闇に覆われた港では全く窺《うかが》えない。深夜にもなれば所々に灯された篝《かがり》火《び》と、時折巡回《じゅんかい》する作業員の持つランプだけが闇から世界を映しだす。そんな場所で、巡回の目を掻《か》い潜《くぐ》りながら進む彼が辿り着いたのは、無数に立ち並ぶ倉庫の内の一つだった。

石造りの倉庫は特に他とは変わりなく、特別大きい訳でもない。しかし男は確信を持って扉へと手をかけた。闇夜の中でやけに耳に届く波の音、それに扉の軋《きし》む音が小さく紛《まぎ》れる。

「……」

倉庫の中は雑多《ざった》で、木箱や荷袋に溢れていた。

灯りもない倉庫の中を、男は足の裏の感覚だけを頼りにゆっくりと歩み出す。爪先が荷に触れれば立ち止まり、進路を変える。数度繰り返す内に、月明かりに眩《くら》んでいた目が闇に慣れ、足取りから迷いが消えた。一番奥の壁へと辿りつく。

壁に掌を当てれば、石の冷たさを感じて微《かす》かに眉をしかめた。そのままザラついた表面に手を滑らせる。微かな違和感さえ逃すまいと掌へと意識を集中していれば、ふいに指先に石壁とは違う感触を拾った。

それは壁に大部分を埋めた、極めて小さな魔石《ませき》。男は逸《はや》る心を抑《おさ》えるように細く息を吐き、魔力を流し込む。彼は特に魔力に秀《ひい》でている訳ではなかったが、ただ魔力に反応するだけの仕掛けならばそれで充分だった。

そして数秒の後。石同士が掠《かす》れる音をたて、床に空洞が現れた。地下へと繋がる梯子《はしご》が見える。

「……」

男は一瞬の逡巡《しゅんじゅん》もなく、梯子を握った。

梯子は大した長さではない。底に足をつけば、そこは酷く狭苦しい穴倉《あなぐら》だった。剥《む》き出《だ》しの岩肌に取り付けられた松明《たいまつ》が一つ、そして目当ての酒場に繋がっているだろう扉《とびら》が一つ。揺れる炎が岩肌を焼く匂いが不快で、男は迷わず目の前の扉を開く。

「イラッシャイ」

そこはランプの灯りのみに照らされた薄暗い酒場だった。

無秩序《むちつじょ》に置かれている幾つかのテーブルには数人の客。店の主から寄越《よこ》された挨拶《あいさつ》と同時に、彼らのがらんどうのような目が男を見た。新顔《しんがお》相手に値踏《ねぶ》みでもしているのか。

だが、それも男が足を踏み出すと散っていく。カードをばら撒《ま》き賭けに興《きょう》じる者、情報屋に金を積む者、ただ酒を味わう者、警戒を秘めてそんな彼らの間を縫《ぬ》うように店の奥へと進んでいく。

足を止めたのは、最奥に位置するカウンター。そこで一人酒を飲んでいる青年へ、男はしゃがれきった声で呼びかけた。

「少し良いか」

ざわり、と酒場がざわめく。

男は潜《ひそ》めていた警戒を露《あら》わに、視線だけで周囲を窺った。店の全ての視線が自身を見ている。それらが孕《はら》むのは緊張と好奇《こうき》、この地下酒場に辿り着くような闇の住人でさえ危険視するような相手に声をかけたのだと思い知る。

だが、そうでなくてはならない。店で唯《ただ》一人、振り向きもせず酒を呷《あお》る相手に、男は酷く慎重に口を開いた。

「情報を買いたい」

「俺、情報屋なんか名乗ったことねぇけど」

グラスに口を付けたままの青年が、空いた手を気だるげに持ち上げる。

そして振り返らないままに手首を返し、ピッと背後を指差した。その指の先に居るのは、男同様にローブで姿を隠した老人。今まさに誰とも知らぬ相手に大金を積まれ、値段相応の情報を与えている情報屋に外《ほか》ならない。

男はそれを一瞥《いちべつ》し、しかし少しも心動かされる事なく青年へと言葉を続ける。

「この国に限らず、周辺国の裏の情報に最も通じているのはお前だと聞いた」

そこでようやく、青年が男を向いた。

感じる視線に、男は無意識の内に半歩後退していた。恐怖とは違う異様に背筋がざわついた。

「誰から」

「……名前は知らない。他の地下で会った男だ」

青年の指が、コツリとカウンターを叩く。

「それ、どんな奴」

静かな声だ。まるで喉元《のど》にナイフを突き付けられたような重圧に、男はごくりと唾《つば》を飲む。

彼は間違いなく、男が口にした名も知らぬ誰かを殺すのだろう。激昂《げっこう》するでもなく、愉悦《ゆえつ》を感じるでもなく、ふと目の前を転がった塵《ちり》を片付けるように殺す。

だが、それを知りながらも男は躊躇わず口を開いた。それに対して何かを感じる心など既に持ってはいなかった。

「馬鹿みたいに笑う男だった」

裏の世界では善意が己を殺す。悪意が己を殺す。

信じれば殺される。信じずに殺される。与えては殺される。与えられても殺される。貴重な情報を与えてくれた相手が死ぬのも、ただ運が悪かっただけなのだろう。

ローブの下に隠された男の瞳は酷く淀んでいた。彼はもう、誰を犠牲にしようがどんな手段を取ろうが何も感じない人間になっていた。

「〝この酒場の酒が気に入って時々現れる、前髪の長い男がいちばんよく知っている〟と」

「あー……成程」

ふいに重圧が消える。

青年は酷く呆れたような、そして面倒そうな様子を隠そうともせずに深く椅子の背に身体を預けた。古ぼけた椅子が軋む音を聞きながら、男はその反応の真意を探るように眉を顰《ひそ》める。

前髪に隠された両目が何処を見ているのかは分からなかった。

「で、何知りてぇの？」

だが唯一《ゆいいつ》露わになった唇が、ゆっくりと嗜虐的《しぎゃくてき》な笑みを浮かべる。

「清廉で穏やかな男、黒くてガラの悪い男、それとも赤髪で獣人の男？」

男はぴくりと眉を上げ、何も言わずに彼を見下ろしていた。

青年が口にしたのは、まさに求めていたもの。だがアスタルニアに足を踏み入れたばかりの己の情報がすでに流れているとは思えない。情報屋とはそういうものだと言ってしまえばそれまでだが。

警戒を強めるべきか出直すべきか。男が平静を装いながらも口を開きかけた時だ。

「や、つってもさ」

それを遮《さえぎ》るように青年が言葉を挟む。

言うまでもなくわざとだ。煽られているのだろうと、男は苛立《いらだ》ちを抑え込むように唇を引き結ぶ。

「この人ら、有名どころだし。大抵の事はそこらの情報屋が知ってんだよね」

「誰に聞いても確証が得られなかったから此処に来た」

「へぇ……」

青年が指先で持ったグラスを揺らす。カラン、と氷の音がした。

彼は暫《しばら》く揺らしていたそれをカウンターに置き、招くように水滴に濡《ぬ》れた指を男へと向けた。どうぞ、と差し出された掌は話の続きを促しているのだろう。

細長く節ばった指は、情報屋にしては戦い慣れた人間の手をしていた。男は立ったままで目立つ事を忌避《きひ》し、二つ隣の椅子へと腰かける。

「赤髪の、蛇の獣人の情報が欲しい」

男はカウンターの上で両手を握り締める。

そうでないと激情に己を見失ってしまいそうだった。慟哭《どうこく》と共にこの場を飛び出してしまいそうだった。両手の爪が皮膚《ひふ》を突き破らん痛みが唯一、彼を椅子の上へと縫い留める。

「へぇ」

それを一瞥すらしない青年が、笑みを深めながら頬杖をつく。

「それ、いちばん怖いとこ」

青年は空になったグラスを弾く事で次を注文する。

言葉の割に表情は変わらず、むしろ愉快げであるのが異様だった。だが男は呑《の》まれそうになる感覚を振り払い、金貨の詰まった袋をカウンターへと叩きつける。

扱う情報の価値により情報料というのは容易《たやす》くその桁《けた》を変えるが、男が握り締めた袋にはどんな情報も買えるだろう額が詰まっていた。

「それは」

男は問いかけようとして、一度口を閉じる。

飲み込まれたのは、憎悪《ぞうお》の滲《にじ》む背筋が凍るような声。自らを落ち着けるように細く長く息を吐き、そうして再び零された声は元の陰鬱《いんうつ》なしゃがれ声へと戻っていた。

「奴が、ある盗賊団の頭《かしら》だからか」

それに対し、あまりにも平然と寄越された肯定《こうてい》に男は歪《いびつ》な笑みを浮かべ、さらに金貨をカウンターの上に積んでみせた。


金を積まれるがままに望まれた情報を与えた。

逸るように酒場を出ていった男を見送り、青年は浮かべていた笑みを嘲笑《ちょうしょう》へと変える。込み上げる愉悦を耐えるように俯《うつむ》けば、瞳を覆い隠す程に伸びた前髪が視界の端で揺れた。

「ッはは」

押し留《おとど》めるように口元を覆った手は然して意味をなさなかった。

思わず零れた笑い声がさらに笑いを誘う。笑い声というには外れた、いっそ殺意にすら感じさせるそれも、彼にとっては至って普段と変わりがない。

深く息を吸い、ゆっくりと吐く。それだけで容易に、名残《なごり》すらなく笑みは消えた。

「面倒事押し付けてんじゃねぇよ」

「マジごめぇーん」

ぽつりと零した声に返答があった。

青年の隣に、同じ年頃だろう一人の男が気安い雰囲気で座る。真っ直ぐに切り揃えられた艶《つや》やかな前髪と、悦楽の笑みに歪《ゆが》んだ瞳が印象的な男だった。

その男の登場を、酒場にいる誰もが気付かない。

「でも口封じしたったじゃぁん。途中で抜けた奴とかも、ぜーいん」

気付かないまま、息絶えた。

情報を求める男が出ていった時には確かに存在し、心臓を動かしていた客の全てが誰一人として例外なく血だまりへと沈んでいた。

男はカウンターの上に足を乗せ、椅子を揺らしながらゲラゲラと笑う。心から楽しいと、愉《たの》しいというような笑い声だった。

「へいマスター！　ウォッカぷりぃーず！」

カウンターの上に積まれた情報量という名の金貨の山を無造作《むぞうさ》に摑み、投げ捨てる。金貨は物言わぬ店主の死体へと降り注いだ。床に金貨が跳《は》ねる音が幾つも重なる。それを聞いた男が狂ったように笑っていた。

どうせ明日には新しい誰かが、何事もなかったかのように酒場を営業するのだ。何を気にすることもない。

「つーかぁ、アレ泳がすの？」

カタン、カタン、と椅子を揺らしながら男が告げる。

全員殺したと、そう口にしながらも彼が見逃した一人。それこそ、先程まで青年から情報を買っていたフードの男だった。

「普通アレじゃん、我らが頭《かしら》の秘密を知ってる奴は生かしておけぬ……みたいなさぁ」

「お前も殺さなかっただろうが」

「貴族さんむっずかしーんだもーん！」

カウンターに乗せた踵《かかと》を踏み鳴らし、男は一人盛り上がる。

そんな男に、両目を隠した青年は滅多にない同意を返した。今や動かぬ店主が作った最後の一杯を飲みながら、とある清廉で品の良い笑みを思い出す。

彼ら精鋭《せいえい》が〝貴族さん〟と呼ぶ存在は、のんびりとした印象に反して常に目まぐるしく思考を巡《めぐ》らせている。全てを見通していると言われても納得してしまう程、一つの言葉で百を動かし千を掌《しょう》握《あく》する人物だ。

その思考が一体、何処まで及んでいるのか。誰の何の行動が必要なのか。彼を狙う者達の動きさえ予定調和だとすれば、手あたり次第に潰す事すら適わない。見極めるのは、酷く難しかった。

「そこら辺テメェがいっちばん分かっし、お任せしまぁす」

じゃぁん、と勢いよく広げられた腕を、青年は鬱陶《うっとう》しいとばかりに叩き落とす。

しかし少しばかり感心もしていた。この隣に座った馬鹿みたいに笑い続ける男が、よくその結論に辿りつけたものだと。本来ならば思考を放棄《ほうき》して動き、何も考えず発言し、特に理由もなく殺しては楽しい楽しいと笑っている男なのだから。

「よく居んじゃーん、復讐者《ふくしゅうしゃ》っつうの？　でも頭《かしら》の正体まで知ってんのはレアっぽい？」

「死に損ねだろ」

「見られたら殺してんもんね、ぜーいん」

二人は一人の獣人の下についている。

赤い髪をしならせながら振るわれる剣は、相手を絶命させる事に特化する。眼光は暗く鋭く相手を嘲《あざけ》り、口元は歪んだ笑みを浮かべながらも退屈そうだった。たかが暇つぶしの盗賊業で顔が割れるようなリスクを負う真似《まね》など彼はしない。

狂人と常人の境目を正常な理性を以《もっ》て楽しんでいるような、恐るべき存在なのだから。

「一時期わざと逃がして軍とか呼ばせせんのハマッてたろ、頭《かしら》。そん時の奴かも」

「あーね！」

あれは楽しかったと男はゲラゲラ笑い、開いた口をそのままに笑みに歪んだ瞳を隣へ向ける。

「でもさぁ、流石に」

後ろ脚だけを支えに揺らしていた椅子を、彼は反動を殺そうとせず正位置に戻した。ダンッと椅子の脚が勢いよく床に叩きつけられる音が静かな酒場へと響く。

そのまま男は覗き込むようにカウンターへと頬を乗せ、青年へと片手を伸ばした。

「喋《しゃべ》りすぎぃ！」

直後、その手に小振りのナイフが現れる。

慣れた動きだった。あまりにも素早いそれが、グラスから顔を起こした青年の眼前を薙《な》ぎ払《はら》う。

グラスの上部が鋭利《えいり》に切断され、切り落とされたガラスがカウンターの上で跳ねた。

欠けたグラスから流れ落ちる酒が青年の手を濡らしていく。

「死にてぇなら一人で頭《かしら》に喧嘩《けんか》売ってくんなぁい？　マージかーんべぇーん」

情報を求めて青年へと辿り着いた男。

何年物の恨みかは知らないが、盗賊団の首領どころか周囲まで調べつくしていた。当然、それはお目当ての隣に立つ品の良い冒険者の事も。

彼に関する質問に、淀みなく答えていたのは外でもない青年だ。予想するまでもなく、一番手を出されればマズイところに手を出されるだろう。

「冷て」

青年は低い声で呟き、濡れた手を振り払うようにグラスを投げ捨てた。

グラスは正面の酒瓶《さかびん》が並ぶ棚に叩きつけられ、音を立てて砕《くだ》け散る。青年の隠された瞳が、いまだカウンターに頬をついている男を向いた。

「だからてめぇは空気読めねぇって言われんだよ」

「うっせぇ猫被《ねこかぶ》りぃ」

その隠された両目が弧《こ》を描く。

彼は濡れた手をカウンターへと押し付けるように拭《ぬぐ》った。艶やかな木目《もくめ》に幾筋《いくすじ》もの水跡が残るのを一瞥し、立ち上がる。

美味《うま》い酒が飲めないのなら、こんな血の匂いに溢れた場所になど用はない。

「平穏平和で穏やかなのんびり暮らしてぇなら、頭《かしら》なんざ身内に入れねぇだろ」

「つ・ま・り？」

「少しはご機嫌伺《うかが》いしろってこと」

口元に薄《うっす》らと笑みを浮かべた青年が、誰もいなくなった店内を出口へと歩く。

その後ろに男も続いた。心から面白い愉しいと言うように、成程成程と手を叩きながら大声で笑っている。

「さぁっすが貴族様！　あの人よーく笑うから俺だぁいすき！」

「つうか口狙うの止《や》めろっつってんだろうが」

「ツァハハハハ！　分ぁかってねぇなぁ！」

男はバッと両手を広げた。

切り揃えられた前髪を揺らし、観客などいないというのに大衆に向けるかのような立ち姿を晒《さら》す。

「The Life is Smile,Smile,Smiiiiile!!（泣き生まれたなら、死に笑え!!）」

地下空間に響く笑い声は、閉じられる扉に遮られ徐々《じょじょ》に小さくなっていく。

残された酒場には物言わぬ人々が横たわっていた。その口元は一人残らず無残に斬り裂かれ、歪な笑みを浮かべていた。


人影のない夜闇の中を、フードを被った男は逸る足取りで進む。

様々な感情が焼き切れて、酷く頭が熱を持っていた。しかし思考は何処までも冷静に沈んでいく。

そんな奇妙な感覚に歪んだ口元は、強いていうのなら笑みに近かったのだろう。

男が復讐を誓った日から、初めて浮かべた笑みだ。それも、本人に自覚がないままに消えてしまったが。

「やっとだ……」

呟いた声は静寂《せいじゃく》に溶けていく。

男はかつて冒険者だった。それはそれなりに付き合いの長い商人達の護衛依頼を受けての馬車旅、昼は時々魔物の相手をしながら雑談に興じ、夜は仲間と商人とで焚火《たきび》を囲い盛り上がるというありふれた日々の事だった。

そんな順調な道中が突如《とつじょ》終わりを迎えたのは、あと少しで目的地へと着くという時のこと。今でも鮮明に思い出せる。夢に見てはうなされる。Sランクになろうと笑い合った仲間達が、ならば今の内に唾をつけておくかと笑った商人達が、目の前で殺され抵抗《ていこう》むなしく殺され命乞《いのちご》いしては殺された。

「……ッ」

ズキリと痛む顔面の傷跡を押さえ、男は歯を食いしばる。

忘れるなと急き立てられるようだった。全て覚えている。

目に焼き付けた鮮やかな赤を。ナイフで抉《えぐ》られた片目から毒に侵《おか》された脳みそが音を立てて焼かれていく恐怖を。ぶちまけられた最下位の回復薬で痛みに気を失っては痛みに叩き起こされる永遠とも思える激痛を。

最後に聞こえたのは、何日で自分達を討伐《とうばつ》しに軍がやって来るのかを賭ける笑い声だった。

「苦しめ」

呟く。

「苦しめ、苦しめ、苦しめ」

呟き続ける。

自分と同じ苦しみを味わえば良い。親しい者を傷つけられる苦しみを味わえば良い。

得られた情報は少ない。しかしおおよその情報は他の情報屋から得ていた。あの地下酒場でしか得られない情報など幾つもない。

復讐さえ終わってしまえば金銭に意味などないのだ。無一文《むいちもん》になろうと問題はない。出し惜しむ理由もない。この為だけに他者を陥《おとしい》れながら蓄《たくわ》えた金だ。

「くるしめ」

男は歩みを止める。淀んだ目はただ足元へと向いていた。

影《かげ》すら満足に作らぬ黒の地面へ、映し出すように思い浮かべたのは事前に調べを付けていた穏やかで品の良い顔。その幻影へと一切の躊躇《ちゅうちょ》なく苦痛を刻み込む。そして踏みにじるように歩みを再開させた。

タイミングを図《はか》らなければならない。一刀には太刀打ちできず、復讐対象に手を出すにも己では力不足だ。穏やかな男が一人になった所を狙うのが良い。

大衆の前で盗賊を匿《かくま》っていた事を露見《ろけん》してやろう。奴らを追われる身へと貶《おとし》めよう。そして穏やかな男を自身と同じ目に合わせて奴へと思い知らせてやれば良い。

男は高揚《こうよう》と疲労が入り混じったような息を吐き、陰鬱とした足取りで闇の中へと姿を消した。

リゼルはその日、もはや馴染《なじ》みとも言える酒場にいた。

顔見知りとなった常連に誘われた際は、拒否することなく席について会話に混じる。話題が専《もっぱ》ら自分達の事ばかりなので、少しは周りの話も聞きたいと思っているのだが。

今日も港の作業員達の仲間に入れてもらい、一人だけ水を飲みながらスジ肉の煮込みをつついていた。ホロホロと口の中でほどける程に柔らかく煮込まれていて非常に美味《おい》しいのだが、基本的に酒のツマミとして出されているので少々味が濃い。

「そういや冒険者殿、いつかの夜に道のど真ん中で何人か土下座させてたっつう噂《うわさ》があんだがマジか」

「否定はできません」

「⁉」

そんな何てことない雑談を交わしていた時の事だ。

ふいに酒場の扉が開き、店内の騒めきが明らかに抑えられた。客が一人二人入ってきた程度では誰も気にしない。だが扉を開けて現れた人物は、酷く酒場に似つかわしくない男だった。

一人だというのは良い。リゼルだって一人で来ているし、他にも仕事終わりの一杯を楽しむ者はいる。

ローブで顔がほとんど隠れてしまっているのも、怪しいが良いだろう。アスタルニアに慣れない者が日差し避けに布を被っていることもあるし、誰も人の趣味に一々口を出そうとはしない。

異様なのは纏《まと》う雰囲気だった。見るからに奇妙で陰鬱としており、これが静かなバーならば納得もできただろうが、賑《にぎ》やかな酒場には余りにも似つかわしくない。

誰もが関わるのを避けようとするだろう、異様な男だった。

「……何だぁ、あいつ」

「何かヤベェ感じすんな」

訝《いぶか》しげな顔で声を潜める作業員達の言葉に、リゼルは初めて扉を向いた。

男の背後でゆっくりと扉が閉まる。男はその場に立ち止まり動かない。ただ、そのローブから見え隠れする淀んだ瞳は真っ直ぐにリゼルを向いているようだった。

リゼルは微笑み、手に持つグラスから一口水を飲む。

「い、いらっしゃーせー……」

「店員さん」

「へ？」

若干《じゃっかん》口元を引き攣らせながらも新たな客に歩み寄ろうとする店員を、リゼルは呼び止めた。予想だにしない横槍《よこやり》にびくりと肩を揺らした相手と目を合わせ、中身の少なくなったグラスを揺らす。

「お水、良いですか？」

「え、あ、へい。あ、噛んだ。はい」

店員はパチパチと目を瞬かせ、来客者とリゼルを見比べる。そしてハッと気を取り直したように好きな席に座るよう来訪者へ告げ、奥へと駆けていった。

その間にも男はゆっくりとリゼルへと近付いていた。作業員達が警戒を露わに、いつでも立ち上がれるよう椅子を引く。リゼルはまるで知人を迎えるように、座ったまま椅子の向きを変えた。

数歩の距離を空けて立ち止まった男へと向き合う。違うテーブルにつく客達がざわりざわりと話し合う声がする。

「フォーキ団を知っているだろう」

男がポツリと零す。潰れた喉を無理やり広げているような、酷くしゃがれた声だった。

「パルテダールを中心に、時にはサルスにも出没していた史上最悪といわれる盗賊団だ」

アスタルニアの人々は心当たりがない者が多いだろう。

しかし、リゼルと席を同じくする港の作業員は聞いた事があった。どこぞの商人曰《いわ》く〝海路《かいろ》で良かったな〟と。陸路《りくろ》では狙われる、狙われてしまえば荷を失うばかりか全員皆殺しだと。

フォーキ団を名乗る盗賊かぶれは時折現れて討伐される事があるが、真にそう呼ばれるべき存在は滅多に現れない代わりに全てを奪って行く。そして姿形さえ摑めないと、そんな作り話にも似た噂。

「俺も馬車の護衛依頼の時に襲われましたよ。ほとんど下っ端《したっぱ》だったみたいですけど」

リゼルは穏やかに告げた。ピクリと男の眉が動く。

「自らを襲うような男を何故……正気とは思えんな」

ふいに男が被っていたフードを外した。ざわり、と大きく酒場がざわめく。

その風貌《ふうぼう》は筆舌《ひつぜつ》に尽くしがたかった。子供が見れば恐怖で泣き出すだろう、女性が見れば震えながら必死に目を伏せるだろう、大の男も息を呑んで視線を逸らさずにはいられない。顔半分が捻《ね》じれ爛《ただ》れ、辛《かろ》うじて顔としての体裁《ていさい》を保っているだけの何か。

誰もが顔を顰めるなか、真っ直ぐに向けられ続けるアメジストの瞳に男は唇を歪めた。

「フォーキ団の首領にやられた」

低く、年齢の割にしわがれている声が言う。

「知っているだろう。お前のところの、赤毛の獣人だ」

酒場の視線が一斉にリゼルへと向けられた。

リゼルはその視線を受けながらも、何かを考えるように口元に手を当てる。その様子は余りにも平然としており、隠すべきことを暴かれた咎人《とがびと》とはとても思えず、向けられた驚愕《きょうがく》の視線にうろたえる素振《そぶ》りも誤魔化《ごまか》そうとする素振りもない。

何かを思案《しあん》するように余所へと流された視線が、首を傾けながら男へと戻された。

「イレヴンのこと、で間違いないですよね」

言っている意味が分からない、そんな声色だった。

男は捻じれた顔をさらに引き攣らせ、恐る恐る運ばれてきた水のグラスを店員から乱暴に奪い取った。冷たい水でも浴びれば馬鹿みたいな事を口にする相手も頭が冷えるだろう、その勢いのままに腕を振るう。

そして、今まさにグラスの中身がグラスから飛び出す瞬間。まるでグラスが自分から破裂したように男の手の中で砕け散った。

「……何をした」

ぼたぼたと、自らの手から零れ落ちる水に男は動きを止めた。砕け散ったガラスの破片《はへん》を靴《くつ》の底で踏みつぶす。

「俺は、何も」

リゼルの態度は一貫《いっかん》して平静のまま。微笑み、嘘《うそ》もつかない。

リゼルは手の甲にかかった水滴をテーブルの上に置かれた布で拭《ふ》いて、それを戻しながら立ち上がった。それはまるで、男と対峙《たいじ》するように。

止めておけ、と声を上げようとする作業員達を掌を向ける事で留める。

「全て、貴方のおっしゃるとおりです」

そう告げながら髪を耳にかけている相手に、男はただ唇を笑みに歪めた。

「それで、俺へは何の用事ですか？」

男の手がローブの中に潜《もぐ》る。

彼がどれだけ金を積もうと手に入れられなかった情報、その一つがリゼルの実力だった。しかし、もはや関係はない。たとえこれからしようとしている事が失敗しようが、復讐は果たせるのだから。

復讐と傷跡に歪んだ顔で明るい道を歩けなくなった男同様、パーティの一員を盗賊だと認めてしまった以上、後戻りもできずに彼らも暗い道を歩く人生に落ちぶれる。

「お前には、俺と同じ目にあってもらう……それが、奴への復讐だ」

ナイフも毒も、何年も前から準備を終えていた。

後はこれを、あの手を出しがたい瞳へと突き立てるだけだ。男はローブの中のナイフを握りしめる。柄《つか》が軋む程の力が知らず籠《こ》もった。

「慕《した》う相手が壊された時の奴の反応を見られれば、思い残すことはない」

煮えたぎる憎悪《ぞうお》を全身から滲ませているにも拘《かかわ》らず、淡々とした声色が彼を酷く恐ろしい存在へと変貌《へんぼう》させる。

アスタルニアの人々は強面《こわもて》の冒険者に喧嘩を売られようが買うし、殴《なぐ》り合《あ》いの喧嘩を見物して煽るような者達ばかりだ。だが、目の前の男に関してはただ恐怖だけを感じた。

「それは……困ります」

「すまんな、何を言おうと止めるつもりはない」

眉を落とし、自身を見つめるリゼルの言葉を男は切り捨てた。

「話し合いましょう、ね？　誤解があるのかも」

「そんなものはない」

場違いな程に優しい声で、語りかける事をリゼルは止めない。

そんなリゼルと男の距離がどんどんと縮まっていく。男は明らかにローブの中に何かを隠し持っていた。周囲は息を呑んで両者を見つめる事しかできない。

そして両者の距離が手を伸ばせば届く程になり、ついに男が強く足を踏み込んだ。振りかぶられたナイフと、辛うじて残る男の片目は真っ直ぐにリゼルの左目を向いている。

男の身体に力が籠もり、その唇から歓喜の声が漏れた。

「ようやく……ッ」

復讐を果たし、後は壊れるだけの男がそれを成し遂げる直前。

「肉体労働舐《な》めんなゴルアァァァ！！！」

凄《すさ》まじい衝撃を後頭部に受け、男は酒場の床へと叩きつけられる。

その背後にはリゼルと同席していた作業員が一人。中身が限界まで詰まった酒樽《さかだる》を担ぎ上げ、険《けわ》しい顔を露わに男を見下ろしていた。損傷した樽の一部から葡萄酒《ぶどうしゅ》がドクドクと溢れているのが、それで殴りかかった事実を如実《にょじつ》に表している。

「うちの酒ー！」

「んなコト言ってる場合か！　おい冒険者殿どっかやれ！」

「すみません、お酒は俺が弁償《べんしょう》しますね」

「冒険者殿ほら下がれって！　アイツ頭ヤベェぞ、目立つから目ぇ付けられんだよ！」

そう、喧騒《けんそう》に慣れたアスタルニアの人々が何故男を恐ろしいと感じたのか。

それは、例えば幼子《おさなご》を呼び止めて菓子を片手に無理に手を引いていこうとする者を見た時。例えば息を荒らげて女性の後ろをつき纏う全裸の男を見た時や、両手に包丁を構えて満面の笑顔で大通りを駆ける男を見た時に感じるものと同じものだった。

誰もが〝こいつは排除《はいじょ》しなければ〟と本能に叩き付けられる。ただただ怖い。

「ロープ持ってこい、ロープ！」

「巡回でも何でも良い、呼んでこい！」

数人がかりで床に押さえつけられた男には何も分からなかった。何故邪魔されるのかも分からない程、彼の心は憎悪に染まり歪みきっていた。

復讐の為だけに生きてきた。それが今、何も関係のない人間の手で崩れ去ろうとしている。何故だと疑問ばかりが思考を支配する中で男が見たものは、苦笑したリゼルを己からなるべく離そうとする酒場の客達だった。

「話を合わせて落ち着かせようなんざ無謀《むぼう》だぜ、冒険者殿よ」

「そういや前に港でも何か成りきってたな。絡《から》まれて律儀《りちぎ》に相手すんのが〝らしい〟けどなぁ」

男は愕然《がくぜん》と目を見開いた。傷が引き攣って感じる筈《はず》の痛みなどもはや感じなかった。

「だって……」

窘《たしな》められながら、リゼルがちらりと男を見る。

己を害そうとした相手に対して恐怖もなく、憎しみもなく、這いつくばる相手への悦楽も何もない。ただ凪《な》いだ瞳。それが少しの哀《あわ》れみを滲ませた。

「可哀想《かわいそう》じゃないですか」

まさか、と食いしばった男の歯が悲鳴を上げる。

自分の復讐はこれ程までに軽く終わらされてしまうのか。身を焦《こ》がす程の憎悪と復讐は頭のいかれた男の勝手な暴走とされ、真実は気狂いの戯言《ざれごと》と化し、明日には面白可笑しく噂され、復讐を誓った相手は何も変わらず過ごしていくのか。

「ふ、ふざ、ふざけるな……ッ俺の復讐を、何だと、何だと思っている‼」

吠えるように叫んだ男は、自らを押さえる手を振り解こうと暴れた。

しかし屈強な男達に取り押さえられた身体は全く自由には動かない。辛うじて持ち上げた顔で睨み上げれば、向けられたのは酒場中の敵意。騙《だま》されるなと叫ぼうとした口は、布を詰め込まれて呻《うめ》き声のみを上げる。

ふざけるな、ふざけるな、と何度血を吐きながら叫ぼうともはや無意味だった。男は自分の中の何かが音を立てて壊れていくのを感じた。

「貴方の言葉が真実だとして、一つだけ」

そんな男に、リゼルが歩み寄る。

床に転がったナイフを布でぐるぐる巻きにしているのは、客の一人であった冒険者だ。身動きはとれないだろうが危ない、と声をかけてくれるのに頷き返し、一歩分離れた位置に膝《ひざ》をつく。

気弱な者ならば向けられただけで気を失いかねない、血走った目がリゼルを貫《つらぬ》いた。しかし気にかけず、微笑みを浮かべた唇をそっと開く。

「相手が悪かったですね」

男が何かを叫んだようだが、それは布に阻《はば》まれ何を言ったのか誰も分からなかった。

巡回の兵が慌てたように男を引き取りにきたのと同時に、リゼルも退店を決めた。

もう来るなと言われても仕方がなかっただろう。しかし誰も彼もが心配の言葉をかけてくれた。

それに大丈夫だと返し、食事代と迷惑料を多すぎると悲鳴を上げられながら渡して、謝罪に〝また来い〟と返されたのがとても嬉しかった。

二人の兵はリゼルと一言二言だけ言葉を交わして、時折何かを唸る男を引《ひ》き摺《ず》るように歩かせながら去っていった。リゼルはそれを見送り、店を出て夜のアスタルニアを歩く。

行き先は宿ではない。少し歩いた場所にある、アスタルニアでは珍しい個室っぽさが売りの酒場。

扉の前で少し立ち止まり、そして中へ。

店はやや薄暗く、幾つもの衝立《ついたて》が美しく配置されている。衝立で囲まれているのは、背の高い小さなテーブルと二脚の椅子が置かれたこじんまりとしたスペースだった。

「ごゆっくりどうぞ」

「有難うございます」

その内の一つに通された。

リゼルはノンアルコールのカクテルと、落ち着いた物腰の女性にアドバイスを貰いながら強い酒を一つ注文した。去っていく女性を見送り、隣かその向こうからか、微かに聞こえる話し声を聞き流しながら待つこと少し。

注文の品が運ばれてくるより先にやってきたのは、前髪で瞳を隠した精鋭の一人だった。

「どうぞ」

「あ、ども」

「お酒、適当に頼んじゃいましたけど」

「全然大丈夫です。酒なら何でも良いんで」

席を勧《すす》めれば、精鋭は少しばかり戸惑《とまど》いながらも向かいへと座った。

「二人とも、意外と兵団《へいだん》の衣装が似合ってましたね」

「や、そうでもないですけど」

先程男を引き取りに来たのは、二人とも本物の兵ではない。

一人は目の前の男、一人は前髪を切り揃えた男。どちらもリゼルには見覚えのある顔だった。もう一人は男を連れて何処に行ったのかと、笑顔の絶えない精鋭の姿を思い浮かべる。

これで本当に軍へと引き渡せば、色々面倒になる事は想像に難くない。自分達で処理するのだろう、リゼルは然して興味がないので特に聞きはしないが。

「お待たせ致しました」

ふいに店員が衝立をノックし、トレーにグラス二つを乗せて現れる。

リゼルはそれを受け取り、酒のほうを精鋭へと差し出した。

「今日、水をかけられそうな時に助けてもらったので」

「あ、それで呼ばれたんですね」

断る理由もないと素直に受け取った精鋭が、それを一口飲む。

「いえ、本題は君が俺で幾ら稼いだのか聞こうと思ったからなんですけど」

そして彼は思わず噎《む》せかけ、グラスをやや乱暴に置きながら下を向いて耐えた。

精鋭も、リゼルが気付いているだろうとは気付いていた。自身が男を見逃すどころか情報を流した事も、実はもう一人の精鋭と二人で店にいて見学していた事も、流れでぶちまけられそうになった水を防いだ事も。

復讐者相手に完璧な知らないフリを披露するかと思いきや、思いきり不審者扱いした事に対してもう一人が声もなく爆笑していた事まで気付かれているのかは分からないが。

割と楽しんでいたようだし、この程度のことで文句を言うような相手でもないとは知っていた。だが、まさか其処《そこ》を突かれるとは精鋭も予想していなかった。

「そうですね……」

うーん、とリゼルがマドラーでカクテルを混ぜながら思案する。

「情報の重要度を考えると相当な金額になるでしょうし、あの方も大した数は質問できなかった筈ですよね」

「まぁ……そうっすね」

精鋭は伏せていた顔をそろそろと上げた。

そして前髪ごしにリゼルを窺い、そこに怒りの色がない事を改めて確認する。むしろ少し楽しそうでもあるので、イレヴンに命を取られるような事にはならないだろう。

「なら多分、俺に関する質問は一つだけ」

カラン、と止まったマドラーに氷同士がぶつかる音がした。

「〝俺がイレヴンの正体を知っているかどうか〟、でしょう？」

「正解です」

それは良かったと微笑んだリゼルが、美しいグラデーションが溶かされたカクテルへと口をつけた。甘さ控えめの風味はスッキリとしていて、弱い炭酸が喉を通り抜けるのが気持ち良い。

「情報料の基準って、最高で幾らくらいなんですか？」

「まぁ、人によってバラバラですけど……大体金貨十枚から十五枚ぐらいじゃないですかね」

「じゃあ十五枚として」

容赦なくギリギリ一杯の金額を選ぶあたり、リゼルが目の前の精鋭をどう思っているのかが分かる。取れるものは取る相手なので間違いではない。

「賢い君のことです、もっと貰いましたよね」

もはや確信を以て告げられた精鋭の口元が引き攣る。

「例えば、〝フォーキ団の首領《しゅりょう》が生きているとなれば、偽物を処刑したパルテダールを混乱に落とせる〟とか」

フォーキ団の殲滅《せんめつ》を実現させたのは憲兵《けんぺい》団、その元締《もとじめ》は子爵《ししゃく》位《い》を持つレイ。

爵位としてはそれほど高くもないが、国中に配置されている憲兵を統括《とうかつ》している役目柄、その信用が地に墜《お》ちれば影響は計り知れない。国単位での影響が出るだろう。

「例えば、〝フォーキ団の首領を冒険者にした冒険者ギルドの権威《けんい》を地に墜とせる〟とか」

常に国との間で絶妙なバランスを保っているギルドが、決定的な弱みを見せればどうなるか。最悪、フォーキ団の活動圏内だった国の冒険者ギルドが消えてもおかしくない。

「後はオーソドックスに〝バレた時のリスクを踏まえて〟、でしょうか。幾らで吹っかけました?」

「貴族さんの情報は、金貨三十枚で」

にこりと微笑むリゼルに、精鋭は観念したように潔く告げた。誤魔化す気にもならない。

本命のイレヴンじゃないから意外と伸びないなぁとほのほのしているリゼルを眺めながら、彼は椅子に深く背を預ける。恐らくこれから「じゃあ何割貰おうかな」という会話に繋がるのだろう。

とある男曰く〝史上最悪の盗賊団〟相手に金を分捕《ぶんど》ろうなどとは、全くこれだから面白い。これで自分達を従えているつもりもなければ、命知らずな訳でもないのだから。

「頭《かしら》が気に入んの分かるよなぁ」

ぽつり、と零した口元が笑みに歪む。

さて自分達のトップが来る前にお暇《いとま》したいが、暫くは金額交渉を頑張ってみようか。精鋭は内心でそう呟きながら己のグラスを呷った。


「んっんっんー!」

艶やかな前髪を切り揃えた男が、機嫌良く鼻歌を歌いながら歩いていた。

その身はアスタルニア歩兵《ほへい》の服に包まれ、手は引き摺られるように歩く復讐者へと繋がったロープを振り回していた。そして彼は、何かを見つけたように空いている片手をバッと上げる。

「あ、頭《かしら》ぁー！」

向かいから歩いてきたのは、月のない夜を慣れたように歩くイレヴンだった。

「そいつ？」

「そうでぇす、貴族さんにめっちゃ遊ばれててめぇっちゃウケた！」

けたたましい笑い声が鬱陶しいと顔を顰め、イレヴンは冷めた視線で復讐者を一瞥した。

男は未だ布を噛まされたままだ。その状態で壊れたように何かを呟き続けている。しかし俯いていた顔が、何かを感じたのか淀んだ瞳を上向けるように持ち上がる。

ふいに雲の切れ間から月明かりが零れた。

それは一瞬のこと。しかし復讐者は確かに見た。過去に目に焼き付けた鮮やかな赤。毒々しい程のそれに、正気の飛んだ瞳が憎悪という名の光を取り戻す。

「――――ッッッ!!」

胸の奥深くに渦巻く底知れない衝動を全て吐き出そうと、彼は大きく口を開く。引かれるがままに歩いていた身体に力が籠もり、目の前の獣人へと足を踏み出そうとした時だった。

「つーか誰だよ」

男が最後に聞いたのは、冷めきった声で告げられた絶望。

再び雲が月を隠す。暗い道に男一人が倒れる重い音がした。

「リーダーは？」

「あいつとどっかの店入ってまーすよ。あの酒場近くの店ならレンガっぽい細い店とかぁ」

「怒ってた？」

「俺分っかんねぇー！　でもいつもの素敵なにこにこ貴族さんで・し・た！」

「あっそ」

そしてイレヴンは何事もなかったかのように歩き去る。その歩調は先程より速い。

もはや復讐者のことなど忘れているのだろう。リゼルに手を出しかけた行いについては忘れはしないが、何者なのか何を目的としていたのかなどには一切興味がないのだから。

残されたのは一人の男と一つの死体で、男はブンブンと手を振りながらイレヴンを見送った。そして死体を見下ろす。何も言われなかったのだから処理しておけという事だろうし、ならば何をしても良いだろう。

しゃがんで、ごそごそと死体を仰向けにする。

「Please Smile！」

彼は湧きあがる笑みに瞳を歪め、ナイフを振りかぶった。

107.

宿主は箒《ほうき》を手に、伸びをするように軽く背を反らした。

この宿に泊まる浮世離れした冒険者達は今いない。今日は迷宮に潜るから弁当が欲しいと昨晩頼まれた彼自身が、既に手製の弁当を渡して送り出した後だからだ。

あまり多く冒険者が泊まるような宿ではないのでよく分からないが、時折宿泊客に頼まれる弁当と似たようなものを渡している。同じく宿業を営《いとな》む友人の話では簡単に食べられるものを渡すようだが、まさかあの客人ら相手にそんなものを渡せる訳がない。

流石に気合いを入れすぎた最初の弁当ほど煌《きら》びやかなものは渡していないが、それでも彩《いろど》り鮮やかに盛り付けた栄養満点の弁当を渡している。いかにも体力全回復しそう。三人前で銀貨一枚。

「迷宮って危険なイメージしかねぇけど、弁当しっかり食べれんだなぁ……」

腹を減らして動き回らずに済んでいるようで良かった、と頷いている宿主は確実に誤った認識を植え付けられている。その内、職を同じくする友人に貶《けな》されるだろう。

玄関先に溜まる土埃《つちぼこり》を掃《は》き出しながら、宿主はふんふんと鼻歌を歌う。その友人は冒険者が出入りするとすぐに玄関が泥《どろ》で汚れると言っていたが、この宿では特にそんな事はない。

そこらの冒険者とあの三人を一緒にしてもらっては困る馬鹿め、とニヤニヤしながら掃除を終えた宿主が、さて次は何をしようかと腰に手をあてる。動き回って帰ってくるだろう三人が気持ちよく寝られるように、シーツでも替えておこうか。

そして宿の奥へと踵《きびす》を返した時だった。背後の開けっ放しの扉から聞きなれた羽音が聞こえた。

アスタルニア国民なら誰もが聞き間違えようのない、魔鳥《まちょう》の羽音だ。

「ここらへんに騎兵団《きへいだん》でも来たんかね」

巡回の騎兵が降りてくるなど何かあったのだろうか。嫌だ嫌だと宿主は一人ごちる。

とはいえ休日だろうが愛する相棒との空中散歩《ランデブー》に興じるナハスを思えば、完全に私用で降りてくるのも珍しい光景でもない。もしナハスなら挨拶の一つでもしてやろうかと振り返った時だった。

「先生、いる？」

布の塊《かたまり》。

「(色々言いたいことはあるけど何か言えない雰囲気っていうかその前にこの人……人？　声やべぇぇぇぇ!!)」

直《じか》に腰に届くような低く甘い声に宿主は戦慄《せんりつ》した。

狙って作れるようなものではない。それが布の塊から出てくるのだから何という違和感。この激しい違和感に現実を見失う感覚は確実にリゼルの知り合いに違いないだろう。

先生、という言葉が一番似合うのも彼なのだしと、宿主は恐る恐る箒を握り直して布の塊を見る。

「えー……貴族なお客さん、で良いんですかね」

「そう、かな」

見る限り物静かで、実際にポツリポツリと零される声は決して大きくはない。

しかし人の意識を強制的に惹《ひ》きこむ蠱惑的《こわくてき》な声とその長身、そして布の塊という点を除いても人とは異なる雰囲気が、彼の存在感を酷く強くしていた。思わずその一挙一動を窺ってしまう所などはリゼルに似ているかもしれない。

宿主は完全に腰が引けていた。そして腰が引けながらも考える。果たして外見だけでいえば不審者にしか見えない相手に宿の客の情報を漏らして良いものか。

「あー……そうですね」

不在を知らせるだけなら良いか、と一つ頷いた。

先生と呼ぶからには親しいのだろう。それにリゼル達が迷宮に向かった事など、そこらの通行人に聞いても分かる事だ。

「今日は迷宮に行く予定みたいなので外出中ですけど」

「そう」

布の塊はそう告げたきり、何かを考えるようにその動きを止めていた。

宿主にとっては訳が分からなすぎてとてつもなく恐ろしい。すぐさま後ろへ逃げられるようジリジリとミリ単位で後退しながら、騎兵団仕事しろと心の中で懸命《けんめい》の罵倒《ばとう》を飛ばす。

その時だった。

「今日はいきなりすまんな」

「すまんと思うならもっと早く出てきてくれませんかねナハスさんよォ!!」

聞き覚えのある声が布の塊の後ろから聞こえ、見知った顔が宿へと足を踏み入れた。

恨み辛《つら》みを全て込めながら叫んだ宿主は、手に持っていた箒を構えて勢いよく前へと突き出す。

見事ピンポイントで股間《こかん》を狙ったが、いくら相棒にでれでれしていようと狭き門を潜り抜けた騎兵が相手。容易く止められてしまった。

顔を引き攣らせるナハスへ、宿主は掴まれた箒を奪い返しながら小声で詰め寄る。ちらりと布の塊を見れば、何かを考えながら宿の中を眺めているようだった。

「俺全然事情が分かんねぇんだけど何⁉　ドッキリ⁉」

「そんな事で王族を連れ出す訳ないだろう！」

宿主は動きを止めた。

「折角《せっかく》、先生が見たがってた本、入ったから持ってきた、のに」

「御客人の書庫訪問も許可されたんですし、殿下がわざわざ届けなくとも来たでしょうに」

「うふ、ふ」

本当に笑っているのか分かりにくい棒読みの笑い声を零し、いまだ止まったままの宿主の前でごそりと布の塊が動いた。

さらりさらりと布同士が擦《こす》れる音を立てながらゆっくりと歩み寄る。

「それでも、会える機会は減ったから、ね」

布の塊が微かに隙間を開き、覗いた褐色《かっしょく》の腕が宿主へと一冊の本を差し出した。

その手首でシャラリと音を立てながら揺れるのは王族特有の金の装飾。ゆっくりと此方に向けられたそれに、宿主はハッと意識を取り戻した。

「先生に、渡しておいて」

「御無礼を平《ひら》に平にご容赦くださいませ喜んでー!!」

捧《ささ》げ持《も》つように本を受け取り、限界まで頭を下げる。今、自分の命は本より軽い。

たとえナハスがドン引きした顔で此方を見ていようが気にしない。いくら怖いもの知らずのアスタルニア国民だろうと、いきなり王族が家に突撃してきたらこうなるだろう。そう宿主は勝手に国民を代表して後々言い張った。土下座しないだけマシだと思ってもらいたい。

「じゃあ、先生もいないし、帰ろうか」

「お気を付けて!!」

長居《ながい》されてもどうしようもなくなるので、宿主は全力で送り出した。

目の前に立たれるだけで気圧《けお》されてしまうような王族相手に、恐らく平然と向き合っているだろうリゼル達が流石としか言いようがない。心の中で拍手喝采《かっさい》を送る。

そして王族の姿が見えなくなった頃になってようやく、宿主は渡された本を恐る恐る確認した。

書いてある文字すら読めない。という事は、学者と名高い第二王子だったのかもしれない。

まさか布の塊だとはと黙々と考えながら、いつの間にか床に落ちていた箒を素早く拾い上げる。

とにかく本をリゼルの部屋にでも置いておかなければ。もはや持っているだけでも怖かった。

「あ、そういや貴族なお客さんに頼まれてたアレもあるか」

正直とてつもなく拒否したかったが、「お願いします」とあの微笑みと一緒に頼まれてしまえば断ることもできなかった。さっさと済ませてしまおうと、抱えた本を落とさないよう持ち直した時だ。

「そうだ、先日御客人が変な奴に絡まれたと噂で聞いたぞ。あまり夜遅くに出歩かないよう伝えておいてくれ、あいつらは目立つから絡まれる事も多いだろうしな」

「あっぶねぇぇぇ落とすかと思ったぁぁあ!!　お前は何でそうなの⁉」

わざわざ戻って来てそう付け加えたナハスに、宿主は心臓を跳ねさせながら一切の情を捨てて箒を突き出したのだった。ちなみに避けられた。

その頃のリゼル達は、既に目的の迷宮に辿りついていた。

近場の迷宮だけあって馬車に乗ればすぐ、歩いて行けない距離でもない程だ。

受けた依頼はBランクの〝空飛ぶ盾《フライングシールド》の魔核《まかく》採取〟。リゼルは空飛ぶ剣《フライングソード》ならば見た事があるが、此方は見た事がなかった。剣が飛んでいるか盾《たて》が飛んでいるかの違いだとは思うが、盾がどうやって攻撃してくるのかが非常に気になる。

迷宮の扉を潜り抜け、本来ならば魔法陣のある部屋へ。しかしリゼルとイレヴンは不思議そうに床を見下ろした。ジルが踏破《とうは》済みの迷宮だ、いつもならば淡く光る魔法陣がある筈なのだが何処にも見当たらない。

「おら」

「ん」

視線を彷徨《さまよ》わせるリゼルの頭にジルの手が乗った。

軽く後ろへと倒されるのに抵抗せず上を向き、成程とそのまま数度瞬く。

「流石〝逆転される回廊《かいろう》〟、早速の上下逆転ですね」

魔法陣は床ではなく天井に張りついていた。

そこから光の残滓《ざんし》が零れ落ちては消える。頭に添えられた掌が離れていったが上を見上げたまま、リゼルは果たしてどうすれば良いのかと思案した。普通に真下に立つだけで使えるものなのか、それとも何らかの手段であそこに触れなければならないのか。

「今日は魔法陣を使いたいんですけど……」

「ニィサン踏破してんじゃん、アレどうすんの？」

「知らねぇよ。迷宮内で一泊してボス倒した」

全員で天井を見上げながら考える。イレヴンの口が半開きのままになったが、リゼルに顎に手を添えられてすぐにパクンと閉じていた。

いつもならば魔法陣の上に乗った途端、淡い光が反応して強くなる。しかし真下に立っても反応がない。やはり触れていないと発動しないのか。

「ジルが飛んでも届きそうにないですよね」

「ぎりぎりだな」

ジルが膝を折り、真上に飛ぶ。伸ばした手は数センチほど届かなかった。

隣でイレヴンも試してみるが、似たような結果に終わった。一応とばかりにリゼルも試してみたが当然届く筈もない。

「ニィサンの肩借りりゃ届きそう」

「普段の発動までのタイムラグが微妙ですね」

「あー、どうだろ」

イレヴンが嫌そうなジルの肩に手を乗せ、遠慮なく体重をかけながら思いきり跳躍《ちょうやく》した。

掌全体が天井へと押し当てられる。行けるか、と三人が見守る中で光を強めた魔法陣は、しかしイレヴンの落下と共に発動を止めてしまった。

「触ってる一瞬でパッと行けそうでした？」

「や、無理っぽい」

「多分俺も範囲に入ってたな、魔法陣乗ってる時と同じ感覚がした」

「じゃあ魔法陣に直接触ってなくても、触ってる人に触れてれば一緒に転移できそうですね」

うーん、とリゼルはもう一度天井を見上げる。

正直、方法など幾らでも思い付く。その中でもリゼルが辿りついた結論はというと。

「今こそ団結力の出番です」

「(気にしない癖に根に持つな、こいつ)」

「(リーダー意外と負けず嫌いだからなァ)」

何か言いたげな視線を全て流し、リゼルはよしと頷いた。

ジルの上にイレヴンが立つのが一番安定するのだろうが、そうすると自分が余る。ならばジルの上に自分とイレヴンが肩車で積み重なるのはどうだろうか。十分届きそうだ。

「ジルに俺が肩車をしてもらって、俺の上にイレヴンとか……は、俺が支えきれませんね」

「俺それぜってぇ無理なんスけど」

顔を引き攣らせるイレヴンに、別に気にしないのにと苦笑しながらリゼルはジルを見た。

「じゃあジルがイレヴンを肩車して、一番上に俺ならどうでしょう」

「凄ぇ嫌だ」

「物は試しです。やってみましょう」

ジルの抗議は聞こえなかった事にされた。

溜息をつくジルの前で、リゼル達は早速彼の上に乗せる一段目の肩車をノリノリで作り始めている。ん、と適当にしゃがんだイレヴンの背後にリゼルが回り、フードのファーを避けながら両肩に手をついた。

鮮やかな赤い髪に囲まれる旋毛《つむじ》を見下ろしながら、リゼルはふと思う。体格の変わらない男を容易に持ち上げられるというのだから、掌に感じるしなやかな筋肉は酷く有能なのだろう。労《いた》わるように数度揉めば笑い声が上がった。

「ん？」

「あーくすぐったかった……リーダーどったの」

「いえ、意外と分からなくて」

片足を上げかけ、下ろす。自分から肩車されようと思うと微妙に難しい。

「後ろからだから難しいんじゃねぇの。横から跨《また》いでけ」

「成程」

ジルの言葉に横にずれ、リゼルは「失礼します」と声をかけながらイレヴンの頭を跨いだ。片足を肩にかけ、床についたままのもう片方をどうすれば良いのか分からず動きを止める。

するとふいに両足を摑まれた。

「よっ」

「わ」

勢いよく持ち上げられ、思わずぐらついた体を隣に立っていたジルの肩を掴む事で耐える。大人になってからの肩車は視界が物凄く高い。

「抜ける！　リーダー抜ける！」

「あ、すみません」

ジルへと伸ばした手とは反対の手が、気付けばイレヴンの髪を握りしめていた。

そっと離し、痛みがあっただろう地肌を撫《な》でてやる。一本も抜けていないようで何よりだ。

「で、ニィサンが俺を肩車する」

「……」

「すっげぇ嫌そう」

ケラケラと笑い、イレヴンはリゼルを担いだまま魔法陣の真下へと移動した。

思ったよりグラグラする、と支えを探してうろついているリゼルの手を、イレヴンが片手を上に伸ばして握り込んでくれる。もう片方の手ではしっかりとリゼルの足を捕まえている為、そうすれば割と安定した。

そして少し余裕ができたリゼルが、ちょいちょいとジルを手招く。

「ジル、行きますよ」

「ああ」

諦めるように傍に立ったジルが、おもむろに片手を低い位置に差し出した。

「えー、しゃがんでくんねぇの」

「三段重ねになってみたいです、ジル」

「アホ」

ノリが悪いノリが悪いと揶揄《からか》うように向けられた言葉を流し、ジルは早くしろと差し出した手で招いてみせる。本当にやってくれなさそうだと、イレヴンも上を見上げてリゼルが頷くのを確認した。

イレヴンは握っていたリゼルの手をゆっくりと離し、問題がないことを確認してその手をジルの肩に置く。そのまま黒い上着を強く握り込み、片足を持ち上げ、差し出された掌に靴底を押し当てた。

「リーダー、何処でも良いから掴まってて」

「はい」

何をやるのか分かっているのだろう。遠慮なく頭にしがみついてきたリゼルに楽しそうに笑い、握り込んだ上着を引きながら身体を持ち上げた。

同時に、靴底を支える掌も持ち上がる。イレヴンは咄嗟《とっさ》に上着から手を離し、そこに余った片足をついた。その両手は既にリゼルを支える事に回されている。

「あっぶね、結構ぐらぐらする」

「これだけ高いと流石にちょっと怖いですね」

片腕と肩だけで男二人分の体重を支えるジルを、リゼルは感心したように見下ろした。旋毛しか見えないが、その顔はイレヴンに肩を踏まれることを盛大に嫌がっているのだろう。

そして、そんなジルの上で人一人を肩車しながらバランスを保つイレヴンも流石だ。自らのパーティメンバーの優秀さに微笑み、さてとリゼルも背筋を伸ばす。不安定な場所にも拘らず、その動きには一切の気負いがない。

「いつもの転移魔法陣と変わりませんね、普通に使えそうです」

指先で戯れるように振り落ちる光の粒子《りゅうし》をつつき、そして両手をぺたりと天井へついた。流石に高さに余裕がある。

「空飛ぶ盾が出やすいのって何階ぐらいですか？」

「深層じゃねぇの」

「なら、四十五ぐらいでしょうか」

「ここって何階？　五十？　六十？」

「五十五」

体勢を整える前に相談は済ませておけと、とある魔鳥騎兵団副隊長が見れば叱《しか》りだす状況のまま、三人は至って普段どおりに話し合った。


〝逆転される回廊〟は、その名のとおりひたすら代わり映えしない回廊が続く迷宮だ。

回廊の片側は何処かの城か、広大な屋敷か。時折扉が現れる壁は継ぎ目もなく延々と伸びている。その反対側、つまり回廊から外が望める筈の方向にはひたすらに真白な砂漠が広がっていた。

ぞっとする程に美しいそちらへと出ようとしても、何かに阻まれるように回廊から足を踏み外す事は許されない。かといって豪奢な細工の施《ほどこ》された扉を開こうと、やはり同じような光景が続く。

方向を見失いそうになるその場所で、冒険者達は扉を開くか回廊を進み続けるか迷いながらも次の階層へと続く東屋《あずまや》をひたすらに探さなければならない。

「逆転っていうのは？」

「そのまま」

それは目的の階層へとたどり着いたリゼル達も同じく。

イレヴンが軽い仕草でジルから下り、リゼルもジルに腕を掴まれながらイレヴンから下りた。下りる時は簡単だった。

「扉くぐった時、変な感覚がしたと思ったらどっか逆転してんだよ」

「どこか、ですか」

そこはやはり迷宮なのでランダムなのだろう。

リゼルは少しよれた服を整え、目的の魔物を探す為に歩き出した。迷宮内では階層ごとにずっと何かが逆転しているのかと思っていたが、そうではないようだ。

それが良いか悪いかは分からないが、少し惜しい気もする。そんな事を思いながら魔銃《ライフル》を一つ浮かべた。ジル達が普段から剣を腰に差しておくのと同様に、リゼルも迷宮内では常に魔銃を出しっぱなしにしている。

「俺の時は上下逆転して天井歩いた」

「酔いそうですね」

「利き腕が逆になったりもしたな」

「ややこし。俺両利きだから関係ねぇけど」

ジルは平然と話すが、彼でなければ戦闘に割と深刻な支障が出るだろう。

逆転はもはや罠と同義。しかし扉を開けなければ先には進めないし、どの扉で逆転が起きるのかも起こってみなければ分からない。避けようと思って避けられるものでもないので、こればかりは諦めるしかない。

必要なのは逆転しても混乱することなく素早く順応《じゅんのう》する事だ。そう結論付けたリゼルに、ジル達は得意そうだよなと内心で呟いた。

「あ、扉」

少し歩くと、ふとイレヴンが前を指差した。

果てがないような壁、そこに埋まるように存在する扉は豪奢《ごうしゃ》で見逃しようがない。基本的に扉を潜りながら攻略する迷宮だからだろうか。

これで扉を開く必要性が低く、俗《ぞく》に言う〝性格の悪い〟迷宮ならば扉はより分かりにくく偽装《ぎそう》されていた事だろう。実際リゼル達が以前訪れた〝騙《だま》し絵《え》の迷宮〟では、扉が完全に通路に迷彩されていて気付かずに一度通り過ぎた。

「入るか」

「どうしましょう、もうちょっと道なりでも良い気がしますけど」

「あー、真っ直ぐだと魔物いるかも。そんな感じの足音聞こえる」

「そうですか？　なら、入っちゃいましょうか」

足音がするのなら目当ての魔物でもない。

ならば面倒だし避けるかと、リゼル達は見つけた扉へと歩み寄った。この迷宮では依頼品以外に特に欲しい素材もない。

「逆転すんのかな」

「深層ほど増えたからな、確率は高ぇだろ」

嫌そうに告げたジルに苦笑し、リゼルは扉に手をかけた。

少し押せば両開きの扉は容易に開く。それが完全に開ききるまで待ってから、三人は足を踏み入れた。一瞬感じたのは、見えない何かを潜り抜けたような微かな違和感。

ふっとリゼルが通った扉を振り返る。開きっぱなしの其処からは、今通ってきた回廊と白い砂漠が見えるだけだ。

「ジル」

「ああ」

どうやら何かが逆転したようだ、とジルに確認を取る。

しかし周囲を見渡そうと何かが変わった様子はない。利き腕も変わっていない。一体何が逆転したのかと思っていれば、ふいにジルが苦々しげな舌打ちを零して腰の剣をポーチへと仕舞ってしまった。

「どうしました？」

「重てぇ」

「は？　剣が？」

ジルが普段身に付けている大剣は、細身といえど大剣と呼ぶに相応しい重量を兼ね備えている。それがジルの凄まじい力により片手剣のように振られ、他を寄せ付けぬ切れ味と破壊力を生んでいた。

イレヴンも持った事があるが、持ち上げる事は可能でも思ったとおりに振るうには慣れが必要だった。それをひょいひょい振り回しておいて何を今更、とそちらを見るイレヴンとは別に、リゼルは成程と頷く。

「イレヴンは変わりないですか？」

「ねぇッスけど」

「なら力と魔力の逆転とかではないですね。ジルだけ力の逆転っていうのが……」

ジルを見れば早速代わりの剣を取り出していた。

流石、地味に剣の収集癖があるだけあって代用品には困らないのだろう。新しく手にしたのは普段のものより大きな大剣らしい大剣なのだが、軽量化の加護でもついているのかもしれない。

「ニィサンそれ軽ィの？　大剣なのに？」

「強度は変わんねぇからな」

「あー」

大剣の長所を失うような加護に、同じく剣にはこだわりがあるイレヴンは微妙そうだ。理由を聞いて納得はしていたが。

「あ」

ふいにリゼルが何かを思い付いたように声を上げる。

そして何故か嬉しそうに笑って、来い来いとイレヴンを手招いた。素直に近付いてきたイレヴンへと、先程のジルのように片手を差し出してみせる。

「イレヴン、さっきみたいに乗ってみてください」

「は⁉　リーダーに⁉　無理無理無理無理！」

すぐさま拒否するイレヴンを、躊躇なく踏まれたジルが物言いたげに眺めていた。

ジル自身、同じような立場だったとしたら同じく拒否するので気にはしないが。

「じゃあ肩車してあげます」

「無理！」

「なら、握手だけ」

差し出された手に、それぐらいならとイレヴンは触れた。

しかし何故だと思いながらゆるゆると握りしめられていく掌を眺めていた時だ。

「ッ痛って」

「え、あ、すみません。大丈夫ですか？」

普段は優しく触れる掌が、予想もしない力で握りしめてきた。

イレヴンは慌てたようにリゼルの手が離れたのを確認し、握りしめられた自らの手を開閉する。

リゼルが珍しく驚いたように、そして申し訳なさそうに謝ったのは、恐らく自分でもそれほど力を込めているつもりがなかったからだろう。

「イレヴン？」

「あー……だいじょぶ、痛くはない」

複雑そうに顔を顰めたイレヴンに、不思議そうにしながらもリゼルは感心するように自らの掌を見下ろしていた。

イレヴンがちらりとジルを見れば、苦虫を噛み潰したような顔をしている。つまり、そういう事なのだろう。ジルとリゼルの力が逆転してしまった。

「ジル、腕相撲しましょうか」

「しねぇ」

「一度だけで良いので。ね？」

「ぜってぇ嫌だ」

ここぞとばかりにねだるリゼルにジルは決して頷かない。

さらには抱き上げてやろうとばかりに伸ばされる手も全て躱《かわ》している。相変わらずの迷宮仕様で、力が落ちようがそれに依存する他の能力は変わらない。リゼルがジルを力尽くで取り押さえるのは難しいだろう。

「良いですね、こういうの。力もあるし、魔力はそのままなので魔法も使えるし、魔法剣士とか名乗っちゃいましょうか」

「リーダー剣使えんの？」

「一応貴族の嗜《たしな》みとして、腰に下げてサマになる程度の基礎なら習いました」

そして全く以て剣の素養《そよう》がなかった為に、変な持ち方をしない程度の基礎の基礎で終わったのだが。リゼルは何を思って魔法剣士とか言い出したのか。

「あ」

その時、ふいにイレヴンが回廊の奥を見る。

数秒待てば、キィキィという甲高《かんだか》い音が近付いてきた。どうやら扉を潜ろうと潜るまいと魔物との遭遇《そうぐう》は変わらなかったようだ、三人は揃って近付いてくる影を眺める。

「リトルデーモン、でしょうか」

「だろうな」

竜のような頭にゴブリンのような身体を持つ小型の悪魔が、背中の翼で羽ばたきながら向かってきている。手に持つ三又《みつまた》の槍が鈍《にぶ》く光を反射していた。

「ニィサン行けんの？」

「ああ」

「いえ、これなら折角パワーアップしてるし俺だけでも」

言いかけ、リゼルは何かに気付いたように口を噤《つぐ》む。そして此処だと言わんばかりの顔で告げた。

「〝ここは俺に任せて休んでろ〟」

「止めろ」

「止めて」

楽しそうなのは良いが、違和感が半端ないので止めてほしい。

そう内心の一致を果たした二人の前で、リゼルは至っていつもどおりに魔銃で魔物を射抜いていった。パワーアップの意味はない。

逆転の現象は扉を出たり入ったりしている内に消えたり、再び現れたりする。

リゼル達は左右が逆転したり、身長が逆転したり、服が逆転したりしながらも順調に依頼を達成する事ができた。ジルにより叩き斬られる盾を見ていると、彼らのアイデンティティとは何かとリゼルとイレヴンは若干やるせない気分になったが。

「これが最後の一つですね」

盾の中央に金具で固定されていた魔核を引き抜き、リゼルは頭の中で今まで手に入れた数を数えてみる。間違いなく規定数が集まった筈だ。

ちなみに出会った盾の数と手に入れた魔核の数は違う。ジルが二度ほど魔核ごと真っ二つにし、リゼルも左右逆転の際に銃の操作を誤って見事そこへ命中させてしまったからだ。

「じゃあ帰りましょうか。あ、ボスのとこに寄っていきますか？」

「んー、ここメンドそうだからいい」

「好きにしろ」

ならば真っ直ぐ帰ろうか、とリゼルは今まで通ってきた道筋を思い返した。

今居るのが四十九階。ならば来た道を戻って四十五階の魔法陣で帰るよりも、五十階に進んでしまったほうが早いだろう。ジルは踏破していようが勘で突き進んだ道を覚えている筈もないので、道筋的に大体の方向を予測できるリゼルが先導する事となる。

いなくとも攻略できるが、いれば手放せない程の便利さ。そうリゼルを称するジル達は何も言わずにそれに続いた。

「そういえば」

罠っぽい、と床のタイルの一つを避けながらリゼルがふいに告げる。

「前にジルにドッキリを仕掛けた時、イレヴンにも仕掛けるって話をしたじゃないですか」

「げ」

イレヴンの口元が引き攣った。

興味がない事などすぐに忘れるイレヴンだが、リゼルに関してはその限りでない。勿論覚えていた。確か、積極的に泣かせる宣言をされた筈だ。

嫌な予感しかしないと恐る恐る窺えば、綺麗な微笑みで断言された。

「仕掛けました」

「は……いつ、何⁉」

「いつでしょうね？　イレヴンが驚くのが楽しみです」

揶揄うように知らないふりをしてみせたリゼルに、イレヴンは思考をフル稼働させる。

ひしひしと湧き上がるのは警戒心。言い方から既に準備は終わっているのだろう。後は自分が気付くのみ、という段階か。

まさかジルの時のように、置いていかれることはないだろう。あれはリゼルも予想外の方向に行ってしまって反省していた。自身もジル同様、それを決して喜ばない事などとっくの昔に知っているだろう。ならば有り得ない。

何故なら、リゼルは好意を逆手《さかて》にダメージを与えるタイプではない。人の感情に敏《さと》いからこそ、向けられる好意もきちんと把握している。だからこそ与えられた分をきちんと返そうとするのだから。

ならば、考え得る限りの最悪の事態にはならないのではないか。そう安堵しかけているイレヴンの隣で、ふとジルがリゼルを見る。

「前もって宣言して良いのかよ」

「黙って進めて、また機嫌をとらなきゃいけなくなるのも避けたいですし」

ジルの口元が笑みに歪んだ。

もの言いたげなリゼルの視線を、彼はあれはお前が悪いとばかりに鼻で笑う。そして向けられたリゼルの瞳を遮るようにペシリと額を叩いた。

全く痛くもない額を押さえてリゼルは可笑しそうに笑い、その指先をくるりと動かして前方に再び現れたリトルデーモンを撃ち抜く。

「リーダー、ヒント！　心の準備するから！」

「それだとドッキリにならないじゃないですか」

ほのほの微笑むリゼルにイレヴンは全てを諦めた。

その後、帰りの魔法陣を見つけた三人は再び肩車フォーメーションを披露する事となる。

それは日付が変わる直前の深夜。

イレヴンは小さく息を吐き、足音もなく宿の階段を上っていた。シャワーを浴びて湿《しめ》った髪を、肩にかけたタオルで適当に掻き混ぜる。

リゼルにドッキリを宣言されてから、それらしい兆候《ちょうこう》はない。仕込みが済んでいるならばタイミングを読むのは難しい、と今の今までそれなりに警戒に意識を割いていたのだが、迷宮からの帰り道もギルドで別れてからも一切何もなかった。

「(全ッ然読めねぇもんなぁ……)」

もしやリゼルの事だからドッキリ宣言がドッキリなのか、それとも時間差で来るのか。

どれが来てもおかしくはないとボヤキながら、ジルの部屋、リゼルの部屋の前を通り過ぎる。当の本人は既に就寝《しゅうしん》済み、そう内心で零して自身に宛がわれた部屋へと足を踏み入れた。

もはや考えるのも疲れてきた。椅子の背にタオルを放って、寝てしまおうとベッドに歩み寄る。

薄い毛布を捲《めく》りながらベッドに手を付こうとして、そして。

「………ッッッ!?!?!?」

イレヴンは途轍《とてつ》もない俊敏《しゅんびん》さを見せて数メートル飛《と》び退《すさ》る。

そして足を止めずに廊下へと飛び出した。顔は引き攣る事すら忘れて表情が固まり、背筋を這い上がる悪寒《おかん》が体を震わせる。潰れた悲鳴の余韻が喉に詰まっている気がした。

全身でぶつかるように隣の扉へ駆け出し、ガチャガチャとドアノブを捻《ひね》る。動転している所為かなかなか開かず、間違った高揚に目元が熱くなる。

「リーダー!! リーダー入れて!! リーダー!!」

バキリと変な音を立てながらも何とか扉が開いた。

毛布からもそりと眠そうな顔を出したリゼルを見つけ、そのベッドへと躊躇なく全身を突っ込む。

リゼルは全力で寝ぼけているのだがイレヴンはそれどころじゃない。

思い出すのは毛布を捲ったベッドの上。そこで這《は》い回る、大量の種喰いワーム。

「気持ちわるッ、気持ちわるーッ!!」

「ん……」

「リーダー寝ないで俺無理もうなんか無理！　見てすっげぇ鳥肌！　マジ俺半泣きなんスけど！」

イレヴンは思い出す度にぞわぞわと悪寒の走る身体を震わせる。

触ってもいない種喰いワームの感触を拭わんと、ぐいぐいと体をリゼルへ押し付けた。人肌に酷く安心するも、久々にこれでもかという程に跳ねた心臓はなかなか落ち着いてくれない。

そんなイレヴンの頭を、寝ぼけ眼《まなこ》でリゼルが撫でた。ゆるり、とその唇が緩む。

「ドッキリ、だいせいこうです」

それだけ告げて眠る体勢へと戻ってしまったリゼルに、イレヴンは口元を引き攣らせた。

「あー……勝てねぇわ……」

まさかこう来るとはと、思いきり肩を落とす。

せめて今日はこのまま寝てやろう、むしろ明日から自分のベッドを使いたくない。そう思いながら、悪寒のあまり寒気すら感じてきた身体を目の前の体温に寄せた。これ程に驚かされたのだから、少し暑いぐらいは我慢してもらわないと割に合わない。

そう思いながら目を閉じたイレヴンはその日、種喰いワームが踊り狂う悪夢を見て物凄くうなされた。

108.

魔物図鑑《まものずかん》、というものが冒険者ギルドにはある。

国から国へ数多く存在するギルドの魔物図鑑は、大抵国ごとにその内容が違う。冒険者が持ち寄る情報を集めたものなので、その地域特有の魔物ばかりが詳細になっていくのだ
貸し出しの手間と破損の可能性により、冒険者がギルドから持ちだすことは禁止されている。とはいえ大体の冒険者が依頼に関する魔物の情報を求めるだけなので、わざわざ持ち帰って読み込もうなどという者はいないのだが。

図鑑は魔物の出現場所や素材箇所、時には解体方法まで載《の》っている。定期的に写本《しゃほん》による改訂が行われているものの、多くの冒険者に重宝《ちょうほう》されている図鑑は色あせ、擦り切れている事が多い。

「すみません、魔物図鑑を借りたいんですが」

そんななか、図鑑だけを目当てにギルドを訪れるリゼルは物好きの類《たぐい》だろう。

「はい。ええと、何巻でしたっけ」

「五巻です。あ、六巻も一緒に借りて良いですか？」

サポート用の受付に座った職員が、全て承知したように対応する。

彼はカウンターの下にある棚を覗き込み、何冊も並ぶ本を指でなぞった。数多存在する魔物を書き記そうと思えば一冊ではとても足りない。大体のギルドで、適当な種別に纏められている。

ちなみにギルド職員も初めは、まさか魔物図鑑を読み物として好む冒険者がいるとは夢にも思っていなかった。初めて読書をしている姿を見た時は、ただただ「何してんだろ……」と見守った程だ。

「お待たせしましたー」

「有難うございます」

浮かべられた微笑みに、慣れないなぁと職員はしきりに目を瞬かせた。普段は威勢《いせい》と粗暴《そぼう》の代名詞であるような冒険者を相手にしているのだから仕方ない。

「そういえばなんですけど」

「はい」

ふと疑問を抱き、聞いて良いのだろうかと思いながらも問いかける。

快《こころよ》く頷いてくれたリゼルに安堵し、その手にある魔物図鑑をじっと見た。

「前はパルテダールにいたんですよね、その時には魔物図鑑見なかったんですか？」

ギルドカードを見れば冒険者が何処のギルドに所属しているか、そして何処で登録をしたのかが分かる。拠点を移した直後の依頼で職員が確認するのだが、一瞥して流されるだけの情報がギルド全体に知れ渡っているのは流石の一言だ。

それはきっと、一刀がいるというだけではないのだろう。

「王都《パルテダ》でも全部読みましたよ。けど載ってる魔物も違うし、同じ魔物でも書いてあることが違うので面白いんです」

「へぇ、そうなんすか」

ギルド職員は冒険者と違い、国から国へと渡り歩くような事はない。

そんな事があるのかと頷いていれば、ふいにリゼルが「例えば……」と本を開いて捲っていく。ページを捲る仕草でさえ恐ろしく品が良かった。

「ここ、スライムのページですけど」

一緒に見られるようにと傾けられた本を、職員も立ち上がって覗き込んだ。冒険者らしい無骨《ぶこつ》な手とは違い、整った指先が解説の一文をなぞるように動く。

今の状況とは全く関係はないが、勉強の嫌いだった子供時代にリゼルが教師だったなら逃げずに大人しく話を聞いていただろうと職員は密かに確信した。耳に届く柔らかな声と、間延《まの》びのないゆったりとした口調は酷く頭に入ってきやすい。子供の頃、走り回る自分をひっ摑まえては拳骨《げんこつ》を落としていた学《まな》び舎《や》の大人には申し訳ないが。

「えーっと？　スライムのページなんて一回も見た事ないですわ……〝スライムが、時々ベシャリと溶けている事がある。核が放置されてて攻撃チャンス〟？」

「そう」

よくできました、とばかりに頷かれて少し照れる。

「とても分かりやすいですよね。けどこれが王都だと、〝スライムは睡眠時、稀《まれ》に溶けたように床に広がっている。その間は核が無防備に晒されているが、隙は短く二秒ほど〟って少し詳しくなるんです」

国民性が出ますよね、と微笑むリゼルを尻目に職員は天を仰いだ。

過去のアスタルニア冒険者ギルド職員は、何故もう少し頑張れなかったのか。情報源は冒険者だが図鑑に纏めるのは職員だ。ベシャリと言われてベシャリと書くのはどうなのか。

だが同時に、分かりやすければ良いじゃないかとも思ってしまうのだ。自分も生粋《きっすい》のアスタルニア人だなと、職員は潔く諦めた。

それよりも。

「あー……と。もしかして、読んだ図鑑、全部覚えてるんですか」

「依頼に関係しない魔物は曖昧《あいまい》ですけど」

関係していれば覚えているのか。そもそも曖昧も結構精度の高い曖昧なのだろうと、職員がちらりと本から視線を上げた時だった。

「後はやっぱり、図解とかも違うんですよね。アスタルニアの図解は躍動的《やくどうてき》で、見てて楽しくて」

何か変なスイッチが入りかけている。本マニアのスイッチだ。

そんな事など知る由もない職員だったが、本能が鳴らす警告のままに口を開いた。

「そ、そういえばいつもの席が埋まっちゃいますよ」

「あ、そうですね」

リゼルが顔を上げ、後ろを振り返る。

魔物図鑑を読む時はいつも同じ席だ。ギルド全体を見渡せながらも、落ち着いて読書ができるような席。パーティでの利用が前提なので大きめの席なのだが、混んでこようとリゼルは気にせず読書を続ける。

職員は一度、場所を譲れと絡まれているリゼルを見た事があった。だが至って平然と相席《あいせき》を勧め、絡んだ冒険者達も人数分の椅子は足りていたものだから文句も言えず、位置的にはがっつりパーティメンバーなリゼルが悠々《ゆうゆう》と読書に興じるという変な光景が誕生していた。

昼下がりの今も混んではいないが、テーブルを利用する冒険者の姿が点々とある。

「じゃあ今日も席を借りますね」

「ごゆっくりー」

自由に使えと置いてあるのだから自由に使えば良いものを、一言断りを入れるあたり育ちが良いのか気が利くのか。どちらにせよ冒険者にはいないタイプだと、職員は貸出名簿にリゼルの名前を記入した。

ジルは今まさに倒したボスを見下ろしながら、汚れた剣を拭《ぬぐ》って腰に戻した。

深層まで進んであった攻略途中の迷宮。それを踏破してしまおうと来たは良いものの、思ったより時間がかかってしまった。昼前には戻る予定だったので大した食料も持っておらず、微妙に腹が減っている。

目の前に横たわるのは、獣と植物が合わさったような奇妙な巨体。もしかしたら、これを美しいと称する者もいるだろうか。命の危険さえなければ、だが。

ジルは一際目《ひときわ》を引く巨大花へと歩み寄る。迷宮により定められた素材箇所は、そこに溜まる蜜《みつ》のみ。それ以外は花弁《かべん》一つだって持ち帰る事ができない。

「……」

顔を顰める。さっさと帰ってしまいたいが、と内心で呟いた。

彼は基本的に、ボス級の魔物の素材は余程面倒でなければ持ち帰る。逆に言えば、面倒だと思った程度で諦められる程度には執着《しゅうちゃく》がない。

他の冒険者ならば生死をかけて討伐し、歓喜しながら素材を手に入れ、それを巨万の富と化す。持ち帰れば他の冒険者から羨望《せんぼう》の眼差しを受ける事さえ容易だろう、それを放棄しようなどと正気の沙汰《さた》ではない。

だが、ジルはそれを容易く捨てる。装備に使えなければ興味もなく、金に困れば売って資金にするだろうが今はその必要もない。面倒だと思えばこのまま帰れば良かった
「……ッチ」

しかし舌打ちを零し、分厚い花弁を持ち上げた。

初めて見たボスの素材をどう採取すれば良いのかなど毎度分からないが、ようは採れれば良いのだ。幾重《いくえ》にも重なる花弁を広げていけば、途端に漂うのは甘い匂い。

ジルは顔面を凶悪なものに変え、もう一度舌打ちを零す。

だから嫌だったのだとは思いはするが、興味を持ちそうなのが一人いるのだから仕方ない。もし

話して聞かせれば、食べてみたかったと口にするのは想像に難くないのだから。

徐々に充満していく甘い香りに、覚えていた空腹が薄れていくのを感じる。それを八つ当たりするように、握っていた邪魔な花弁を引き千切《ちぎ》った。


五巻を読み終え、六巻へ。

「(カルミアウルフ、獰猛《どうもう》で巨大なウルフの背に巨大花が寄生して……)」

リゼルは背もたれを使用しない手本のような姿勢で、黙々と魔物図鑑へと目を通していた。今読んでいる巻は植物系の魔物が多く、普段はあまり目にしないものだから読んでいてとても面白い。

毒を持つものが多く、他者を捕食せんとばかりに襲い掛かる魔物もいれば、酷い状態異常を引き起こすだけで直接的な攻撃性を持たない魔物もいる。今まさに目を通しているボスクラスの魔物もそうだった。

毒のしたたる強固な刺《とげ》を、無数に纏った蔓《つる》を何本も操る巨大花。相手を錯乱《さくらん》させる香りを放ち、移動ができない点をウルフに寄生する事で克服《こくふく》している。さらに当のウルフも巨大花と連携するように牙《きば》と爪で敵を引き裂き、凶悪な蔓を巻き付けた尾を薙ぎ払うのだから隙がない。

文字を追うだけでボスに相応しい強さだと確信させる魔物、書かれたランクはS。当たり前かと、髪を耳にかけながら納得する。

「(素材は黄金蜜、黄金色《こがねいろ》をした美しさと、その一滴が黄金を凌《しの》ぐ価値を持つ事からその名が付けられた……ジル、採ってきてくれないかな)」

もし該当の迷宮を攻略済みなら、すでに持っていたりしないだろうか。

甘い物がとにかく苦手な男だが、恐らく手に入れてくれるだろう。そう考え、小さく微笑んだリゼルはゆっくりとページを次に進める。やろうと思えば時間をかけずに読み終える事が可能だが、急ぐ必要もないなら自分のペースで読書を楽しみたい。

だが、そろそろ切り上げ時だろう。本への集中力を徐々に散らす。

冒険者達が依頼を終える時間帯に差しかかり、先程から少しずつ扉の開閉音の頻度《ひんど》が上がっていた。報酬《ほうしゅう》待ちでテーブルを使いたい冒険者もいるだろうし、席を空けたほうが良さそうだ。

いちゃもんで「どけ」と言われてもどかないリゼルだが気は遣える。今は、貴族ではないのだから。

「ああ、見付けた」

その時、ふいに声が聞こえた。

他の誰かに投げかけられたにしては、真っ直ぐリゼルへと向けられた声。そして近付いてくる靴音に、リゼルは顔を本から上げないままに視線だけでそちらを見た。ギルドへ入ってきたばかりの冒険者が、その顔に笑みを浮かべて歩み寄ってくる。

リゼルとてアスタルニアに来てそこそこ経つし、他の冒険者の会話に混ぜてもらう事もあるのだ。よく出回るような噂はそれなりに耳にできているだろう。

目の前で立ち止まった冒険者の男と、彼を取り巻くパーティメンバー。そんな彼らについても直接関わったことはないが聞いた事くらいはあった。

「一人なんだ、丁度良かった」

断りもなく向かいに座った男に、リゼルは本を閉じながら微笑んだ。

これで読書に集中していたなら視線すら向けないが、そろそろ止めようかと思っていたところだ。騒めく周囲に相手の知名度を悟りつつ、さて何の用かと目の前の男を気負わず眺める。

用件は、想像がつかないでもないのだが。

「今、良いかい？」

「どうぞ」

貼りつけたような笑みを浮かべた男に対し、リゼルはそう穏やかに告げた。

今のアスタルニアでSランクに最も近いAランク、そう呼ばれているパーティだ。だが実際のランクを除外すれば一番近いのはどう考えてもあの三人組だよなと、他の冒険者に思われている事をリゼル達は知らない。

見た事のない組み合わせに周囲の視線が集まる。冒険者に用があるなら、ギルドを張るのが道理だろう。でもどうにも目立ってしまうなと、リゼルは今までの諸々を思い返しつつ内心で苦笑した。

「結論から言おう」

変わらぬ笑みを張りつけ続ける男が、そう言いながら軽く手を広げてみせた。

その物言いと、日に焼けてはいるがアスタルニア国民特有の美しい褐色の肌ではない事から、彼は余所から流れてきて此処を拠点としている冒険者なのだと分かる。聞く限り、リゼル達の少し前から滞在していたらしいが。

のんびりとそんな事を考えながら、リゼルは閉じた本を机の端へと寄せる。

「君のところの一刀が欲しいな」

ざわり、とギルド中の空気が揺れた。

それは様々な感情を含んでいる。多くが驚愕、そして本人らも自覚していないだろう少しの憤《いきどお》りと不安。誰しも、職員でさえ作業の手を止めて一つのテーブルを見つめていた。

その視線の先で、リゼルがゆるりと微笑む。あまりにも常と変わらぬ笑みに、果たしてどう出るのかと男が張り付いた笑顔を深めた時だった。

「どうぞ」

あっさりとした声に、先程よりも強い驚愕が広がる。

「それは、どういう意味なんだろう」

「引き抜きはご自由に、って意味です。あれ、引き抜きに俺《リーダー》の許可って必要ないんですよね？」

冒険者の引き抜きというのは珍しくない。

同郷《どうきょう》で仲良し、なんていうパーティなど滅多にないからだ。大抵は同程度の実力を持つ者同士、依頼の達成が楽になるし金の節約にもなるというだけの理由で組んでいる。

よって、現状より上の条件を提示するだけで引き抜きは可能だ。勿論、組んでいる内に仲間意識が芽生《めば》える事も少なくはないのだが。

そして引き抜きを受けるも受けないも個人の自由。礼儀《れいぎ》として世話になった挨拶はするかもしれないが、その程度だろう。

「ジル達が貴方達の誘いに応じるっていうなら、俺が止める理由はありません」

平然と告げるリゼルを、男は笑みを絶やさず見つめ続けた。

だがリゼルからは見つからない。自らの仲間が誘いに応じる筈がないという傲慢《ごうまん》も、離れていくかもしれないという焦燥《しょうそう》も、仲間を奪い取ろうとする相手に対する警戒も。何なら周囲の動揺のほうが強いくらいだ。

リゼルの言葉は間違いなく本心からのもの。一刀を傍に置いておいて惜しまないとは、随分と物知らずなのか大物なのか。そう結論をつけて男は足を組み、楽しそうに身を乗り出した。

「ははっ、なら一刀引き抜きの為のアドバイスなんか、頼めば教えてもらえるのかな？　だって、止めないいんだから」

男はまるで悪びれない。挑発の意図はなく、戯れのつもりなのだろう。

見ていた周囲の冒険者達が〝癪《しゃく》に障《さわ》る男だ〟と嫌そうに顔を顰めるなか、リゼルはといえば〝引き抜きを仕掛ける割にはジルと相性が悪そうだ〟と可笑しそうに笑う。

「役立つ助言はできないでしょうが、相談には乗ってあげます」

「へぇ……」

向けられた微笑みに、男は思わず目を見開いた。

まさか本当に引き抜かれたい訳ではないだろう。だが相談には乗るという。その割には役立つ助言がない、つまり引き抜きは不可能なのだから助言に意味などないと言っているようなものだ。

当たり前のように告げられたそれに、男の瞳が弧を描く。

「助かるよ！　彼が引き抜きに応じるだけのメリットを用意できたか不安だったんだ」

「分かりますよ」

「だろう？　だから考えたんだけど、ほら、君と一緒じゃ迷宮ではどうしても攻略のペースが落ちてしまうだろうし」

当たり前のようにそう告げる男に、時と場合によれば確かにとリゼルも頷いた。

事実、変な仕掛けさえなければ単純な進行速度はジル一人の時がいちばん早い。パーティで潜っている時に踏破を急ぐ用など今までなかった為、三人がそれを気にした事はなかったが。

リゼルは何故か、周囲の苛立ちが増したのを感じた。微笑ましげに目元を緩める。自分を思ってなどと言うつもりはないが、彼らが男の発言に苛立ちを感じたのなら感謝すべきだろう。

「一刀は新しい迷宮を見るとひとまず踏破するらしいし……ははっ、言葉にすると凄く簡単そうだな。まぁ俺達には困難でも彼にとっては違うんだから、間違っちゃいないんだろうけど」

笑みを張りつけたままの表情は分かりにくいが、確かに男は喜んでいた。

一刀信者というのではない。純粋に自らのメリットを増す存在への喜びか。圧倒的戦力を身の内に抱える歓喜は、誰しも持ち得るのだから。

「彼にとっては同行者なんて足手まといに外ならないだろう？　君も、俺もさ。だから俺達が一刀に示すメリットは、彼が望む強敵《ボス》へのフリーパスだよ！」

さも名案だというように男が言いきった。

どうだと両手を広げる彼に、リゼルは考えるように緩く握った手を口元に触れさせる。割と真剣に検討していた。

「つまりジルが潜ろうと思っている迷宮に先に潜って、後はボスと戦うだけの状態にするっていう事ですか？」

「そう、良いだろ？　一刀が求めるのは強敵との戦いだって話だし、ちまちました攻略なんて煩《わずら》わしいと思って」

流石はSランクに最も近いAランク、と言うべきか。

ボスか、ボスに近い階層まで辿りつく事ができる実力を持っているのだろう。ジルやイレヴンでリゼルの感覚は大分麻痺《まひ》しているが、それは相当な実力者の証だった。

彼らだからこそ提示できるメリット、確かに理に適っている。そうなれば気になるのは男達自身のメリットなのだが、考えられるものなど一つしかない。

「貴方達もその功績でランクアップ、ですね」

「そうだよ、パーティで迷宮を攻略した事に変わりないしね。君も少なからず、彼の功績に乗っかってる筈だ」

「そうですね、やっぱり優秀なパーティメンバーがいると助かります」

さらりと告げたリゼルに、同意を得られた男も笑みを深めながら頷いた。誰しもパーティを組むならば優秀な冒険者が良い。だからこそ引き抜きがあるのだから。

しかし、言ってしまえばただそれだけの会話が、周囲の冒険者にとっては何故だか酷く不快だった。それが二人の内、どちらに向いているかなど言うまでもない。

「でも、それじゃメリットには弱いですよ」

「え？」

「確かにジルは面倒な事は嫌がりますけど」

リゼルはテーブルの上で戯れるように両手の指を絡ませ、男を見据えながらゆるりと首を傾けた。

「手間がかかるのは、ああ見えて嫌いじゃないんです」

それが何の事を言っているのか。いや、誰の事を言っているのか。分からない者などいなかった。

視線が集中する。それを全く気に留めないリゼルの前で、男の貼り付いた笑みが一瞬ピクリと固まった。目撃した野次馬《やじうま》の冒険者も思わず無言のガッツポーズだ。

「それは、迷宮のことかな」

男が静かな口調で問いかける。

しかしリゼルは微笑んだまま何も返さない。聞くまでもない事だろうと、男はそう言われていると解釈《かいしゃく》して頷いた。それはリゼルの返答に納得したようにも、自分を納得させているようにも見える。

「ああ、そうだな。もしそうなら、迷宮の攻略を俺達で進めておくっていうのはメリットとして弱いかもしれない」

「楽は楽なんでしょうけどね。良い所をついてると思います」

「でも、そのメリットが君にはないだろ？　物珍しさで興味を引いているのに比べたら、よほど条件が良いと思うけど」

その言葉にリゼルはパチリと目を瞬いた。そうだろうと、男の笑みが深くなる。

しかし返ってきたのは、彼の望んだ返答ではなかった。

「まさか。ジル達が無償《むしょう》で動くように見えますか？」

可笑しそうに笑い、リゼルが組んでいた指をパッと離す。

「彼らはいつだって、与えた分しか動いてくれませんよ」

金か、物か、それが何かは男には分からない。しかしそれが分かれば一刀を引き抜く事ができる筈だと、男は教えてくれないかと言わんばかりに意気揚々と身を乗り出した。

それを見たリゼルが困ったように眉を下げるのに、彼はその表情に貼り付いた笑みを輝かせて何度も頷いてみせる。

「うん、分かるよ、本当に離れようとすると手放すのが惜しくなるんだよね。君がまさか、そんなケチ臭い真似をするとは思わなかったな、何だかとても残念だよ」

肩を竦《すく》める男に、そうじゃなくてとリゼルは苦笑した。

「貴方達には無理なので、教えても意味がないかなと思って」

告げられた言葉に、男の笑みが耐えきれず歪む。

その言葉はようやく中位と呼べる範囲に上がったばかりのCランクが、Sも間近なAランクを相手に口にして良い言葉ではなかった。ランクは目安に過ぎず、実力主義が冒険者の世界とはいえ、男は確実に目の前の穏やかな人物よりも強いのだから。

テーブルの上で握りこまれた男の拳が、人知れずミシリと小さな音を立てた。

「手放すのはいつだって惜しいですよ。手放したいって言ってないでしょう？」

「引き抜きを止めなかったじゃないか」

「引き抜きは止めませんし、それを受けて去っていくなら惜しくないってだけです」

リゼルは髪を耳にかけながら一瞬だけ目を伏せる。それがふと持ち上げられた直後、男の笑みは完全に消えた。

「だって」

人を甘やかすような瞳は高貴を孕み、穏やかな空気は他者を自らの意思で跪《ひざまず》かせる清廉へと変わる。薄らと開いた薄い唇は、次に紡《つむ》ぐ言葉を人々に期待させるように視線を惹きつけた。

与えられる言葉を受け入れないという行いが罪なのだと、そう人々に思わせる程に。ギルドはもはや普段とは全く違う空間へと変貌していた。

「その程度で離れていくようなら、最初からいりません」

囁《ささや》くように零された言葉が、波紋《はもん》を広げるように静寂に落ちる。

「それは、どう……」

言いかけた言葉は続かず男は口を噤む。

しかし促すように首を傾げるリゼルに、再び唇を開こうとして愕然とした。発言の許可を与えられたのだと、そう判断してしまった自分に対してだ。

あってはならない事だと、冒険者という価値観に縛られた男は戦慄《せんりつ》する。確かに一刀についていける程度の実力はあるのだろう、それでも自分より弱い、ならば優位は揺らがない筈だと。

「こん、そんな、傲慢が、俺をッ……許されることじゃない！」

笑みを歪に歪めた男が椅子を蹴り倒しながら立ち上がる。

彼は激しく両手をテーブルへと叩きつけた。Aランクの実力者に相応しい、相当な力が込められただろうそれにテーブルが嫌な音を立てて軋んだ。

しかしリゼルは一切反応しない。代わりに両肘をついて、少しばかり身を乗り出しながら重ねた手に顎を乗せる。色を深めたアメジストがじっと男を映した。

「本当に？」

場違いとも感じさせる柔らかな問いかけ。

本来ならば他者を支配するに適さないそれが、今確かに男の意識を縛りつける。

「本当に、許されませんか？」

この存在の行いが、果たして許されない事があるのか。

許さない人間が、いるのか。思いかけ、男はそれを掻き消すように首を振った。

「ッ話を逸らすなよ……！」

刻み込んだ笑みが引き攣り、消えゆくのを恐れるように彼は顔面に触れる。隠された表情が思い描いているものなのか、もはや本人にすら分からない。

その息は冷静さを取り戻そうとするかのように荒い。テーブルに残る片手は力が籠もりすぎて震えていた。

「一刀が君に相応しくないとは言わない……ッ今の君を見れば、そう思うよ」

男もここまで上り詰めた冒険者だ。目の前の存在が只者《ただもの》でない事くらいは分かる。

しかし、やはり許されなかった。認められなかった。何故なら冒険者としての彼自身が、リゼルを傍に置く理由などないと判断している。

戦力的なメリットなどない。足を引っ張る邪魔な存在でしかない。だから、と男は喉を引きつらせながらも嬉々として叫んだ。

「そうだ、やっぱりそうだ！　分からないかい？　君が、一刀に相応しくないだけなんだ！　だってそうだろ、君が居たところで」

コトリ、と固い音。男の声が途切れる。

音を立てた本人を除けば、状況を把握できていたのは唯一人。リゼルは目の前に置かれた瓶と、それを満たす黄金色に一度だけ目を瞬いて嬉しそうに破顔《はがん》し、大切そうに両手でそれを受け取った。

そして黒の手袋に包まれた手が、リゼルの肩をゆるく摑んで後ろへと柔《やわ》く押してくる。逆らわず、テーブルから遠ざかるように背筋を伸ばした。

それは、ほんの数秒のやり取り。褒めるように頬をかすめて離れていく指を、リゼルは瞳を緩めながら見送る。

「てめぇが決める事じゃねぇだろ」

「一刀、……ッ」

直後、低く掠れた声と共に男の歪な笑みがテーブルへと叩きつけられた。

壮絶な破壊音を響かせ、木片を散らしながらテーブルが大破《たいは》する。そこに倒れ込んだ男はピクリとも動かない。呆気に取られていた彼のパーティメンバーがようやく我に返り、殺気を隠そうともせず武器を抜いた。

リゼルは目を伏せ、ジルの指が自身の前髪についた木屑《きくず》を掬《すく》い取っていくのを感じていた。指先は髪ごと掬い、そして目元に被せるように梳《す》いて離れていく。

閉じた瞳を開く頃には、全てが終わっているのだろう。

「これ生きてんの？」

「癪に障るとはいえ実力あんのに瞬殺《しゅんさつ》とか。全然見えんかったけど」

「俺剣がぶち斬られるとこ初めて見たんだけど。うっわ、見ろよ切り口」

「つうか穏やかさん……ハッ、穏やか様がリーダーってのて改めて納得したわ」

大破したテーブル周りに集まっている冒険者らが、死屍累々《ししるいるい》のAランクパーティを見下ろしながら盛り上がっている。

清廉な空気のなかでは口を開けなかった彼らも、我に返ればいつもどおりだ。そこらへん上手《うま》いよなと眺めるジルの前で、当のリゼルはといえば無傷の図鑑を返しつつ、職員相手にテーブルの弁償についての話し合いをしている。男の顔面が破壊したから全部向こうの所為だ、とは一連の流れを一から十まで見ていた職員には通用しない。

「七、三になりました」

「どっち」

「向こうが七です」

通用しない癖に、あちらに過失を持っていくあたりがリゼルなのだが。

ほくほくと円満《えんまん》な話し合いを終えて戻ってきたリゼルに溜息を零し、ジルは自身も依頼の完了手続きを行う。もはや何事もなかったかのように話す二人に、手続きを行った職員の口元も思わず引き攣っていた。

「あれでSランクに一番近いってどうなんでしょう。ヒスイさん一人でも勝てそうですけど」

「なってねぇなら近いだの遠いだの言っても意味ねぇだろ」

中位に分類されるBランクと上位に分類されるAランクの差は歴然《れきぜん》としている。

しかしAランクとSランクの差は存在しない。そこにあるのは、上がれるか上がれないかの二択だけだ。上がれるパーティはすぐにでも上がれるし、上がれないパーティは何十年かかろうと上がれない。

Sランクだけはランクの延長ではなく、次元が違うと言っても良いだろう。

「君が言うと説得力ありますね」

「あ?」

訝しげなジルに、リゼルは可笑しそうに首を振った。

そして職員からギルドカードを受け取り、手続きが終了する。騒動を起こしてしまった身としては、早々に立ち去ったほうが事後処理もしやすいだろう。長居は不要とばかりにリゼル達が踵を返した時だ。

「今の戦い凄かったです！　俺を一番弟子にしてください！　お願いしゃす！」

ふいに勢いよく転がり出てきたのは、若い冒険者だった。

もしかしたら駆け出しなのかもしれない。緊張した面持ちでビシリと立ち、その視線は輝きながらジルを見上げている。リゼルが揶揄うように隣に立つジルを見上げてみれば、呆れたような視線が返ってきた。

ジルはそのまま、弟子入り志願者を一瞥することなく歩き出す。

リゼルも苦笑しながらそれに続いた。ギルドを出る直前に何となく振り返ってみれば、素通りされて固まっている冒険者の肩を「ナイスファイト！」と力強く叩く他の冒険者らの姿。

通りを歩きながら、ちらりとジルを窺う。

「ああいう子、いるんですね」

「年に一人ぐらいはいいんじゃねぇの」

勇気のある冒険者は何処にでもいるものだ。

適当に言うジルにリゼルは頷き、そしてふと何かを考えるように視線を流す。そう、一つだけ物言いをつけるなら。

「ジルの一番弟子っていうなら、俺なのに」

「何拗ねてんだよ、アホ」

意地が悪そうに笑みを浮かべるジルへと、リゼルは満足そうに微笑んでみせた。

109.

アスタルニア王宮の書庫は決して広いほうではないだろう。

しかし使いやすさや探しやすさを放棄し、隙間を埋めるように存在する本棚により異色の蔵書数《ぞうしょすう》を誇っている。少しの階段を下りて辿り着く入り口、半地下というのもアスタルニアの強い太陽光を避ける為なのと、床を下げて天井を高くする為であった。

その高さを測れる筈の壁はというと、びっしりと敷き詰められた本棚によって完全に姿を隠している。どんな長身でも到底手が届かない位置まで本で埋め尽くされているので、上のほうにある本を取る為の梯子が点々と存在していた。

梯子はスペース確保の為、傾斜《けいしゃ》など作られていない。しかしリゼルは器用に落ちたら怪我をする高さまで登ってその場で読み始めるし、アリムは布の塊のままスルスルと登ってスルスルと降りてくる。

その梯子が階段のような形をしており、本棚にピタリと側面をつけるように置かれているのが元の世界にあるリゼルの実家の書庫だ。ここは内観も見栄えに配慮されている。

城のホールのような書庫は広く、吹き抜けになっている。中央から二階部分へと繋がる階段はあるが、二階といっても壁に隙間なく並べられた本を選ぶのに充分な足場と、点々と置かれた読書スペースの幅しかない。

一階には間隔や角度を一切乱さず整然と並べられた本棚が数多存在し、ジャンルごとに分かりやすく分類されている。誰もが必然的に口を閉じる静寂の空間は、あちらの人々に言わせればまさに〝大図書館〟の名に相応しいものだった。

しかし、その空間が氷山の一角であることを知る者は少ない。地下に広がる幻想的なまでの本の為の空間は、リゼルにとって一番落ち着ける場所でもあった。

両者に共通するのは、とにかく視界を埋め尽くす数の本。

リゼルはとにかく本を読む。勿論読んだ事のない本は喜んで読むが、読んだ事のある本だって読み返すに足る本に出会えた喜びを噛み締めながら再び読む。

ナハスにパイプ役を頼み、書庫の本を持ってきてもらう方法のほうが、書庫の使用許可を得るより余程楽だっただろう。それでも王宮の書庫へと通いたがるのは、空間魔法があれば書庫などいらないなどと一度も思った事はないのは、本が並んでいる光景もそれらに囲まれる空間も好んでいるからに外ならない。

「生殺しです……」

しかしそれは、それらの本が読める事が前提だ。

「あいつ落ち込みすぎだろ」

「リーダー凄ぇ楽しみにしてたからなァ」

リゼル達は今、とある迷宮へと訪れていた。

それはつい先日、アスタルニアで新しく発見された迷宮。迷宮は時々、何の前触れもなく増えたり減ったりする。ちなみに既存の迷宮が消える時にそこに潜っていた冒険者は、強制的に扉のあった場所に戻されるので危険はない。

王都に続き、アスタルニアでも新迷宮の出現に立ち会えるとは何ともタイミングが良いだろう。とはいえ国から国へ行き交う冒険者、特別珍しいという程でもないのだが。

冒険者ならば誰もが初踏破を夢見て連日通い詰める新迷宮。以前は興味を引かれなかったリゼルが、今回は何故訪れているのか。それは、早速迷宮の攻略を始めた冒険者が初日に持ち帰ってきた情報による。

『めっちゃ本だらけで頭痛くなりそうな迷宮だった』

行くしかない。

「予想はしてましたけど、本当に読めないなんて」

「お前動かなくなんだろうが、読めねぇほうが良い」

〝人ならざる者達の書庫〟、それが新しく出現した迷宮に付けられた名前だ。

歴史を感じさせる書庫を彷彿《ほうふつ》とさせる内部は、その通路であっても両側にずらりと本棚が存在する。棚にはびっしりと、あるいは空いた隙間に倒れたりしながら本が並べられていた。

その本を引っ張ったり押したりして何とか読めないかと試していたリゼルだが、諦めたように手を離す。読もうにも微動だにしない。

「おら、諦めろ」

「折角あんなに並んだのに……」

「馬車もすっげぇ混んでたッスもんね。新しい迷宮っていやあんなモンだけど」

新規の迷宮はとにかく混む。

踏破報酬はボスの討伐一番乗りのパーティのもの。そうでなくとも道一つで情報提供料を手に入れられるチャンスだ。全てが早い者勝ち、誰もが周囲と競い合って攻略を進める。さらには誰より攻略を進めている事自体が、優れたパーティである証明なのだから。

よって朝一で馬車乗り場に向かったというのに長蛇《ちょうだ》の列で、馬車の中もぎゅうぎゅうだった。そして乗っていた全員がこの迷宮で降りたので、門の前でも順番待ちで並ぶ羽目になった。

「ジルが新しい迷宮は混むから嫌だって言ってたのが分かりました」

「だから言っただろうが」

「でも、来たかったので」

呆れたような目で見るジルに、リゼルはほのほのと笑う。

言うまでもなく新しい迷宮行きを面倒臭がったジルだが、彼は迷宮の情報が入ってくるなりすぐさま諦めた。行きたいと主張される事が分かりきっていたからだ。本に関する事でリゼルは引かない。

「あー……あ？　リーダー、なんか本の題名おかしくねぇ？」

ふいにリゼルの隣で本の背表紙をつついていたイレヴンが声を上げる。

「そうなんですよね、見てても規則性もないし」

「じゃ、適当か」

「取《と》り敢《あ》えず埋めとけっつうのも迷宮らしくねぇな」

「いえ、逆に無地にしない辺りがこだわりな気も」

感心したようにリゼルがこちらを向いた本の背を視線でなぞる。

書かれている文字は本の題名とはとても思えないものばかりだ。〝That《あれ》〟〝House《家》〟〝Sad《悲しい》〟〝Journey《旅》〟〝Steal《横取り》〟〝Slid《すべった》〟などの単語が無造作に割り振られており、何も書いてないよりマシだろうという意図が伝わってくるようだった。

迷宮だから仕方ない。そう思いながらイレヴンは本から指を離し、ジルの隣へ歩み寄った。

「入口でこんだけ立ち止まんのリーダーぐらいだよなぁ……」

「楽しいなら良いんじゃねぇの」

一冊ぐらい読めないかと、どうにも諦めきれないリゼルが倒れた本を相手に格闘している後ろ姿を、ジルとイレヴンは〝そろそろ飽きてきた〟と眺める。

他の冒険者が一階層でも先にと競い合うなか、読書欲求を満たそうと奮闘《ふんとう》するリゼルは何なのか。だから冒険者もどきだと言われるんだ、とジル達は決して口に出さない。

そして最後のチャレンジのつもりだったのだろう。表紙に指先をかけて全力で捲ろうと力を込めていた手を離し、リゼルが残念そうに振り返った。

「お待たせしました、行きましょうか」

「もう良いのか」

「はい、先に進めばまた何かあるかもしれませんし」

やはりいまいち希望を捨てきれていない。

そんなリゼルにジルは溜息をつき、それならばさっさと行くぞとばかりに攻略を開始した。


「〝人ならざる者達の書庫〟、納得ですね」

巨大蜘蛛《ぐも》の魔物を撃ち抜き、リゼルはふっと隣を見た。

そこには白いマントを纏う〝何か〟がいる。その〝何か〟は迷宮の所々にポツリポツリと存在し、あるいは本を探すように音もなく歩き回り、あるいは動かせない筈の本を抜き取ってパラリパラリと捲っていた。

それらは皆一様に白いマントを身に着けている。腕を通す袖《そで》はなく、上からスポリと被って足先までも隠していた。そして唯一開いた顔の部分は、黒い闇に塗りつぶされている。目も口もないただの漆黒《しっこく》と、ゆっくりと滑るように移動する姿は、それらが人ではない事を伝えてきた。

「最初聞いた時は魔物のコトかと思ったんだけどなァ」

「てめぇは名付けた奴が絶対ドヤ顔してたって大爆笑だったな」

すれ違うように自らの体を通り抜ける何かに、イレヴンは剣を振るった。

繰り出された剣撃《けんげき》は、しかし何にも当たらずに振り抜かれる。背景の本棚が薄らと透けて見えるそれには実体がない。こちらから干渉《かんしょう》はできないが、向こうも干渉してこない。

「何の為にいんスかね」

「雰囲気出し、とかでも納得ですけど」

リゼルは本を読む〝何か〟の手元を覗き込んだ。

本はその〝何か〟の前で、宙にピタリと固定されたかのように浮かんでいる。規則的なペースで捲られる紙面には何も書かれていない。

それを残念に思いながら、リゼルは床で息絶えている巨大蜘蛛を跨いで歩みを再開させた。

「空飛ぶ本、巨大蜘蛛、後はゴースト系、書庫のイメージって感じですね」

「深層行くとフルアーマーとか出てくんじゃねぇの」

「あー、ありそう」

大体の迷宮では迷宮の環境に合わせた魔物が襲いかかってくるので、ジルの予想も有り得なくはないだろう。風景的に似合いそうだ。後は何が出てくるだろうかと、三人は口々に魔物の名前を挙げて遊んだ。

そして時折〝何か〟とすれ違い、何回かの戦闘を挟み、分かれ道を進み、この階層は全て歩き尽くしたのではと思える程に探索した頃。壁面を本棚が埋めている何も変わらぬ通路の途中で、ふいにリゼルが足を止める。

「どうした」

「いえ、ちょっと違和感が」

その視線は一つの本棚へ。罠か、とジルとイレヴンもそちらを見たが何の違和感もない。

リゼルがゆっくりと書庫に歩み寄り、隙間なく並ぶ本の一冊へと手を伸ばした。その題名を指先でなぞり、棚の上から下まで全ての本を確認するように目を通す。

「んー……罠、なのかな」

「どしたの、リーダー」

「ほら、これです」

これと言われても、ジル達は示された本が他と何かが違うようには見えない。

顔を近付け、まじまじと目を凝《こ》らすイレヴンに可笑しそうに笑い、リゼルはその題名をトントンとつついてみせた。

「この本棚、これ以外の本は同じ本です」

「は？　あ、ほんとだ」

その一冊を除き、他の本の題名は全て〝Secret《秘める》〟。

だが共通点はそこだけだ。本自体の形や厚み、色は統一されていない。よく気付いたものだと、ジルは呆れ半分、感心半分の目で改めてリゼルが指さす一冊を見る。

書かれているのは〝Door《扉》〟。罠の可能性も大いにあるが、いかにも隠し扉がありそうな仕掛けだ。

背表紙の上に指をかけたリゼルが、さてどうしようと二人を見る。

「罠の可能性は低いだろ」

「お好きにどーぞ」

たとえ罠だろうが問題はないと態度で示すジルと、にっこりと笑ってみせたイレヴンに微笑み、リゼルは指先に力を込めた。傾くように手前に引かれた本が、引っかけたような感触と共に動きを止める。ガチン、とまるで歯車が嵌《はま》ったような音がした。

「やっぱりこれも読めないんですね」

「あ、そこ？」

「だから諦めろっつってんだろうが」

戯れるように会話を交わす三人の前で、本棚が軋んだ音を立てて震える。

ジルとイレヴンが立ち位置を一歩前へ。その間にも棚は重い音と共に奥へと押し込まれていき、横へスライドするようにその身をずらした。

本棚一つ分の空間が空いた向こう側に、薄暗い通路が奥へ奥へと伸びている。

「隠し通路じゃん、当たりっぽい？」

「奥に強敵とかいるんでしょうか」

「そりゃ良いな」

地底竜が待ち構えていた〝水晶の遺跡〟の隠し通路を思い出しながら、どうだと視線を寄越すリゼルにジルは愉しげに目を細めた。

「宝箱でも良いけど」

「つってもまだ浅ぇだろ」

「や、凄ぇ隠され方してっし良いもんありそうじゃん」

話しながら、三人は隠し通路に足を踏み入れた。

等間隔で配置されたランプのみで照らされた薄暗い空間は、狭く閉塞的《へいそくてき》で少しだけ埃っぽい。ランプから密やかに零れ落ちる光の残滓が、まるで物語に出てくる妖精のようだった。

「うちにあった書庫にちょっとだけ似てます」

「ホームシック？」

「そうかもしれません」

にんまりと笑って覗き込んできたイレヴンに、リゼルは可笑しそうに目元を緩めた。

そして、一本道を奥へと進んでいく。時折、〝何か〟が本棚の前に立っては白紙の本を読んでいた。パラ、パラ、パラ、とページが捲られる音だけが彼らの存在を現世に繋ぎとめているかのようだ。

歩くごとに音が近付き、遠ざかる。それは一定のペースを崩さない。

「お前、よく気付いたな」

ふいにジルが零したそれに、リゼルは彼を振り返った。

「あ、それ俺も思った。ニィサンとか俺のが目ぇ良いじゃん」

「慣れですよ、慣れ」

「説得力あるー」

最初は興味深く眺めていた本棚も、暫くすればただの風景と化す。

見えてはいるが意識を向けていないそれらに、本来ならば気付く人間などいないだろう。リゼルが気付いたのは本人の言葉どおり慣れと言うしかない。

常日頃から隙間なく本の並ぶ棚の前に立ち、そして目当ての本を探す為に左上から順番に目を通す必要がなくなったのはいつの頃だろうか。さっと目を通すだけで並べられた本を把握する程度は容易だし、そこで違和感に目を止められる程度には多種多様の本棚を見てきている。

「殿下もできそうです」

「お前はこの迷宮と相性良すぎんな」

「あー」

「良いことじゃないですか」

「コレぜってぇ他の冒険者とか気付かなそう。情報料ゲットッスね」

とはいえ、この先にあるもの次第で情報料は大きく変わってくるだろうが。

三人は狭い通路の先へと視線を向けた。これまで続いてきた一本道が途切れ、奥に広い空間があるのが分かる。

近付くごとに視界が広がっていく。塔《とう》のような広く高い空間と、その壁一面を埋め尽くす本。そして、それらに沿うように存在する細い螺旋《らせん》階段。

「ステンドグラスと……オルガン？」

通路を抜け、そこに足を踏み入れたリゼルの目が捉《とら》えたのは無数の本ではなかった。

三人の正面、途切れた本棚の足元に一台のオルガンがあった。その後ろには、本棚のない空間を埋めるように細く長いステンドグラスが遥か高く天井まで伸びている。様々な色彩で描かれる幾何《きか》学《がく》模様が酷く美しい。

そこから差し込む光は月明かりのように静かだった。その美しい煌めきがオルガンへ、そして床へと映る光景は酷く幻想的で目を奪われる。

「絵画《かいが》になったら高そー」

「ボスでもいりゃ倍は行くだろ、勿体ねぇ」

身も蓋もない。

「つかこれ以上進めねぇじゃん、何もねぇの？」

「どうでしょう、また隠された入口でもあるんでしょうか」

リゼルは周りを見渡した。

何となく、床に映ったステンドグラスの色彩を踏まないように歩き出す。見下ろしてもその模様が何かを示している様子はなく、イレヴンがひらひらと手で光を遮ってみても変化はない。

そのまま広間を横断し、触れてみたオルガンは蓋の鍵が閉まっていた。その鍵も自力で開けられそうにない。

「〝何か〟もいるけど、歩き回ってるだけだし」

「本の名前も変わんねぇな」

白い〝何か〟は相変わらず、滑るように螺旋階段を行き来している。今まで見て来た他の〝何か〟と何も変わらず、所々に存在する梯子を器用に使って上下に移動している。

並ぶ本も、やはり背表紙を埋めるように単語が書かれているだけ。もしや膨大《ぼうだい》な本の中から、隠し通路を見つけた時のようなギミックをさらに探さなければいけないのか。それは面倒だと、ジルとイレヴンが顔を顰めた時だった。

「探してるんでしょうか」

「あ？」

色鮮やかな光を掌で受け止めながら、リゼルは上を見上げていた。

ジルが訝しげな声を上げながらその視線を追えば、その先にはゆっくりと螺旋階段を移動している〝何か〟の姿。

「隠し通路に入ってから見た彼らは皆、本を読んでいましたよね」

「あー……言われてみりゃそうかも。じゃあアレは読む本探してるっつうこと？」

「探してあげれば良いのかもしれません」

微笑んだリゼルが、髪を耳へかけながら近くの本棚へと歩み寄る。何冊かを指で追い、ゆるりと首を傾けた。

「今までは並びが不規則でしたけど、ここにある本は綺麗に並んでるんです。AからZまで」

「どの本探せば良いかは分かってんのか」

「多分ですけど」

「何？　何処で？」

リゼルがそれに辿り着いている事にはジルもイレヴンも驚かない。

気になるのは何処でそれを知ったのか、答えは何なのか。二人も冒険者として迷宮を攻略する手段は純粋に気になる。

そんな二人の前で、リゼルはパッと片手を広げてみせた。

「隠し通路にいた白い彼らのこと、何人いたか覚えてますか？」

「えー、そんなん一々気にしてねぇからなァ……八？」

「惜しい、七です。その彼らが読んでた本の名前が、一人目から」

広げられた指が、一本ずつ畳まれていく。

「〝Red《赤》〟、〝Orange《橙》〟、〝Yellow《黄》〟、〝Green《緑》〟、〝Blue《青》〟、〝Indigo《藍》〟、〝Purple《紫》〟」

全ての指が畳《たた》まれ、二本だけ戻される。

何も知らない段階から何故それを確認し、何故覚えているのか。リゼルをそれなりに知る者はそんな事を聞かない。思いはするが。

「探す本は、〝Rainbow《虹》〟です」

手を下ろしながら微笑んだリゼルに、ジル達は思わず成程と納得した。

隠し通路で一度も魔物に遭わなかったのは、この為なのだろう。本来ならば、恐らく行ったり来たりしながらヒントを探す羽目になるのだから。

とはいえ冒険者ごとに内容は変わるのかもしれないが。今回のようなヒントでは、たとえ仕掛けに気付く事ができようと冒険者では正解に辿りつけないだろう。虹の色を覚えている冒険者など果たして何人いるだろうか。

「あー、そゆこと。つか虹ってそうなんスか」

「そうですよ、今度見てみてください」

「ぼーっと虹見てても頭おかしくなったと思われんだろ」

「ニィサンはなァ」

「てめぇもだよ」

何かを擦《なす》り付け合っている二人を尻目に、さてとリゼルは天井高くまで敷き詰められた本棚を見上げた。天辺《てっぺん》は遠く、果たして螺旋階段を何周すれば辿り着くのか。やや複雑な思い出が甦りそうになる。

とはいえ並びを見る限り、R始まりの本は中程にあるのだろうが。あそこらへんかな、と踏み出しかけた足は、ふいにジルによって腕を掴まれて止められた。

「お前は休んでろ」

「そッスね」

リゼルは一度目を瞬き、そして口元を綻《ほころ》ばせる。

「有難うございます」

頷いたリゼルを確認し、ジルが傍の梯子を掴んだ。

一つ上の螺旋階段へと繋がるそれを、二段飛ばしだったり三段飛ばしだったりで軽々と上っていく。イレヴンも満足げに目を細め、こちらは階段の一段目から軽い足取りで上っていってしまった。

それぞれの方向へ別れた二人を見上げながら、リゼルは梯子に腰かけた。

特別疲れている訳でもないが、歩き回った分は確かに疲労しているのだろう。座って初めて少しだけ重さを感じる足を伸ばしながら、頭脳労働した分だけ休ませてくれる自らのパーティへと感謝した。

背筋を伸ばすように視線を上げれば、向かい側の螺旋階段で本棚を眺めるように足を止めている〝何か〟を見つける。

「（本を……そのまま渡せば良いのかな。向こうがこっちを認識してる素振りはなかったけど）」

コツコツと、木の梯子とジル達の靴底がぶつかる音が何処からか聞こえる。

少しだけ反響して聞こえるそれに耳を澄ませながら、静かだなとぼんやりと考えていた。すぐに動きだした白い影を目で追う。

イレヴンの言ったとおり、ホームシックになりそうだ。微笑みながら眺めた本の壁に実家の書庫を幻視《げんし》する。読めないと分かると読みたくなる本が多いのは何故なのか、そんな事を考えるリゼルが果たして本当にホームシックなのかは不明だが。

「あ、Rみっけ」

ふいにイレヴンの声が聞こえ、パチリと目を瞬かせて周りを見渡す。

螺旋階段がそれなりの高さになる三周目で揺れる赤い髪を見つけた。彼はゆっくりと横に歩くこと数歩、腰をかがめて一冊の本を手に取る。手の中で裏表を確認し、こちらを振り返ってひらりとその本を振ってみせた。

見つかったのかとリゼルが梯子から立ち上がると同時に、その隣へダンッと音をたてながらジルが落ちてくる。どうやら真上にいたようだ、先程まで彼がいたと思われる螺旋階段を見上げた。

「それって足は痛くないんですか？」

「全然」

少しの痺《しび》れもないらしいジルの足元を見つめ、本当に大丈夫そうだと感心する。

イレヴンのように下りてくるなら平気だろうがと、やはり広間の反対側で螺旋階段から飛び降りた姿を見た。鮮やかな赤い髪を揺らしながら音もなく着地する姿は、ただただしなやかだ。

素晴らしいと頷くリゼルを、小走りで駆け寄ってきたイレヴンが不思議そうに見る。

「リーダーこれ？」

「俺の予想が合っていれば、ですけど」

「こういう時に間違った事ねぇだろ」

「とはいえ迷宮なので」

常識の斜め上を突き進む迷宮相手に、確実とは流石に言えない。

視界の端でゆっくりと動く〝何か〟さえ、それが何かなど分からないのだから。リゼルは苦笑し、それに向かって一段ずつ階段を上り始めた。

〝何か〟は丁度、梯子を一つ分下りた所だった。下りてきてくれるならば楽で良い。

「あれってこっち見えてんスか」

「そこなんですよね。取り敢えず、普通に渡してみようかと思って」

得体の知れないもの相手に普通とは何かと内心で突っ込むジルの横で、リゼルとイレヴンはああでもないこうでもないと話し合う。

「おい、止まってんぞ」

「あ、今です。行きましょう」

螺旋階段を一周もしない内に、白い〝何か〟に追いついた。

それは顔のあるべき闇を壁に向け、立ち止まっている。リゼルが休憩しながら眺めている時に何度も見た、本を探すような動きだ。恐らくこちらに気付いて止まった訳ではない。

三人は〝何か〟の手前で立ち止まる。自然体のまま、ジルとイレヴンは微かに警戒を強めた。そんな二人の前に一歩先立ち、リゼルはそれが求めているだろう本を差し出す。

願うように、語りかけた。

「あなたが楽しめる本でありますように」

〝何か〟は動かない。マントの中の闇を向けようともしない。

数秒の沈黙の後、もしや本か渡し方が違ったのかと三人が口を開きかけた時だ。ふいに床まで伸びたマントの裾から、ズルリと闇を集めて形作ったかのような手が覗く。

ゆっくりと伸びてくるそれにリゼルは本を差し出したまま動かない。両隣で武器を抜いたジルやイレヴンの姿など見えていないかのように、長く歪な三本指を持つ手がリゼルへと近付いた。

その手が、本へと触れる。〝何か〟は相変わらず本棚を向いていた。

「手のトコなら斬れんのかな」

「無理だろ」

「余りそういう事を言わないように」

苦笑するリゼルの手から、〝何か〟はそっと本を引き抜いていった。

黒い手が本をマントの正面へと運び、手を離す。本は今までに何度も見てきたとおりに宙へ浮かび、やがてひとりでにページが捲られ始めた。

さてどうなるかと眺める三人の前で、黒い手がスッと螺旋階段の外側へと向く。三本指の内の二本をぎこちなく折って指差したのは、ステンドグラスの光に照らされる一台のオルガンだった。

リゼル達がそちらを見下ろした時、静寂の空間にカチリと小さな音が響く。オルガンの鍵穴から響いたそれに、ふいに遠く木の軋む音が混じる。オルガンの蓋が、ゆっくりと開いていった。

「弾けってことでしょうか」

「近くで見てみりゃ分かんだろ」

するするとマントの下に隠れていく黒い手を眺め、そしてそれ以上何も起こらない事を確認して、リゼル達は螺旋階段を下りた。

オルガンの前に立った三人を、優しく光を吸収する真っ白な木の鍵盤《けんばん》が出迎える。開いた蓋の裏にある楽譜《がくふ》立てには、一枚の古ぼけた楽譜が貼り付けられていた。

何列もある五線譜《ごせんふ》に描かれているのは、四小節だけの短い曲。

「何これ、押すと音出んの？」

「オルガン、見た事ないですか？」

「全ッ然」

「あんまここらじゃ見ねぇな。もっと西のほうに行きゃあそこそこ見る」

とにかく迷宮を求めてうろついていたジルとは違い、イレヴンはここら一帯から遠出した事がない。大体の冒険者が馬車の行き来がある範囲で活動する事を思えば、それが一般的でもあるのだが。

ちなみにジルが以前、飛竜《ひりゅう》と戦ったのはその西方での話だ。リゼルは正直、西方ではもはや一刀が伝説の存在になっているのではと密かに思っている。それに対し、ジルも今まさにリゼルに対して貴族スキル自重しろと思っているのでお互い様だ。

「俺が習ったのはピアノなんですけど……ヴァイオリンに比べると齧《かじ》った程度ですし」

「ピアノって？」

「オルガンの親戚《しんせき》です」

音楽に携《たずさ》わる人間からしてみれば全くの別物だが、分かりやすいほうが良いだろうとリゼルは大分はしょった。イレヴンは納得しているので問題ない。

「オルガン、触った事ないんですよね」

リゼルが鍵盤をなぞって戯れに一つ押してみれば、透き通った厚みのある音が広い空間に反響した。鍵盤から指を離しても、暫くは音の余韻が残る程だ。

「でもこれだけなら弾けるでしょうし、弾いてみましょうか」

「これ知ってる、ガクフ」

「正解です」

リゼルは可笑しそうに笑い、椅子を引いて腰かける。

そして目の前の楽譜を見つめた。たった四小節とはいえ機械的に鳴らすのは、聴衆《ちょうしゅう》が二人いる以上許されないだろう。何度か頭の中で曲を反映させ、姿勢を正してそっと鍵盤に指を乗せる。

ステンドグラスの光は柔らかく、色ガラスを通り抜けた鮮やかな光の粒子が静かに降り注ぐ。その下でリゼルは目を伏せ、小さく息を吐いてゆっくりと鍵盤を押し込んだ。

幾重にも音が重なる。本と棚の隙間すら埋め尽くすような重厚な音が、静かな空間を別世界へと塗り替えた。それはリゼルが鍵盤から指を離した後も尾を引き、思考を揺蕩《たゆた》わせるように反響する。

そして訪れた再びの静寂は、演奏前と同じものでは決してない。リゼルが鍵盤から指を離したのを見て、ジル達は終わりを悟った。

「……絵画になったら凄ぇ高そう」

「売りに出す奴がいりゃぁな」

後ろから聞こえた会話に苦笑し、リゼルは振り返った。

「え？」

「何？」

「あ？」

床の上に、先程までなかったものがポツリと置かれているのを見つける。

差し込む光によって床に映し出されたステンドグラスの模様、その中の紋章を思わせる丸い紋様の中心に宝箱が一つ。クリスタルを削って作られたかのようなそれは、埋め込まれた宝石もあって七色に光り輝いていた。

「凝ってますね」

「今更だろ」

「箱のほうが金になりそう」

三人は歩み寄り、流石にないとは思うものの罠を警戒しながらも開いてみた。

一番に目に入ったのは敷き詰められている宝石でも、装飾過多の煌びやかな短剣でも、散らばる金貨でもない。最も上に置かれていたそれを持ち上げ、リゼルは少しばかり複雑そうに口を開く。

「記念絵画、って事でしょうか」

「言い方微妙すぎんだろ」

「おー、俺自分のやつ初めて見た」

ステンドグラスから差し込む光に抱かれ、本の海に沈んだかのように存在するオルガン。そこで演奏するリゼルと、それを眺める二人の後ろ姿が確かに描かれていた。


「お、ホントだ。色の名前」

「でしょう？」

リゼル達は通ってきた隠し通路を再び引き返していた。

あの広間から奥へと繋がる道が見つからなかったからだ。正《まさ》しく行き止まりなのか、それとも三人が見つけられなかっただけかは分からないが、収穫はあったので不満はない。

とはいえ、それなりの距離があった隠し通路を戻るのは少し億劫だ。そんな事を話す三人だが、他の冒険者ならば手に入れた宝に狂喜乱舞《きょうきらんぶ》して欠片も億劫などと思わないに違いない。

「五人目ー、で、六人目」

「後一人か」

本棚を向いて読書をする〝何か〟は先程と全く変わらない。

一人目とすれ違う際に本の名前を確認していたイレヴンは、納得したように頷いていた。

「つかあれ他の冒険者どうすんだろ。隠し通路気付けても無理じゃん？」

「どうなんでしょう、あれが俺達のパーティ用って可能性もあるんでしょうけど」

しかし、全パーティにあれを仕向ける可能性も否めない。

リゼル達がそんな事を話しながら、所謂《いわゆる》一人目であり今は七人目の〝何か〟とすれ違った時だった。もはや隠し通路の出口は目の前だが、ふとリゼルは足を止める。

「どうした」

「何か違う気がして」

リゼルはちょっと待ってと手を上げて、〝何か〟の読んでいる本を覗き込んだ。

相変わらず中身は全て白紙。それに構わず、微かに見えた表紙を確認する。書かれているのは、変わっていなければ〝Red《赤》〟の筈だ。

しかし今そこに刻まれているのは、〝Bye-Bye《さようなら》〟の文字。リゼルは可笑しそうに笑い、何かあったのかと訝しげなジル達にそれを伝える。そして先に進もうと二人へと歩み寄った。

足を動かしながらも何となく振り返る。隠されたメッセージに返事をするように、小さく手を振ってみせた。その時だ。

「あ」

「え？」

目の前の出口が隠し扉に塞《ふさ》がれた。

まさかこれが罠だったのだろうかと、三人して「えー……」と釈然《しゃくぜん》としないものを感じる。だが

扉はすぐに開かれた。その向こうにある光景は隠し通路に入る前に通ってきた通路ではなく、次の階層へと繋がる木製の階段で。

「おまけしてもらえましたね」

「お前そういうとこ取りこぼさねぇよな」

ラッキーだと、笑いながら出ていく三人の後ろ。

一人目であり七人目である〝何か〟の足元で、歪な黒い三本指がゆっくりと手を振っていた。

110.

冒険者が迷宮に潜るのにギルドの許可など必要ない。

新しかろうが古かろうが、危険だろうが何だろうが勝手に潜る。極《ごく》まれに例外はあるものの、冒険者は好きな依頼を受けて好きに迷宮へ潜るのだ。

とはいえ真新しい迷宮についての依頼が出ている訳もなく、さらにはスピード勝負という事もあり、ギルドへ寄らずに迷宮へと向かう者が大半だった。早い者勝ちの情報提供料、彼らは帰りに欠かさずギルドに寄っては悲喜《ひき》こもごもの様相《ようそう》を見せている。

しかし今のアスタルニアには、その例外がいる。

「ん、朝一なのに人が少ないですね」

「ほとんど新規の迷宮に行ってんだろ、こんなもんじゃねぇの」

「今日も混んでそッスね」

その例外を、ギルドにいた職員と冒険者一同は警戒心も露わに出迎えた。

リゼル達が昨日、新しい迷宮を訪れたことは既に噂が広まっている。そして帰りに一切ギルドに寄る事なく、お腹が空いたなと話し合いながら宿に帰って行ったことも。

抱かれた警戒心は、三人が最も踏破に近いパーティだからであり、一日で踏破してもおかしくはないと思われているからであり、もし今日も迷宮に潜るのだとしたらならばギルドに寄る必要などないからだ。

「え？　何、え？　踏破？　は、もう踏破？」

「いやねぇだろ……ねぇよ、うん、ねぇ……はず」

そんな周囲の挙動など気にかけず、リゼル達はいつもどおり警告ボードへと歩み寄る。三人が気にしないのは何てことない、昨日の帰りの馬車内でひたすら同じような事を囁かれたからだ。

髪を耳にかけ、リゼルはボードを覗き込んだ。国の東側で魔物の大量発生があるだけで、新しい迷宮の周りは暫く大丈夫そうだ。

そして依頼ボードの低ランクから順に目を通していた時だ。

「おい」

「ん？」

「後ろ」

ジルに肘でつつかれ、リゼルは促されるままに後ろを振り返った。

そこには何かを訴えるような物凄い目を此方に向けているギルド職員。相変わらずのスキンヘッドと組まれた腕が迫力満載《まんさい》だ。視線が合うと、彼は組んだ手を解いて手招いてくる。

「何でしょうね」

「予想つかなくはねぇけど」

にやにやと笑うイレヴンに首を傾け、用があるならとリゼルは職員の元へと向かう。

受付に仁王《におう》立ちになる職員が、厳しいというよりは何かを覚悟したような目で再び腕を組んだ。

「どうしました？」

「いや、どうしたじゃなくてだな……」

その仕草は自らの威厳を増す為というより、来るべき衝撃に耐えるかのような動作だった。彼はごくりと息を呑み、そして他の冒険者らが見守るなかで意を決したように口を開く。

「おら、言う事があんだろうが、ギルドに」

「え？　あ、この前は机を壊してすみません」

「ああ、あれ結局相手が全額払ってったな……いや、そうじゃねぇよ。ほら、新迷宮のことで何かねぇか、あんだろ」

「あそこは、そうですね……新しい迷宮が見つかった時は、専用の馬車を朝夕だけでも増やしたほうが良いと思います」

「おう、そりゃそうだな。ただ馬車の数を今より増やそうと思うと予算と人手が……じゃねぇよ！」

ギルド職員は結局使わなかったテーブルの修理代をリゼルへと返しながら、少しばかりそわそわと、怖れるような期待するような視線を泳がせた。

それを見てリゼルも気付く。以前、アインが新迷宮に関して交渉にきた際、冒険者同士がどうやって互いの進捗《しんちょく》を知るのかを疑問に思った事があったが、後々ジルに聞いてみれば情報提供などを通してギルドが把握しているという。

リゼル達のパーティには圧倒的な攻略速度を誇る一刀もいる事だ。気になって仕方がないだろう。

「失礼しました、迷宮の攻略状況ですよね」

「お、おう」

「十階層まで行きました」

別に隠すことでもないと、リゼルは微笑んだ。

報告は義務ではないとはいえ、ギルド側の把握しておきたいという気持ちも分かる。仕事熱心なのは良い事だ、と昨日の最終到達階層を口にする。

証拠としてギルドカードも必要だろうか、そう思いながらリゼルが職員を見れば、顎鬚をざりざりとなぞりながら何とも言えない顔をしていた。

「十階……一日で十階か……凄ぇ早いな……」

凄く早いなら良いんじゃないだろうかと思う三人の前で、職員は何故か微妙にがっかりしていた。

周囲の冒険者も安堵しつつ似たようなものだ。

「期待を裏切っちゃったんでしょうか」

「アホ」

悪い事をしたのだろうかとリゼルがジルを窺えば、呆れたような視線を返される。

それが聞こえたのだろう。職員は一度咳払いして、気を取り直すように笑って首を振った。

「いや、悪ぃな。依頼探しに来てんなら、ひょっとしたらってな」

「ああ、成程。もし良い依頼があったらと思ったんですけど」

可笑しそうに笑うリゼルに、怒ってはいないようだと職員も安堵した。

勝手に期待されて勝手にがっかりされては嫌だっただろう。しかし一日での迷宮踏破を選択肢に入れるあたり、随分と目の前の三人に感化されてしまったようだ。

新迷宮を最速で踏破する実力を持ちながら依頼を優先する考えはいまいち理解ができないが。そんな事をしみじみと考える職員の前で、リゼルは考えるようにジル達を見る。

「ピンとくるものはなさそうですね」

「昨日の続き行くか」

「そーしよ」

話し合う三人に、職員が行ってこいとばかりに頷いた。

「おう、頑張ってこいよ。踏破報酬が出たら見せてくれ」

「面白い仕掛けが多くて、なかなか進まないんですけど」

苦笑するリゼルに、それこそが醍醐味《だいごみ》だと大口を開けて笑う職員を一瞥したのはイレヴン。彼は何を考えているのか目を細め、隣に立つリゼルに一歩身を寄せて肩を合わせる。

どうしたのかと尋ねるリゼルの視線に笑みを浮かべ、甘く穏やかな瞳を覗き込んだ。

「リーダーが隠し部屋で見つけた宝石の山とか見せてやったら？」

非常に当て付けがましいが、イレヴンは全力で当て付けているので問題はない。証拠に笑っていた職員は顔を引き攣らせて固まり、各々の作業に戻りつつあった冒険者も勢いよく振り返った。

にっこりとわざとらしく笑うイレヴンに、リゼルがその発言の意図を察するのも容易だ。なだめるように赤い髪を撫でてやれば、満足そうな顔と共に触れ合った肩が離れていった。満足したなら何よりだろう。

「んー……迷宮品とかじゃない普通の宝石ばかりですし」

以前、商業国《マルケイド》冒険者ギルドの紅一点であるレイラも隠し部屋に証拠はいらないと言っていた。参考にしたいと言われれば見せるが、特別希少な品でもない。

「今思えば、何だか隠し部屋が多かったですね」

「お前がいちいち見つけるから進まねぇんだろうが」

「良いじゃねッスか、近道とかもあったし」

そして、そんな会話をしつつギルドを出ていく三人の後ろ姿を見ながら職員は思う。この三人相手は、これだから気が抜けないのだと。

何事もなく見送らせてくれないリゼル達を見送る職員の顔は、しかし少しばかり満足げだった。

リゼル達は先日よりも少しだけ空《す》いている馬車に乗って、〝人ならざる者達の迷宮〟へと到着した。空いているといっても最も混む時間を過ぎていただけで、混んでいる事に変わりはないのだが。

やはり新迷宮の攻略ラッシュ時期だけでも馬車の本数を増やすべき。そう話し合いながら迷宮の扉を潜り、魔法陣を利用して十階層へ。変わらず本棚の広がる光景はリゼルの心を非常に落ち着かせる。

口にすれば、迷宮で落ち着くなと突っ込まれるので言わないが。リゼルは本棚に挟まれた通路を歩き始めた。

「全部で何階層なんでしょうね」

「特別長くも短くもねぇんじゃねぇスか。四十ぐらいかも」

「何で分かるんですか？」

「あー……何つうの、ペース？」

ペース、と不思議そうなリゼルにイレヴンは唸る。

どう言えばいいのだろうか。その横で、ジルが溜息をつきながら補足した。

「進むごとに魔物が強くなんだろ。短ぇと一階違うだけで違いがでけぇし、長ぇならそうでもねぇ」

「それそれ、罠とかも段々えげつなくなんじゃん。それのペース」

成程、とリゼルは頷いた。

それは酷く感覚的で、数多くの迷宮へと潜ってきたジルやイレヴンだからこそ正確に捉えられるものだろう。リゼルにとっては魔物なぞ、気付いたら最初より強くなっている。

「それにプラス、一階層が狭ぇなら階層は増えるし広いなら減る」

「あ、それは分かります」

ジルは大体の所要時間や移動距離で言っているが、リゼルは今まで踏破してきた道筋を思い出しながら聞いている。感覚派とは縁のないリゼルだ。

そこまで正確に階層のあたりを付ける必要はないのだが、大体は把握できたほうが良いだろう。冒険者にとって重要な攻略ペースにも関わってくる。

「お前は直接斬った受けたしてる訳じゃねぇしな。分かんねぇでも仕方ねぇだろ」

「出る魔物が変わった時とか、見た事ない動きがあった時は気付けるんですけど」

「それで充分ッスよ」

それが普通ではあるのだが、リゼルは決して一人で迷宮に潜らない。

ジルかイレヴンができるというなら問題ないだろうが、冒険者として必要な能力というのなら身に付けたかった。ずっと前から地味に努力している気配やら殺気やらは未《いま》だ分からないが。

そのまま雑談しつつ魔物と戦いつつ先に進んでいた三人が、ふいに今までと少し違う空間を発見する。

「あれ、行き止まりですね」

「本屋ーって感じ」

今までも、通路と通路を繋ぐように小部屋のようなものはあった。

それは一様に本好きな個人が作りあげた書庫のようで、隅《すみ》から隅まで整理されていたり、雑多に本が床に積まれていたりしていた。まるで書庫の所有者の性格が現れているようだと、リゼルにとっては非常に面白かったものだ。

「どっか隠し部屋ある？」

「見る限りは特に……あ、絵画も飾ってあります」

「奥あんぞ」

「どこ？」

今回現れた空間は、イレヴンの言ったとおり広めの本屋ぐらいはあるだろう。

視界を遮る本棚を避けながら隅々まで探索していれば、ジルが本棚に隠されるように存在しているスペースを発見する。三人で覗き込めば、まず目に入るのは数多の本の中でも一際異彩《いさい》を放つ一冊の本。

「うっわ、でっけぇ」

「遠近感狂いそうだよな」

「読みにくそうです」

部屋の中央に、異様に巨大で分厚い本が横たわっていた。

大きさは、立てればリゼルやイレヴンの身長ほど。膝まで届く厚み。ここまでの道に別の進路もなさそうなので、先に進むにはこの明らかに怪しい本が鍵となるのだろう。

三人で本を囲み、大きい大きいと言いながら触らないように調べていく。

「金の箔押《はくお》しの題、良い本です」

「なんかボンヤリ光ってっけど」

表紙を上にして横たわっているので、その題名も読めた。

その文字は箔押しだからというのを別にしてもボンヤリと光っており、怪しさを助長させている。流石のリゼルも捲りにくい。

「ん、この題名……」

ふとリゼルが目を瞬かせた。

文字が大きすぎて読みにくかったが、改めて題名を眺めていれば見知った文字が刻まれている。それは〝Vampire〟、とある小説家の代表作と同じ名前だ。

魔物としてのヴァンパイアは確かに実在するが、まさかそちらではないだろう。

「ジル、そっちに著者名がないですか？」

「あ？」

今までどおり、意味のない単語が使われている可能性もあるのだが。

リゼルは本を挟んで向かい側に立っていたジルへと声をかける。彼は一歩下がり、足元にある本の背を覗き込んだ。読み上げられたのは、確かに馴染みの小説家の名前。

「ならやっぱり小説家さんの本ですよね」

「何ソレ、どゆこと？」

「これはもう、いっそ開いてみるしかない気がします」

リゼルはそう言いながら、巨大な本を迂回《うかい》してジルの元へ向かった。

そして躊躇なくその後ろへ隠れ、ひょこりと顔だけ出した。イレヴンも同じく隠れながら、早くと急かすようにジルの踵をゴンゴン蹴る。

「ジル、良いですよ」

「ニィサン頑張れー」

直後、イレヴンは足を踏まれて無言で悶絶《もんぜつ》していた。

いかにも怪しいものへ触れる時、最も注意すべきなのは罠だ。だからリゼル達は後ろに隠れてジルに開けてもらう。これが一番早い。

ちなみに今回は罠ではないだろうと半ば確信がある為、戯れのようなものだが。恐らく攻略上、必ず突破しなければならない仕掛けだからだ。どうやっても回避できないような理不尽な罠は迷宮に存在しない。

「開くぞ」

「重そうな表紙です」

「ゴーレム用だったりして」

「その場合、文字はどうなるんでしょう」

興味深そうに話し合う癖に、身を乗り出そうともしないあたりが流石だ。

ジルは呆れたように溜息をついて、分厚い表紙へと手をかける。その瞬間、題名のみの表紙へとインクが滲みだすように新しい文字が現れた。ぼんやりと光るそれが示したのは、〝貴方は成りきらなければならない〟という一文。

そして、持ち上げかけていた表紙の隙間から光が漏れる。眩《まばゆ》い光に三人の視界が白く染まったのは一瞬だった。不思議と眩しさに目の痛みは感じない。

「ジル」

「いる」

「イレヴン？」

「はァーい」

迷宮で最も警戒すべきは、パーティがバラバラになる事だ。

まず互いの無事を確認し、リゼルは掴まれていた腕を解放されながら周囲を見渡した。本など一冊もない、見知らぬ村の中に三人は立っていた。

よくあるような、といえば良いか。何の変哲《へんてつ》もない村だった。時間帯は夜、住民は寝ているのだろう。川のせせらぎ以外に音はなく、しんとした静寂に包まれている。

三人がいるのは、どうやら村の端のようだった。隣を流れる川は細く浅く、揺れる水面に月光を反射して煌めいていた。数歩先には石を積んで作られた小さな橋が見える。

「誰もいねぇッスね」

「魔物もな」

「イレヴンの格好が変わってるのも気になりますね」

「は？……うわっ、俺何か変な格好してる！　髪おりてっし！」

自らの装備を見下ろしたイレヴンが声を上げた。

前触れなど何もなかったのだ、確かに鏡でも見なければ気付けないだろう。黒を基調とした貴族服。品の良い白いシャツを闇を凝縮したような黒が覆い、同じく漆黒のマントがその背に伸びている。

夜風に揺れるマントの上を、結び目を解かれた鮮やかな赤が流れた。

「何だか牙も少しだけ長くなってませんか？　肌もちょっと白いような……あ、鱗《うろこ》がなくなってます」

「マジ？　あ、ほんとだ。ちょい尖ってる」

「微妙に似合ってんな」

「微妙って何」

鱗のなくなった頬をつつかれながら、イレヴンは手を握ったり開いたりしていた。

身体の調子は特に変化なし。変わったのは格好だけのようだが、腰に差していた武器は消えていた。武器どころか荷物がない。仕込んであったナイフまで例外なく。

何とも落ち着かない事だと嫌そうに顔を歪めたイレヴンに、リゼルは苦笑を零しながらも一つ頷いた。

「〝貴方は成りきらねばならない〟、イレヴンがヴァンパイアに成りきらなきゃいけないんですね」

「ヴァンパイアァ？　ってあのマントが本体……あー、美中年の暗いほう？」

「それもう別人じゃねぇか」

「〝却下《きゃっか》だ〟。似てる？」

「あっ、似てます似てます」

きっと今頃、シャドウがペン先をぶち折っている事だろう。

そんな事など知る由もなく三人は楽しそうだ。とはいえシャドウが似ているのは〝ぼくのかんがえたさいきょうのびけい〟と称された外見だけなのだから、彼の真似をしても意味はない。

「ん？」

イレヴンが絶妙に似ているシャドウの真似を止め、ふと村へと顔を向ける。川にかけられた橋の向こう側、そちらにじっと目を凝らしていた。

「誰か来るかも。女の声？」

「相手役の女性かもしれません。イレヴン、頑張って成りきってくださいね」

「いや無理なんスけど。え、ノーヒント？」

「だって俺も読んだことないので」

成りきれというなら、小説のヒロインを用意してくれているのだろう。丸投げしたリゼルに、イレヴンが慌てたように詰め寄った。

リゼルも自称した事はないが他称本マニア。さらに交流のある小説家の作品を、全く読んでいないのかといえば決してそうではない。若い女性をターゲットとした恋愛小説作品が多い小説家だが、時々推理小説などの他ジャンルに手を出した事もある。

リゼルも前者は食指《しよくし》が動かないが、後者ならば彼女の作品を幾つか読んだ事がある。それに関して、小説家本人と意見を交わした事だってあるのだから。

だが彼女の一番の代表作である〝Vampire〟は残念ながら読んでいない。普段から読まないジャンルだと言ってしまえばそれまでだが、今となってみれば読んでおけば良かったとしみじみと思う。

「あ、でもこのシーンは聞いた事が」

「頑張って思い出して……」

うーん、と考え込むリゼルに、イレヴンが藁《わら》にも縋《すが》る思いで呟く。

その姿を眺めながら、ジルは当たったのが自分じゃなくて助かったと心底思っていた。完全に他人事だ。

「前に、団長さんと小説家さんが話してたんです」

リゼルにはいまだ靴音一つ聞こえない。ならば登場人物である村娘が来るまで多少の時間の余裕はあるだろうと、焦ることなく以前耳にした〝舞台化するならどのシーンを入れるか〟の論争を思い出す。

ちなみにリゼルは普通に歩いている時に呼び止められ、意見を求められた。巻き込まれたとも言う。だがその時、二人が話していた内容にこのような情景があった筈だ。

月夜の村、川辺、夜に出歩く村娘の存在。他にも似たようなシーンがないとは言い切れないが。

「確か、ヴァンパイアと少女が出会うシーンです」

「へー、俺何すればいい？」

「憂《うれ》いげに何か言ってください」

「何か!?」

ノーヒントの現実は変わらなかった。

「お前な……」

「違うんですよ。団長さん曰《いわ》く、『月夜に出会ったヴァンパイアの憂いげな呟きに女が惹きこまれんだろうが！　この最初の一発をぶちかませなけりゃ総崩れだコンニャロ！』らしくて」

かの団長と小説家の論争は激しく、度々話がずれるなかで聞いたのだ。

物言いたげな視線を寄越すジルに、むしろ覚えていた事を褒められるべきだとリゼルは主張してみる。雑に褒められた。

「結局どうすんだよ」

「アドリブです、アドリブ」

「つっても魔物が何憂うんスか。腹減ったとか？」

「それ、宿主さんも言ってましたよ」

ちょうど団長達の殴り合うような打ち合わせの後のこと。

宿に帰ったリゼルは、まさにそのシーンの事を宿主に尋ねてみた。魔物であるヴァンパイアが何を憂いたのか、完全なフィクションの存在とはいえ少しだけ気になったからだ。

著者本人に直接聞くのは何となく憚《はばか》られ、有名な作品の有名なシーンならば宿主でも知っているかもと駄目元《だめもと》で聞いてみたのだが、彼は当然のように読んでいなかった。だがヴァンパイアの存在自体は聞いた事があったのだろう、去り際に背中から聞こえた悲痛な叫びをリゼルはよく覚えている。

『とにかく美形で色気が有って艶やかな黒髪で血のような赤い目で美形で孤高の雰囲気を纏いつつ何処か危うげで美声で身長高くて足が長くて美形で紳士で品があって悪の雰囲気もそこはかとなく漂わせてる美形が何を憂うことがあんの⁉　面白可笑しく笑って生きてろよ俺に失礼だと思わないの⁉　腹減ったとかなら許すよ俺も腹減るし⁉』

完全に私怨《しえん》だ。

「魔物ってハラ減んの？」

「ほら、奇跡的に母性本能をくすぐる可能性も」

「ねぇだろ」

とはいえ他に思い付く案もない。

確かに魔物が元になったヴァンパイアといえど、血を飲むという設定があるのなら腹は減るのだろう。よって空腹を訴える方向で決まった。

これ以上考えてもどうにもならない。そして微妙に考えるのが面倒になってきたというのもある。

「おい」

「あ、来ました？」

ふいにジルに声をかけられ耳を澄ませば、リゼルにも聞こえる微かな靴音。

月の光も徐々に隠れ、闇が深くなっていく。人影ぐらいは見えそうな距離だが、この暗さでは大分近付かなければ相手の姿など見えないだろう。

「俺達は隠れましょう」

「ああ」

小声で囁き合い、リゼルとジルは橋の影へ。しゃがみ、こそりと橋の上を覗き込む。

立ち尽くすイレヴンの姿は、夜闇に赤が映えてなかなか堂《どう》に入《い》っていた。流石は迷宮の配役、なんて眺めていれば、気付いたイレヴンが横目でこちらを窺いながら指先でちょいちょいと戯れてきた。

それに可笑しそうに笑い、視線を横へとずらす。村娘である少女が橋へと足をかけたところだった。赤く色づいた唇から零されるのは継母《ままはは》からの辛い叱咤《しった》への悲しみで、涙をこらえて肩を震わせる姿が気丈《きじょう》ながらも何処か儚《はかな》げだった。

その少女が、ふいに足を止める。

「貴方、は……」

その瞳に映るのは血のように鮮やかな赤い髪。

そして温度を感じさせぬ白い肌と、闇に溶け込むような黒い礼服。意識ごと目を奪われた少女がこくりと息を呑んだ。足は絡めとられたかのように動かず、ただ目の前の存在を見つめている。

彼女は震える喉で、吐息のような声を零した。孕むのは畏怖《いふ》、静寂の闇に静かに落ちる。

「人では、ないの？」

ザッと、二人の間を風が通り過ぎた。雲に隠れていた月が姿を現す。

月光に照らされた二人は、ただ小さな橋の上で見つめ合った。まるで世界から二人だけが切り取られたかのように。少女は自身が何故そうするのかも分からず、ただ静かに待ち続ける。

少女の目に映る憂いを帯びた表情がふいに妖艶《ようえん》さを増し、そして。

「腹減った」

直後、リゼル達は元の書庫へと戻っていた。

「ほらァー!!」

「やっぱり駄目でしたね」

「てめぇ凄ぇ目で見られてたぞ」

「俺の所為じゃねぇし！」

空腹を訴えた瞬間、逆ダッシュされた。予想どおりとはいえ悲しいものがある。

成りきりは失敗と見なされたのだろう。戻ってきた書庫は先程と何も変わりがなく、巨大な本も目の前に横たわったまま。イレヴンの格好も元に戻り、彼は腰にさした剣を満足そうに弄っていた。

「あ、本の題名が変わってます」

「何回でもチャレンジできるっつうこと？」

リゼルがまじまじと巨大本を見れば、少しだけ装丁《そうてい》が変わっていた。

イレヴンの言葉どおり何回でも挑戦できそうだ。だが余程分かりやすい状況でもなければ、実際に読了《どくりょう》している本でもない限り突破は難しいだろう。

とはいえアスタルニアにおいて相当な知名度を誇る〝Vampire〟を出してくるあたり、冒険者にとって全くの理不尽という訳ではない。まだ十階という事もあるだろうが、何度も挑む内に馴染みの話の一つや二つ出てくる筈だ。

「うん、これなら読んだことあります」

ただ、やはり量を読んでいるほうが有利なのは確かだ。

微笑んで頷くリゼルに、やはりこの迷宮と相性が良すぎるとジルは溜息をつく。迷宮に対して相性の良し悪しがあるのはどの冒険者も同じだが、何故リゼルは冒険者的な意味での相性とはかけ離れるのか。

「どんなん？」

「ちょっと変わったミステリーです。相棒の犬と一緒に事件を起こる前に解決していく情報屋の話で、決め台詞《ぜりふ》は『俺にかかれば事件は未然に防がれる』でした」

数多くの伏線と、事件は防ぎながらも犯人は決して分からない危機迫る描写が面白いのだと、そのまま語り続けそうなリゼルの話を逸らすようにイレヴンは問いかけた。

「何でそいつ憲兵になんねぇの？」

「ですよね」

相当天職《てんしょく》を間違えている。

リゼルも読みながら思った。聞いていたジルも思った。

「覚えてんならいけんだろ」

「隅々まで、とはいきませんけど」

三人は再び巨大本の前に立つ。

相変わらずリゼルとイレヴンはジルの後ろだ。警戒を怠らない、何という冒険者の鑑。

そして先程と同じように視界は白に、物語の世界へ。この本ならば場所は事件の舞台である洋館か、それとも主人公のホームである酒場かと思いながらリゼルは閉じていた瞳をゆっくりと開いた。

「ジル？」

「ウォン」

目に入ったのは煌びやかな洋館と、リゼルの腰ほどもある大きな真っ黒い犬。

「は、マジでニィサン？　情報屋のほうじゃねぇとか予想外なんスけど」

「俺もです」

「……リーダー嬉《うれ》しそー」

イレヴンの言葉に笑みを深め、リゼルは犬になったジルの前へとしゃがむ。

手を伸ばしても避ける様子はなく、そっと体に触れてみた。少しだけ硬めの毛は指通りが良く、特別長くはないが指を埋められる程度には短くもない。

両手でわしわしと首のあたりを掻き混ぜれば、ジルは若干嫌そうに鼻を鳴らした。しかし好きなようにさせてくれるのだろう。抵抗しないジルに甘え、リゼルは耳をふにふに触り、頬をうりうり触り、鼻先をよしよしとして顔を逸らされる。

「ふわふわですね。ジル、お手。ジール」

「ウォン《あほか》」

断固としてその前足は動かない。

リゼルは全く残念ではなさそうに「残念です」なんて微笑みながら、そのふわふわの首に抱きついた。大型犬だけあって少し体重をかけたぐらいじゃビクともせず、首の後ろを優しく撫でてやりながら頬を擦り寄せる。

「うちのペットを思い出します。元気にしてると良いんですけど」

「へぇ、リーダー何か飼ってたの。ニィサンおかわり。おかわりってば。痛《い》ッて！」

無理矢理前足を持ち上げようとしたイレヴンは、直後その手に爪を立てられていた。穴が開いたかと思う程に痛い。

「飼ってましたよ。ほら、子供の頃、親に内緒で何か飼いたくなった事ありませんか？」

「あー、あるある。反対されてたんスか」

「そういう訳じゃなかったんですけど、内緒が良かったので」

何となく本末転倒《ほんまつてんとう》な気もするが、イレヴンにもリゼルの言いたい事は分かる。

ロマンといえば良いだろうか。とにかく子供は自分だけの内緒を作りたがるものなのだ。

「でも俺一人だと世話の時間がとれなくて」

「そういうの考えるトコがリーダーっぽい気がする」

「そうですか？　それで、その時に護衛についてた方に相談してみたんです」

「前言ってた……あー……白い軍服ってやつ？　ニィサンと真逆っぽいのがトップの？」

「それです」

リゼルは元の世界での出来事も聞かれれば普通に話す。

そのなかにはリゼルこと公爵家が治める領地、その守護者達の話題も度々あった。そのなかでも最も話に上がるのが、イレヴンの言葉どおり爽《さわ》やかさに定評のある現守護者達の総長。

「あ、肯定しちゃ駄目でしたね」

ふと肩に重みがかかり、横目でそちらを見れば顎を乗せてきたジルの姿。

抱き着いたまま首輪もなにもない首筋を撫でてやれば、ふぅと鼻で溜息をつかれた。

「その時に相談したのは総長じゃないんですけど、そのお陰でペットができたんですよ」

「へぇ、犬？　猫？　リーダーならでかいのも似合うかも」

同じくしゃがみ込み、ジルにちょっかいを出しては力強い尻尾《しっぽ》に尻を叩かれているイレヴンを見ながら、リゼルは懐かしそうに当時の事を思い出す。

『ないしょですよ』

『分かりました、内緒ですね……』

幼子の内緒の相談に静かに微笑んだ相手は、本当に最後まで内緒にしてくれた。

その相談の三日後、再び護衛についた彼がこっそりと手渡してくれたのは一つの瓶。内緒、と薄く微笑みながら優しく差し出されたそれがとにかく嬉しくて、何度も礼を言って受け取った。

そして瓶の中を覗き込めば。

『世話も凄く楽ですし、これなら内緒で飼えますすよ……ぜひ可愛がってあげてください……』

白くて丸い毛玉が瓶の中で一つふわふわ浮いていた。

『ケセランパサランです……』

それ以降、リゼルのペットはずっと謎のふわふわだ。

「ケセ……何て？」

「ケセランパサラン、知りませんか？　俺も後で調べてみたんですけど、幸せを運ぶ精霊っていう伝承《でんしょう》があるそうですよ」

「リーダーんとこ精霊なんていんの？」

「いないですけど、でも他に説明のしようがないので」

それで良いのか、という視線がイレヴンどころか犬になっているジルからも飛んでいるがリゼルは気にしない。自身のペットに不満を持った事など一度もないのだから。

普通ならば、それらしいものを渡して満足させようとしたのかと疑うだろう。しかし幼いリゼルは自分を守ってくれる相手がそんな事をしないと知っていた。よって心から喜んで迎え入れ、しっかりと育て方を教えてもらって大事に大事に育てたのだ。

世話は本当に簡単で、一緒に貰ったパウダーを一日一回入れてあげるだけ。瓶の中でふわふわと浮いているだけの何かでも、毎日せっせとお世話をしていれば愛着も一入《ひとしお》で。

「毛玉転がしてて何が面白いんスか」

「失礼な。ちゃんと大きくなったんですよ、このくらいに」

このくらい、と人の顔ぐらいの大きさを示すリゼルにイレヴンは真顔だ。

「お陰で隠しきれなくなっちゃって、結局バレちゃったんですけど」

やっぱり親に隠し事は難しいですよね、とリゼルはほのほの笑っているが、ジルやイレヴンにとってはそれどころではない。気になるのはそこじゃない。

二人は正直ただの毛玉じゃないのかと思っていた。でも育った。まさか本当に精霊などという夢見がちな存在なのだろうか。その衝撃は計り知れなかった。

「あ、でも成長が止まってからは増え始めたんですよ。気付いたら大きい子の周りを小さい子がふわふわしてました」

しかも増えた。

「今は全部で三十匹ぐらいでしょうか。あまり他の人が入らない書庫の奥で飼ってるんですけど、餌《えさ》はパウダーじゃなくても良いみたいで本に積もった埃を食べてくれるんです。凄く助かってるんですよ」

リゼルはむにむにとジルの耳をつまみ、それが嫌がるようによけていくのを楽しみながらペットトークに精を出す。「呼ぶと集まってきてソファになってくれるんです」などと言っているが、自分を弄りながらそれを思い出すなとジルは思った。鼻の上に少しだけ皺《しわ》が寄る。

「で、結局それ何？　魔物？」

「ケセランパサランです」

リゼルにもよく分からない。

「連れてきてくれた方は何も言いませんでしたし、本当に精霊でもおかしくないのかも」

まさかと口元を引き攣らせるイレヴンに、リゼルは可笑しそうに目元を緩めた。

口にはしないが、精霊というのもあながち外れていないのではと思っている。内緒の約束を叶えてくれた彼は、少し不思議な人だった。曰く、妖精や精霊が見えるのだと。

それが自称ではなく他称なのだから信憑性《しんぴょうせい》も増す。彼自身がそれに対して何かを言った事はないが、リゼルも彼の周りに光がふわふわと浮いているのを数度見た事があった。周囲の面々も、似たような光景を目撃した者もいれば、探し物を頼んだ時に何かを追うように視線を動かして見つけてくれたと言う者もいる。

彼が見ているものが何かなど分からないが、彼が連れてきてくれたなら自分を害するものではないのだろう。リゼルにとっては、それだけで充分だ。

「ノアール！」

ふいに何処からか青年の声。

恐らく主人公である情報屋の男だ。ノアールとは彼の相棒である愛犬の名前。こんな声なのかと、読んだ事のある登場人物の希少な情報にリゼルは感動しながら立ち上がった。

「ノアールって？」

「ジルのここでの名前です」

ふん、と鼻を鳴らしてジルも立ち上がる。

そろそろ事件の片鱗《へんりん》が見え始めたようだ。後は事件に繋がりそうな伏線を、片っ端から片付けていかなければならない。流石に本の最初から最後まで付き合う必要はない筈なので、恐らく一つめの推理が終結するまでか。

「良いですか、ジル」

リゼルは腕を掻い潜るように隣に並び立ったジルの頭をそっと撫でる。

「まず必要なのが第一の凶器《きょうき》の発見です。今頃主人公が殺害予告の暗号を解いてるので、その後に調査で歩き回る彼を上手く凶器のある場所に誘導してください。客間の天井裏にある筈です」

「凄ぇ反則臭ぇー」

「楽ができるなら良いでしょう？」

けらけらと笑うイレヴンに微笑み、ジルを見下ろした。見るからに嫌そうな様子に、犬って意外と表情豊かなんだなと感心してしまう。

その後も一通りの指示を出せば、彼は不満そうに一つ鳴いた。了承の返事なのだろう、褒めるように鼻先から顎の下へと掌を滑らせて撫でる。

そして顎の下に手を添えたままでいれば、どうかしたのかと問うようにジルの灰銀《かいぎん》の瞳がリゼルを見上げた。それをじっと見返して、悪戯っぽく微笑む。

「俺以外に飼われる君を見るのは面白くないので、早く帰ってきてくださいね」

ジルが返事代わりに一度だけ尻尾を揺らす。

リゼルは擦り寄せるように押し付けられた身体を、行ってらっしゃいと促すように撫でてやった。

そして僅かに開いた扉からスルリと出ていく黒の毛並みを見送る。

その後、洋館を我が物顔で寛《くつろ》ぐリゼル達の元にジルが戻ってきたのは五分後。

「俺、結局触らせてもらってねぇんだけど」

「露骨《ろこつ》に嫌がってましたもんね」

迷う事なく凶器の場所を教え、さっさと終わらせたようだ。完全に置いてけぼりをくらった主人公が自らの愛犬を目茶苦茶《めちゃくちゃ》不審がってはいたものの、迷宮が目指すところの物語の大筋は辿れたからだろう。

本の世界から戻れば、そこは元の書庫ではなく次の階層に続く階段の前。リゼル達は無事に攻略を進める事ができたのだった。

111.

パルテダールという国を代表する王都パルテダ。その南に位置するのは国の名の俗称《ぞくしょう》が与えられる程の大都市、古今東西《ここんとうざい》あらゆる品が集う商業国だ。

その通りは今日も商人達の客引きの声で賑わっている。その中を、周囲の魅力ある品々に一切気を引かれる事なく歩く壮齢《そうれい》の男がいた。艶やかな闇色の髪と思慮《しりょ》深さを感じさせる赤い瞳。濃い隈《くま》の居座った目つきは決して良くはないが、それすら完璧なパーツの一つと思わせる程の美しい相貌《そうぼう》。

そんな確実に視線を集めるだろう彼を、しかし気にかける者は一人もいない。いや、全くいない訳ではないが、それらはただ何となくすれ違う相手へと向けるものに過ぎなかった。

「……」

それを当然と受け止め、シャドウはかけていた眼鏡を押し上げる。

仕事に追われる彼の、唯一の息抜きがこの商業国内の視察だった。大侵攻《だいしんこう》の際に止むを得ず姿を現したが、この眼鏡のお陰で以前と同じように歩き回れる。口には出さないものの、感謝はしていた。

時折見渡す街並みはシャドウが思い描くものと相違なく、不正な出店はないようだと事務的に確認を終える。今日は迷宮通りを通って戻るかと、そう思い至って路地を曲がった。

迷宮通り。様々な商品が集まる商業国において、主に迷宮品ばかりを扱う店が集まった通りだ。

売り手にも買い手にも冒険者が多いのが特徴で、必然的に治安が悪化する傾向がある。注意しておかなければならない。

「……、……ッ!!」

早速とばかりに、何処からか怒鳴り声が聞こえた。

シャドウは微かに眉を寄せ、歩みをそちらへ向ける。わざわざ自身が関わる必要などないのだが、遭遇したのならば見ておいても良いだろう。とはいえこの通りでは買い取り交渉で声を荒らげる者など珍しくなく、野次馬も湧かないので商品を眺めるフリ程度はしなければならないが。

迷宮通りの憲兵の巡回を増やしたほうが良いか。しかし冒険者ギルドからの反発があるかもしれない。そう考えながら未だに喧騒の止まない店へと向かえば、数々の絵画が並ぶ店内で言い争う冒険者と商人の姿があった。

「商業国なんてのは節穴《ふしあな》な商人ばっかかよ、ァア!?」

聞こえた声と目に入ったものに、聞く価値はありそうだとシャドウは店へと足を踏み入れる。ちらりとこちらを見た店員からおざなりな挨拶を向けられながら、素知らぬ顔で大して興味のない絵画へと目を通し始めた。

アインのパーティは今、勢いに乗っていた。

元より若いながら力のあるパーティとして〝先が楽しみだ〟と評価される事もあった彼らだが、その力量に比べて全体の評価は決して高くはなかった。その理由を、周囲の冒険者は「あいつら馬鹿だからなぁ……」と言う。

かつて〝知恵の塔〟と呼ばれる新迷宮の初踏破を成し遂げた時も、それは彼らの持ち味であるノリと勢いと根性によって奇跡的な幸運が舞い降りたのだと思われた程だ。ようは謎を解かずとも、ひたすら身体を動かせば何とかなる系の仕掛けが続いたのだろうと判断された。

だが今は違う。勢いは本物だと冒険者達は悔しがりながら認めている。

それなりの実力を持つ若い冒険者にありがちな力押しの戦法は、初踏破で手に入った金貨の山で揃えた質の良い装備によって有効な戦法となった。勿論それが通用するのは迷宮でも中層までだが、それでも彼らが足踏みしていた階層は越えられた。

また、頭で考えるより先に身体を動かしていた彼らが一応は物を考えるようになった。考えた結果、ナナメ上に突っ走る時もあれば、結局は動いたほうが早いという結論に達する事が大半だが多少は意味がある。

結果、少しばかり無茶な依頼も達成可能になる。そうなるとランクアップも望めるようになる。アイン達のパーティは既に、全員がCランクへと上がっていた。

これほどの勢いに乗るきっかけは、とある冒険者らしくない冒険者。今思えば分かりやすく導くような取引を、迷宮踏破の鍵となる知恵を、そしてよく分からない迷宮品を自分達に与えてくれた人。

「リゼルさんが載ってる絵画が金貨十枚とか舐めてんのかゴルァァアア!!」

が、描かれた絵画を手にアインは店主を脅《おど》していた。

いや、アインにとっては決して脅しではない。正当な主張だ。だが周囲からしてみれば、どう見ても脅しているようにしか見えなかった。

「いやぁ、でもお客さん考えてもみてくださいよ。絵画の相場、聞いた事ないですか？　下は銅貨一枚から上は金貨五枚、一刀と珍しい蛇の獣人もいるっていうから倍まで上げてやったでしょう？」

商人はそんな冒険者の対応に慣れているのか、難しい顔をして絵画を見下ろしている。

商人としても、目の前の絵画に価値がある事ぐらいは分かっていた。何せ冒険者最強と呼ばれる一刀がはっきりと描かれ、滅多に姿を見ない蛇の獣人が頬の鱗をこちらに向けて描かれている。それだけなら値段だけを価値と捉える金持ちに金貨三十枚でも売れそうだ、だからこそ仕入れは金貨十枚程度が望ましい。

しかしその真ん中で一刀を見上げている、絵画越しにも品を感じさせる男が分からない。場所は迷宮内に違いないのだが、冒険者でもないのに何をしているのか。

「まぁ見栄えはしますけどねぇ、迷宮絵画としては……」

ううん、と商人が唸った。

冒険者の映る迷宮絵画は、鬼気《きき》迫る状況であるほど高値がつく。それを思えば、非常に穏やかさの感じられる男は迷宮絵画としての価値からは外れるのではないだろうか。

「そうなると、金貨十枚でも赤字覚悟ってとこもあるんですよ」

「赤字になる訳ねぇっつってんだろうが、分かってねぇなぁ！　見ろオラ！」

ビッとアインが絵画を指差す。その指先が絵画に押し付けられそうになり、商人は駄目にされては敵わないとばかりに急いでその腕を引きはがした。

「全員濡れてんだろ、頭から水被ってんだろ、これだけでその倍はいくだろ普通！」

「普通冒険者が迷宮内で水被っても汚《きたね》ぇだけなのにこの人ら色気凄ぇだろうが！」

「俺らならドロッドロだぞ！　マジベッタベタだかんな！」

共に来ていたメンバーも納得がいかないとばかりにアインを擁護《ようご》する。

ちなみに彼らはリゼル達が何故水を被っているのか全く理解できない。絵画を見つけたのは罠の宝庫〝不可侵《ふかしん》の迷宮〟、例に漏れず見事に罠に嵌ったシーンなのだが、アイン達はまさかそんな筈ないだろうと心底思っている。

「それが！　この人らは！　こう‼」

剣を握る度に水の染み出る手袋をジルが不快げに脱ぎ、その片方を口に咥えている。肌に貼りつく服を嫌そうに搾《しぼ》るイレヴンは腹が丸見えで、苦笑したリゼルも襟元《えりもと》を指で広げて風を通していた。絵画は髪から滴《したた》る水滴や肌を伝う水すら詳細に写し出し、アイン達同性から見ても色気があると断言できるような三人になっている。

「しかも見ろオラ！　リゼルさんの服ちょい緩んでんだぞ！　俺あの人の寝起きだろうが服乱れてるとこ見た事ねぇからすっげぇレア！　こんだけでさらに倍だろうが！」

「そんな無茶言われてもねぇ」

商人は迷宮絵画を取り扱っているだけあって冒険者にも詳しい。絵画では、描かれた冒険者が有名であればあるほど値段も上がるのだから当然だ。

しかし目の前のアインが自信を持って主張する、リゼルという冒険者の事を彼は知らなかった。

恐らく最近よく聞く貴族のような冒険者だろうか、ならば知名度的にそれなりの値段はつくかもしれない。

「なら金貨十五枚で買い取りますよ」

「舐めんな百枚じゃやねぇと売らねぇよ！　こんのド素人！」

「なっ……」

アイン達もただ金が欲しいだけじゃない。いや金は喉から手が出る程に欲しいが。

しかしそれ以上に、リゼル達の絵画を安く扱おうという根性が気に入らなかった。相手が何を思って金貨十五枚と言っているのかなど分からないが、本当に十五枚だと思っているならば〝ド素人にも程がある〟と一発殴ってやりたいし、本来の価値を知ったうえで自分達を騙して安く買い取ろうと思っているのならば〝そういう扱いして良い代物じゃない〟とやはり一発殴ってやりたいと思う。

恩人を蔑《ないがし》ろにされて黙っていられる程に、アイン達は大人しくはないのだ。

「あのですね、お客さん。親切で言っとくけど、うち以上の値で買い取ってくれるようなトコは商業国にないですよ。それならうちで」

ならばもう良いと、アインが苛立ちを露わに怒鳴ろうとした時だった。

「節穴だと言われても仕方がないな」

ふいに横から挟まれたそれに、アイン達と商人は弾かれたようにそちらを向いた。

そこには眼鏡を外し、胸に差し込む一人の男。アインの手にある絵画へと向けられた視線は研《と》ぎ澄《す》まされ、その相貌は壮齢ゆえの色気を孕む美貌を湛《たた》えている。

そんな男が今まで隣にいたにもかかわらず気付けなかった事に、誰も驚愕するなかで男は――シャドウは視線を絵画から商人へと移す。冷たく刺すような視線に、商人は節穴扱いされた事への文句を呑み込んだ。

「優秀な者ばかり集める気もないが、この街の名に傷をつけられては不愉快だ」

忌々《いまいま》しそうな鋭い舌打ちと共に零された言葉に、商人は何かが引っ掛かった。

商人が気付かないのも無理はない。大侵攻の際にシャドウが顔を出したのは激戦区であった西門、非戦闘民は完全に人払いをされた場所だったのだから。

噂でその人相《にんそう》が出回ろうと実際に見た事がなければ、目の前にいる相手がこの商業国を統治する領主なのだと思いもしないだろう。

「おい」

「な、何だよ」

ふいに呼び掛けられたアインが、負けじと睨み返す。

シャドウはそれを気にもかけず、懐《ふところ》から一枚のカードを取り出した。

「今は百枚など持ち合わせがない。用意させておくから後で取りに来い、通行証だ」

押し付けるように渡されたそれを、アイン達は全員でまじまじと覗き込む。

実の所、全く話についていけていない。だが何だか本当に金貨百枚で買い取ると言われた気がするが気の所為だろうか。彼らとて百枚に相応しい絵画だろうと思っている。思っているが、まさか実際に金貨百枚を手に入れられるとなると頭がついていかない。

というかカードにマルケイド領主官邸と書いてあるのが理解できなかった。

「案内役に金を持たせるから絵画と交換で受け取れ。それまで決して傷は付けるな。全く……商人より冒険者のほうが見る目があるなど笑えんな」

忌々しそうに呟き、眼鏡をつけて去っていくシャドウをアイン達はただポカンと口を開けて見送った。その横でようやく真相に気付いた商人が、憧《あこが》れるべき商業国の領主を見た興奮と晒してしまった失態に顔を赤くしたり青くしたりしている。

アインは手にした絵画を、取り敢えず慎重な手付きで仕舞いこんだ。そして再びカードを見下ろす。本来ならば本物の領主だと思わないだろう。むしろ詐欺師を疑う。しかし、今回ばかりは納得せざるを得なかった。

「リゼルさんの知り合いっぽいしな……」

「あの人なら領主に知り合いいても不思議じゃねぇし」

「いっそ領主じゃねぇと納得できねぇ感がある」

アイン達はそう口々に互いを納得させ、さて金貨百枚でどう遊ぶか女だ女だと全力で盛り上がる。だがリゼルの絵画を売った金で遊ぶことに全員もれなく罪悪感を覚えた為、最終的に装備を充実させる方向に落ち着いていた。


その頃のリゼル達は。

「〝行くぞ、野郎共！〟……あ、戻されました。一字一句ノーミスだった筈なんですけど」

「盛大に役がミスってただろうが。凄ぇ楽しそうだったけどなお前」

「海賊の船長とかリーダーじゃ無理っしょ。あ、でも衣装は意外と似合ってた」

「それを言われると俺じゃどうしようもないんですけど」

〝人ならざる者達の迷宮〟で十階おきに置かれている巨大本の攻略に苦戦していた。


その店は王都パルテダにおいて、中心街まではいかないが少しだけ良い立地にあった。

道具屋を示す看板の下、〝鑑定に自信あります〟と自信なさげに書かれた小さな板がそよぐ風に揺れている。今も鑑定を終えた冒険者らが、満足げにその扉を潜って去っていった。

有難うございました、と声をかけて彼らを見送ったジャッジは安堵したように小さく息を吐く。そしていつもは微かに丸まった背を、ぐっと伸ばした。鑑定は集中する分、肩がこる。

荷物の仕分けも陳列《ちんれつ》も済んでいる。さて後は何かあっただろうかと考えながら、作業台の上を片付けていた時だ。ガンガンと扉を蹴りつけるような音が届いた。

いや、攻撃として蹴りつけている訳ではないだろう。乱暴なノックだなぁと不思議に思いながら、ジャッジは情けなく眉を下げて扉を開く。

「まいどー、回復薬お届けに……」

そこにいたのは、ツナギの似合う美女だった。

その頬が何かで汚れているのが酷く職人らしい。女性にしては逞《たくま》しい腕で回復薬の入った木箱を担ぎ、もう片手には届け先のメモらしき紙束《かみたば》を握っている。

両手が塞がっていたのかと、少しだけ安堵するジャッジをかっ開いた目で見るのは肉欲《にくよく》系女子の名を欲しいままにするメディだった。

「あ、有難うございます。でも、いつもの親父さんは……あの……？」

「敬語……モノクル……鑑定……知的……」

何かをブツブツ呟く姿に、ジャッジはびくりと肩を跳ねさせた。

ガン見されたまま荷物だけを手渡され、恐る恐る数本の回復薬を受け取る。扉の前で仁王立ちし続けるメディがひたすら恐ろしいが、取り敢えず納品の確認だけしてしまおうと作業台の上に回復薬を並べた。

瓶を透かしながら、低級と中級とを確認。品質が上下しやすい回復薬において、流石のぶれなさを見せる品はいつもどおり。後は受け取りのサインをしなければと、恐る恐る振り返ればメディの瞳がカッと限界まで見開かれた。再びジャッジの肩が跳ねる。

「でも背がでけぇ!!」

「えっ、ご、ごめんなさ……」

「でかすぎても体格良すぎても駄目なんだよ、押し倒しにきぃから……でもアタシより低くても細すぎても駄目なんだよ、弱いモン苛《いじ》めしてるみてぇだし……惜しいなぁちくしょう、久々の知的穏やか系だと思ったのに！」

上から下まで舐めるように見られた。

さらには悔しげに零された呟きに、ジャッジはもはや半泣きだ。しかし、ふとその涙の溜まる瞳を瞬かせる。もはや何を言っているのか分からないメディの言葉を必死に反芻《はんすう》すれば、浮かび上がる人物像が一つ。

大体このくらい、と鎖骨あたりに掌を構えてその身長を思い出す。知的、と綺麗な姿勢で本を読む姿を思い出す。穏やか系、と高貴な色を孕んだ優しくて甘い瞳を思い出す。戦慄した。

「(リゼルさんに、会わせちゃいけない……！)」

ジャッジは固く決意した。

「インテリさんドストライクだったのになぁ……金積んでも良いから帰ってきたら一晩好きにさせてくんねぇかなぁ……」

会ってた。

「(一晩って……ひ、一晩、って……え、そういう……)」

まるで海の向こうに浪漫《ろまん》を追い求める男のような目をして、店内で堂々と何処か遠くを眺めるメディ。そんな彼女からジャッジは顔を赤くしたり青くしたり白くしたりしながら視線を彷徨わせる。

言い方からして、彼女の言う〝インテリさん〟がリゼルだという事は疑いようもない。知らず腰が引けてしまっていたが、しかしジャッジは気合を込めてメディを見据えた。リゼルは自分が守らねば。

「リ、リゼルさんはそういう俗世《ぞくせ》の欲とか一切持たない人だから無理です!!」

「凄ぇこと言うなオイ！」

メディからまともな突っ込みを受けるという貴重な経験をしたジャッジだった。

リゼル達が聞けば微笑んだり呆れたり爆笑したりしそうだが、彼は心から真剣に言っている。実はまだ微妙に混乱しているのかもしれない。

「だが知り合いなら丁度良い……インテリさんのパンツの色を……教えてもらおうか」

「い、嫌です……」

じりじりと近付いてくるメディに、ジャッジもじりじりと後退する。

ぎらついた目がひたすら怖い。もはや女性不信になりそうな程に怖い。しかしふいにハッと何かに気付いた顔をしたメディに、我に返ったのかとジャッジは顔を輝かせた。

「おっと、アタシとした事が重要な事を聞き忘れてたぜ……まずノーパンかそうじゃないかだ！　あの清楚《せいそ》な面した男がノーパンならアタシは好きじゃねぇ米をいくらでも食える！　いいか、着衣《ちゃくい》なんてもんは結局少なけりゃ少ない程いやらしいんだよ！　厚着のほうがいやらしいだ？　じゃあ寒ぃとこで厚着してる奴に毎日欲情できんのか！　アタシは好みの奴が薄着になってりゃ逃《のが》さず欲情できる！　これが真理だ!!」

「うわぁぁぁん！　助けてリゼルさん!!」

偏《かたよ》った自論《じろん》を堂々と叫ぶメディに、ついにジャッジは限界を迎えた。

彼が涙ながらに今はいない相手に助けを求めると同時に、メディは何かに引っ張られるように店の外へと追い出される。彼女がたたらを踏みながらも顔を上げれば、その瞬間に店の扉が閉ざされた。

メディは一体何が起こったのかと呆然とそれを眺め、しかしパンツの件を教えてもらっていないことに気付いて崩れ落ちる。悔しさのあまりに地面に拳を叩きつければ、ふと手元に落ちた配達票に気が付いた。

「おい開けろ！　ならお前のパンツの色でも良……違った。サインだけ寄越せ！」

「む、無理です、無理っ……！」

扉を挟んで繰り広げられる二人の攻防は、メディが工房の親方によって鉄拳を喰らい、引き摺られていくまで続いた。


その頃のリゼル達は。

「〝貴方は商談を成立させなければならない〟……成りきるんじゃなくて、登場人物相手に交渉をしろって事でしょうか。流石に深層にもなると要求も厳しくなりますね」

「力押しできねぇ迷宮ってちょいちょいあるけど、ここも相当だよなァ。依頼出るようになったら報酬良さそ」

「つうかこの本、お前が持ってた〝マルケイドの興《おこ》り〟だろ。嫌な予感しかねぇな」

「伯爵のお爺様《じいさま》の話ですし、会えたら嬉しいですね」

本の中に入ったら、本当に商業国の先々代領主であるシャドウの祖父との交渉が始まった。

貿易路《ぼうえきろ》を巡る利権《りけん》問題。リゼルは久々の緊張感を楽しみながら、円満に取引を成立させる事ができた。ちなみに先々代領主はシャドウにそっくりだった。

ナハスは今、魔鳥の厩舎《きゅうしゃ》で自らの相棒に癒《いや》されていた。

魔鳥は良い。澄んだ瞳。艶やかな羽毛。鉱石のような嘴《くちばし》。鋭い鉤爪《かぎづめ》。流線形《りゅうせんけい》をした身体。全てが美しい。最高だ。ふわふわとした胸毛をもふもふもふもふと撫でながら、ナハスは恍惚《こうこつ》とした息を吐く。

これこそが至福の時間だとしみじみと思いながら、備え付けではないオーダーメイドのヤスリを手に取った。随分と無骨なものだが、よほど頑強なものでなければ魔鳥の爪など少しも削れない。

よいこらせと藁の上に胡坐《あぐら》をかき、床を踏みしめるいかにも獰猛な足へと触れた。

「よーし、足を上げてみろ……良い子だ、じっとしてろよ」

魔鳥の武器でもある鉤爪は、しかし伸びすぎると自らを傷つける事もある。

本来ならば岩場で暮らす種だ。普通に過ごすだけで自然と削られるのだが、騎兵団の魔鳥はそうもいかない。細やかな手入れが必要で、騎兵達は空いた時間を使ってパートナーの世話に励む。

それを面倒に思う者など当然おらず、ナハスほど顕著な者は限られるとはいえ全員嬉々《きき》として世話をする。その所為で他の兵達からは〝奴隷《どれい》根性の持ち主〟やら〝魔鳥バカの集団〟やらと囁かれているが。国民の憧れを一身に受ける騎兵団だというのに身も蓋もない。

「お前は素直な良い子だな。はっ、悪い、子供扱いしている訳じゃないんだ！　お前は自慢の相棒に決まってるだろう、俺の命を預けるに相応しい強く美しき魔鳥だ」

一人と一匹の空間に酔いしれ全開のナハスだが、厩舎には世話係やら他の騎兵やらが普通にいる。彼の視界に一切入っていないだけだ。

とはいえ今は早朝よりも早い時間。いるのは同類でしかなく、彼らもそれぞれ愛の空間を作り上げて周りなど気にしていない。後は慣れきった世話係が、賛美の言葉を受けながらも藁をふんふんしている魔鳥相手に可愛いなぁと頬を緩め、掃除に精を出しているくらいだ。

「最近言う事を聞かない奴らばかりを相手にしていたから、つい言葉に出てしまったんだよ。お前だけが俺の味方だ、マイパートナー」

恭《うやうや》しく持ち上げた鉤爪を丁寧に削りながら、ナハスはうっとりと告げる。

思い出すのは、まさに〝言う事を聞かない奴ら〟である三人分の顔。彼らに出会ってから、やけに日々が慌ただしい。

例えば、今まで関わりのなかった王族らにリゼル達について聞かれる事があった。色々な意味で目付けが必要なのは分かるが、アリムなどリゼル達の事で何かあれば必ずナハスを呼び付ける。

『ナハス、先生の宿、連れて行って。……他の人？　聞いたら、おまえが担当って、言っていたけど』

何の話だ。担当って何だ。いつの間にそんな事になったのか切実に知りたい。

さらに、国が干渉する事のない冒険者ギルドとの関わりも強制的に増えた。リゼル達が何かやらかす度、冒険者の管轄《かんかつ》はギルドだと知りつつ口を挟んでしまうからだ。

その度、後々ギルドに釈明をしに行っているのだが、越権《えっけん》行為だと問題になった事はない。むしろギルド側は国の干渉を嫌がるのが普通だろうに、若干感謝される事すらある。

『おう、あの三人だな？　良い良い、あいつら問題起こしても自分に非ィ作んねぇからな、あんまギルドからは言えねぇんだ。しっかしお前の言う事は聞くだけ聞くよなぁ、俺が何言ってもあいつら何も気にしねぇのに……』

顔を出す度にあの三人関連だと決めつけられるのは何故か。

確かにそれ以外の用件で訪れた事はない。だがギルド職員の言う事さえ聞かないという奔放《ほんぽう》なリゼル達がいけない。

しかし言う事を聞かないというだけで、彼らがルールを守らないという訳ではないという。職員の印象が悪くなさそうなのは良い事だ、とナハスは数度頷いた。

「よーし、反対の足を見せてみろ。ハッ、美しい爪が少しささくれている……！　削った後に磨いてやるからな、気付かなくてすまなかった」

削り終わった足を下ろしてやり、もう片足に手を添えれば自分から持ち上げられた。良い子だ素晴らしいと褒め称え、爪にひっかかる藁を取り除く。そしてコリコリと再び爪を削り始めた。

「全く、奴らの所為で王族と関わりができるし、ギルドに顔が利くようになるし、何故か騎兵団の評価も上がるしでお前と愛を育む時間が減って敵わん。もちろん俺の愛が薄れることなど決してないから安心すると良い、俺の最愛の相棒《マイ・パートナー》！」

横で聞いていた世話係は「良い事じゃないか」と思った。

そんな世話係が空いている鳥房の寝藁を整え、また隣へ移ろうとした時だ。一人の巡回兵が勢いよく厩舎の扉を押しあけて姿を現す。

「魔鳥騎兵団に伝令、沖で海賊船が出た！　商船が積荷《つみに》を奪われ帰還、海賊船は逃走、頼んだぞ！」

でれっでれに崩れていたナハスの顔が瞬時に引き締まる。

跳ねるように立ち上がり、流れるような手付きで自らのパートナーへと手綱《たづな》を巻き付け、そして飛び乗る。その重みを受けてグッと頭を下げた魔鳥が、しかしそれを苦にもせず身体を沈めた。

ぶわり、と大きく広がった翼。巻き起こった風に地面に敷かれている藁が宙を舞う。

「準備ができた者から飛べ！」

ナハスの号令に勇ましい了解の声が幾つも上がる。

先程まで魔鳥を愛《め》でていた者達は既に、鋭い戦意を抱きながら準備を終えていた。パートナーに手綱を引かれた魔鳥の鳴き声、それは空への高揚に満ちている。そして彼らは空へと舞い上がった。

大きく開かれた厩舎の屋根、そこから飛び立つ彼らを世話係はただひたすらに憧憬《どうけい》の瞳で見上げる。

「先行中の巡回組と合流次第、敵船に攻撃を仕掛ける。魔鳥騎兵団、出るぞ！」

「「オォッ!!」」

そして彼らは空を駆ける。

魔鳥に跨る彼らに、地を這い海を行く者に追いつけない道理などない。容易に先に船を追っていた騎兵らと合流し、敵船を捉えた。

上空で留まり、見下ろす。眼下では商船から奪い取った品を手に大声で笑う海賊達がいた。もはや急くことなく船を泳がせているのは、誰も追いつけはしまいという余裕からか。

それは知らないからなのだろう。アスタルニアの商船を襲う、その意味を。

「誰から逃げられたつもりでいる」

そう言葉にしたナハスの瞳には、魔鳥に対する溺愛も、リゼル達に対して向けられる深い許容も存在しない。彼は片手を上げた。

周りの騎兵が一斉に槍を構え、穂先《ほさき》を敵船へと向ける。羽ばたく魔鳥の上だろうが、彼らの鍛《きた》えられた身体は背筋を伸ばしたまま一切ぶれる事はない。

そして、次々と魔鳥が羽ばたくのを止める。その背に乗る者が感じるのは一瞬の浮遊感、内臓が浮く感覚、視界は傾き空から海へ。それに確かに高揚を抱きながら、彼らは真下の敵船へと急降下を開始した。

アスタルニアに住む者ならば誰もが知る魔鳥の声を、鳥の声だと気にしない海賊達にそれらを逃れる術《すべ》は無い。不意に落ちた影に、空を見上げた時には既に遅かった。

アスタルニアの民を傷つけ、逃れられた者が誰一人として存在しない所以《ゆえん》を、彼らは思い知る事となる。


その頃のリゼル達は。

「あ、多分あそこ隠し通路ですよ」

「またかよ」

「多すぎるっつうのも有難みねぇよなァ」

「……なら良いです」

「リーダー?……あッ、嫌とかじゃ全然ねぇから！　全ッ然！」

「良いです、先に進みましょう」

「おい、拗《す》ねんな。こっち向け、おいって」

「もう良いですってば」

別に二人が嫌がってる訳じゃないとは分かっているものの、一つ前の隠し通路では喜んで見た事のない魔物と戦っていた癖にと、リゼルはちょっとだけ不貞腐れていた。

その日の夕暮れ時。

誰もが帰路《きろ》につく頃、同じく新迷宮から戻ってきたリゼル達は行き交う人々が何処か興奮しているのに気が付いた。三人は昨日今日と迷宮内で一泊して攻略を進めていたので、何があったのかなど知る由もない。

だが、頻繁《ひんぱん》に飛び交う〝騎兵団〟と〝海賊〟という単語に大体の予想はつく。お勤め御苦労様です、なんて内心で零しながらリゼルはふと足を止めた。

「ちょっと寄っていきますね。先に帰っててください」

そういえば手紙の材料が少なくなっていたなと、目にした郵便ギルドを指さす。

「ああ」

「前にジャッジの爺さんに凄ぇの買わせてたじゃん」

「あれは陛下用です。ジャッジ君とスタッド君には、色々な手紙のほうが楽しんでもらえそうなので。それに、インサイさんに〝伯爵にも贈ってやってくれ〟って言われてますし」

そういうところマメだよな、という視線を隠そうともしない二人と別れ、リゼルは郵便ギルドへと入った。

手紙素材を扱っている店は他にもあるが、とにかく扱いが少ない。郵便ギルドならば手紙の普及を狙いたいというのもあり、様々な種類やデザインを販売している。

中は冒険者ギルドに比べれば圧倒的に狭いのだが、働く者達の活気に満ちていた。独特の制服に身を包んだ職員が慌ただしくギルドを出たり入ったりしている。

「(あっちか)」

リゼルはギルドの一角に設けられた売り場へと歩を進めた。

恋文《こいぶみ》でもしたためようとしているのだろうか。女性二人が真剣に美しく染め抜かれた封筒《ふうとう》を選んでいる隣で、リゼルははっきりとした色合いの用紙に目を通していく。

以前は月下花の押し花が隅に飾られているものにした。今度は明るい色が良いか。

「(ジャッジ君とスタッド君には封筒が一つになっちゃうし、このツートーンを二色……なら、封筒はストライプのほうが)」

うーん、と悩みながら封筒を手に取る。リゼルはこういう所で手を抜かない。

「(手紙だと元気そうだし、何か問題がある訳じゃなさそう。良かった)」

髪を耳にかけながら一つ頷いた。

ジャッジが肉欲系女子の襲撃により、色々とショックを受けた事をリゼルは知らない。

「(伯爵には良いやつじゃないと手元まで届かないかな……アリム殿下に貰った封筒、は外交問題になりそうだし。あ、レイ子爵にも書こう)」

シックな模様が刻まれた封筒を手に取り、シャドウへの手紙の内容は何を書こうかと考える。

迷宮で彼の祖父相手に商談した事を書こうか。いや、それはシャドウがペン先をぶち折りそうな気がした。屋台を使って競売をしてみたらいまいち上手くできなかった事を書こうか。いや、それもある意味ペン先をぶち折りそうな気がする。

その際に手伝ってくれた商人の彼女にも何故か怒られたのだ。その手の最上位に位置するシャドウに伝えれば逆鱗《げきりん》に触れてしまう可能性もあった。

「(返事が来るかは分からないけど、もし貰えるならどんな内容か気になるし、質問とか……あ、無難《ぶなん》に最近で一番高い買い物は何ですか、とか)」

それが自らの載った絵画で、流石に飾れないと執務室の棚に隠すようにして仕舞われた事実をリゼルは知らない。最も強烈にペン先がぶち折られるだろう。

そうして悩みながらもリゼルは選び抜いた用紙と封筒を購入し、ギルドを出た。

「あ、来た」

「イレヴン」

かけられた声にそちらを向けば、退屈そうに壁際でしゃがみ込んでいたイレヴンがいた。立ち上がり、歩み寄ってくる彼へとリゼルは微笑む。

「待っててくれたんですか？　有難うございます」

「んー」

満足げに目を細めるイレヴンと共に並んで歩き始めた。

「イレヴンは寄りたい所とかありますか？」

「別にねぇスけど。あ、でもちょい覗きたい武器屋あるかも」

「鎧鮫《よろいざめ》の？　そろそろ完成って言ってましたね」

「危ねぇモン触んないように」

「何ですか、それ」

可笑しそうに笑うリゼルに、イレヴンはにんまりと笑った。

今となっては言い含める為に抜け穴を塞ぐ必要もない。選んだ抜け穴が危険かそうでないか、どんな抜け穴だろうとリゼルには先の先まで分かっているのだから。

「リーダーも何か作れば？」

「ジルが嫌がるんですよね」

「まぁ俺もリーダーが実際使うってなったらイヤだけど」

二人がそんな雑談を交わしながら歩いていると、ふと前方から近付いてくる見知った顔があった。

二人を見つけたのか、相手もすれ違う筈だった進路をこちらへ直している。

その様子を見る限り、特に探していた訳でもないようだ。偶然進路が重なっただけだろう。

「迷宮帰りか、御客人」

「こんにちは、ナハスさん。今日は大活躍だったらしいですね」

「知っているのか？」

「海賊を相手にしたってだけですけど」

噂でも聞いたのかと頷いたナハスが、全く理解できんとばかりに顔を顰めた。

「そうだ、商船が狙われてな。一人残らずしょっぴいてやったが、人の物を奪おうなどとけしからん」

「だよなー」

「そうだろう」

悪びれず同意したイレヴンに、ナハスは満足げに頷いている。

リゼルは気にせずその光景を眺めながら、「お疲れ様です」とナハスを労《ねぎら》った。今もまだ仕事中なのか、手には奪われかけた積荷らしきもの。一端元の持ち主に戻して回っているようだ。

その革鞄についた名札に、ふと郵便ギルドの名前を見つける。何処行きの船が襲われたのかは知らないが、海賊が手紙を狙うようにはとても思えない。

「手紙が奪われたんですか？」

「紙系は意外と厳重に包まれてんスよ。水気に弱いし」

流石に詳しいなと、リゼルはイレヴンの言葉に納得したように頷いた。

船なら余計に扱いが慎重になるだろう。元の世界と同様に、此方の郵便ギルドも遠方とのやり取りに船を使う事があるようだ。

「そうだ、詳しいな。なるべく奥に置いていたから、金目のものと間違われたらしい」

雑《ざ》魚《こ》、と嘲るように小さく呟いたイレヴンに苦笑する。

確かにイレヴンが現役だった頃には、そんなミスを犯した事などないだろう。むしろ目に付く積荷全てを運び出すといった時間も手間もかかるような事はせず、ピンポイントで高値の品だけを奪っていく圧倒的な効率の良さを誇っていた筈だ。

「濡れないよう運んだつもりだが、職員に確認してもらおうと思ってな」

そしてふとナハスがリゼル達を見て、何てことない事のようにそれを告げた。

「お前らも王都にいた頃に世話になった人がいるだろう。たまには手紙でも書いたらどうだ」

ひたすらタイミングが悪かった。何故こんな最悪のタイミングを突けるのか。

イレヴンはにやにやし、リゼルはわざとらしく拗ねてみせる。

「丁度書こうと思ったところだったのに。書く気がなくなりそうです」

「あーあー、たった今ちゃーんと手紙買ったのにリーダー可哀そー」

「な……す、すまん、悪かった」

焦ったように謝るナハスだが、数秒後に〝いや、それ程自分が謝る事でもないな〟と気付いた。何故正しい事を言って責められるのか。その程度でやる気をなくすなと切に言いたい。

「全くお前らはああ言えばこう言う！　ちょっとは素直に頷けんのか！」

そうしてリゼル達に真正面から説教ができる彼の姿こそ、「あの三人に説教できるとか凄いな……」と密かに魔鳥騎兵団の評価を上げている要因となっている事をナハス自身は知らない。

それは、その瞳に少しの面倒も不快も宿さないからこそなのだろう。口にする程、ナハスがこの時間を苦と思っていないのは誰にとっても明らかなのだから。

112

そこは見上げた先に果てのない書庫だった。

隠し通路で見たような、塔の内部を思わせる空間。隙間なく壁を覆う本棚には、色も形も大きさも違う本が連綿《れんめん》と並んでいるが螺旋階段はない。足元に敷き詰められた石畳《いしだたみ》が空気を冷たく感じさせた。光源など見当たらないのに不思議と明るい。だが何かが息を潜めて此方を窺っているような、そんな重たい空気を孕んだ空間だった。

音はない。耳が痛い程の静寂のなかへ、リゼル達は靴音を反響させながら足を踏み入れる。

「何もいませんね」

穏やかな声が広い空間へと微かに響いた。

壊しがたい静寂を容易く終わらせたその声には、恐怖も気負いもない。

「ニィサンなんか分かる?」

「何も」

辿りついた四十五階層。

そこにあったのは、此処へと続く大きな扉一つ。迷宮では大抵、最深層にはボスへと続く扉と魔法陣以外に何もない。此処からさらに道が続いているのならまだ先の階層があるのだろうが、その様子もない。ここが終点で間違いない筈だ。

「なァんか変な感じはすんだけど」

イレヴンが舌を唇へと這わせ、見渡すようにスッと視線を滑らせた。しかし書庫を巡った目は何も捉える事なく、高所には光源がないのか闇に包まれた天井へと向けられる。

「未知の魔物なんて、少し緊張するけど楽しみですね」

「お前緊張なんてすんの」

「しますよ」

失礼な、とリゼルは言うが、ならそれなりの顔をしろとジルは思った。

ボスというのは一つの迷宮に一匹の固有種。普通の魔物ならば、他の迷宮でも外でも見かける種《しゅ》がほとんどだがボスに限ってはそうではない。つまり、未踏破の迷宮でこれから相見《あいまみ》える魔物は完全なる未知の魔物だ。

それは以前の〝人魚姫《セイレーン》の洞《ほら》〟のボスにも当てはまるが、あちらは長年ボス以外を攻略され尽くされていた迷宮。今回はリゼルにとって初めて一から攻略した未踏破の迷宮だ。それが地味に嬉しいのかもしれない。

「お前、時々冒険者らしいよな」

「冒険者ですから」

可笑しそうに目元を緩めるリゼルに、ジルはまぁ良いかと頷く。

多少浮足立《うきあしだ》とうが冷静さを失わない男だ。戦闘に支障が出そうならば一言二言声をかけるが、そうでなければ楽しめば良いし好きにすれば良い。

「今日ボスを倒せたら、俺達が初踏破なんでしょうか」

「他が踏破したっつう話は聞かねぇッスね」

「入れ違いで踏破されてなけりゃそうなんじゃねぇの」

リゼル達はゆっくりと歩を進め、部屋の丁度真ん中で足を止めた。

壁一面の本は壮観であり、しかしそれ以外には何もない空間は広い。だがリゼルは書庫らしくない緊張感を孕んだ空気を、ジルとイレヴンは何処か煽られる空気を感じていた。

何かいるのは、きっと確かなのだろう。

「透明な魔物とかでしょうか。ほら、前にも居た」

「ならもう攻撃されてなきゃおかし……ッ」

イレヴンは言葉を切り、直後弾かれるように真上へと剣を振るった。

同時に、彼の手によって肩を押されたリゼルがジルのほうへ。リゼルは逆らう事なく身を任せ、自らの身体に腕が回されるのを受け入れながら魔銃を操作する。音もなく三人の上へと落ちてきた巨大な影、それが何かを判断するより先に魔力を撃ち込んだ。

剣が弾かれる音と、魔力が霧散《むさん》する音。地を震わせるような巨体の落下音に掻き消されたが、それらは確かに後方に飛び退るリゼル達の耳へと届いた。

「ん」

「有難うございます。弾かれちゃいましたね」

「腹側も通んねぇッスわ」

書庫の中央で蠢《うごめ》くのは、見上げんばかりの巨大な蜘蛛だった。

長く巨大な刺が角のように背中から二本、曲線を描いて天井へと向いている。八本の脚はまるで鉱石のように艶めき、細長い盾を巻き付けているかのように頑強に見えた。

蜘蛛は体長よりも高い位置で折れ曲がった脚を動かし、毒々しい橙《だいだい》混じりの漆黒の体を蠢かせる。その場で巨体を反転させれば、不思議な光彩を放つ丸い大きな眼が四つ。そしてその下にある鋭い鋏《はさみ》のような牙が姿を現した。

音もなく反転した巨大蜘蛛が三人を捉え、ぴたりと動きを止める。

「毒、ありそうですか？」

「今んトコ匂いしねぇけど、口元は危ねぇかも」

「来るぞ」

まるで助走をつけるようにその場で複数の脚を動かしていた蜘蛛が、突如三人へ向かって猛進《もうしん》する。硬い脚が激しく石畳を踏み鳴らす音が、書庫の静寂を完全に破壊した。

「ジル、一本潰せるか試してください」

「自信はねぇな」

蜘蛛は三人の寸前でピタリと勢いを止め、高く持ち上げた前脚を振り下ろす。石畳が砕ける程のそれを、リゼル達は寸前で躱した。

その場に、一歩後ろに下がっただけのジルが残る。眼前の人の胴《どう》ほどもある脚へと構えていた大剣を振り抜いた。大抵の魔物ならばそれだけで地に伏せる一撃は、しかし蜘蛛の脚の表面を削るだけに終わる。

「硬《か》ってぇな……」

舌打ちを零し、彼はすぐさま飛びのいた。直後、寸前まで彼がいた場所が抉られる。

「削ってくのは時間かかりそうだ」

「みたいですね」

ボスならこんなものだろう。一撃で決定打が与えられる事など滅多にない。

蜘蛛の真後ろに逃れて距離をとるリゼルに並びながら、しかしジルは彼の判断を責めなどしなかった。無理だとしても一縷の望みに懸けた、その理由など明らかだからだ。

「あの機動力《きどうりょく》は早めに削っておきたかったんですけど」

巨大蜘蛛はキシキシと牙を軋ませ、再び猛進する。

進路は正面。真後ろに立つリゼル達を振り返りはしない。静止直後とは思えぬ速度で壁に迫った巨体は、その速度を落とす事なく敷き詰められた本棚を登り始めた。

「やっぱり」

「マジで？」

「立体移動する奴相手は時間かかんだよな」

感心したように眺めるリゼルと、引き攣った顔をするイレヴンと、面倒そうにため息をついたジルの見上げる先で巨大蜘蛛が急激な方向転換を見せる。

天井へ突き進んでいた巨体が横移動へ、遠心力を利用して大きく書庫を移動しながら再び三人へと襲いかかった。今度は攻撃の為に止まりもしない、そのまま突っ込んで踏み潰そうというのだろう。

「何これどうやって攻撃すんの⁉」

「いっそ足元に張り付くか」

「それだと俺が間違いなく避けきれません」

「危ねッ！」

踏みつけられれば確実に何処かが砕け、跳ね飛ばされれば簡単に骨ぐらいは折れそうだ。そんな脚が八本、隙間なく地面を叩きながら襲い来るのを何とか避ける。

しかしすぐに別方向から襲いかかられるだろう。早めに対策を練らなければならない。

「ジル、ガッとあの足を掴んで動きを止められませんか？」

「アホ」

「リーダー魔法は？」

「あんな大物だと足止めも難しそうです」

リゼルも魔力が多いほうとはいえ、人知《じんち》を超える程ではない。応用を利かせれば実戦で通用するが、巨大な一発というものがないので決定打には欠けてしまう。

「どうしましょう。俺は少し離れて援護に回って、やっぱり地道に……」

「えー！　そういう面倒なの俺すっげぇイヤ」

ジルの言うとおり足元に潜って機動力を落とせば、少なくとも縦横無尽《じゅうおうむじん》な動きは止められるだろう。上から横から無数に叩き付けられる脚を常に避け続ける必要はあるが。

とはいえ脚に大して攻撃が通らないのは確認済み。リゼルが全力で強化魔法をかければ多少は楽になるだろうし、そうしてちまちま削ればいつかは潰せるだろうが、イレヴンも嫌がっているので最後の手段に取っておく事とする。

「じゃあやっぱり弱点狙いで、とりあえず目とか狙ってみましょうか」

「あのモノクル絶対弾かれんぞ」

「ですよね」

巨大蜘蛛の頭に並ぶ四つの目は、内側の二つに比べて外側の二つがやや小さい。

その中心寄りの二つには何故かモノクルが被せられている。金縁《きんぶち》のモノクルは人の頭より大きな目に合わせ、相当な大きさのものだ。まさか視力矯正《きょうせい》とは思えないので、防御の為にあるのだろう。

「二つ並べんなら眼鏡じゃ駄目なんスかね」

「引っかける耳がないからでしょうか。あれも、どうやって付いてるのか分からないですけど」

取り敢えず剥き出しになっている外側二つの目を狙うしかない。

ちなみに誰も何も言わないが、三人共モノクルを見た時にジャッジの事を思い出していた。巨大蜘蛛で自分を連想されたなどと知れば彼は間違いなく泣く。

「次に壁に上ったら狙います」

そう言って、リゼルは魔銃をもう一丁浮かべた。

左右に浮かぶ魔銃と共に、向かってくる蜘蛛をぎりぎりで避ける。直ぐ傍を通りすぎた脚が巻き起こす風に髪を揺らしながら、さらに立て続けに襲いかかるそれらから距離をとった。

通りすぎた蜘蛛が本棚へと激突する勢いのまま直角に上り始める。そして三人の隙を狙うように書庫を回り始めたのを確認し、ジルが別に取り出した分厚い剣を振り被った。

「止めるぞ」

「お願いします」

風を裂く轟音《ごうおん》と共に、放たれた大剣が鈍い音を立てて蜘蛛の目前に突き刺さった。

突如目の前に現れたそれに蜘蛛が一瞬動きを止める。その隙を逃さず、リゼルは二つの引き金を同時に引いた。パァンッと不思議な光彩を帯びた眼球が二つ弾ける。

「そのまま突っ込んでくださいね」

リゼルが言い終える頃には、ジルとイレヴンは蠢く巨体へと駆けていた。

蜘蛛は辛うじて壁に貼りついたまま、上体をのけぞるように前脚を振り上げてガチガチと牙を打ち鳴らす。その前脚が突き刺さった大剣へと叩き付けられる寸前、リゼルは普段の数倍の魔力を用いてその足元を撃ち抜いた。

込めた魔力の属性は火。魔力は本棚にぶつかり爆発を起こし、荒れ狂う爆風が蜘蛛の巨体を無理矢理本棚から引き剥がす。

「燃えないとはいえ、書庫で火って嫌ですね」

「リーダーナイス！」

硬直し、落下した巨体へジル達が肉薄《にくはく》した。

歪に伸ばされた脚で床を搔いている姿は、すぐにでも立ち上がろうというのだろう。ジルはその関節へ向けて大剣を振りかぶった。

そしてイレヴンも残る目を潰そうと傾いた頭に飛び乗り、モノクルを搔い潜るように双剣《そうけん》を走らせる。

「一本目」

ジルの大剣が脚を一本破壊した。

「げッ、変な感触する」

イレヴンの双剣が眼球を抉る。しかし手応えはない。

二人は深追いせずにすぐにその場から離れた。直後、蜘蛛が邪魔なものを振り払うようにブンッと頭を振りながら立ち上がる。その脚は一本が途中でへし折られ、ピクリピクリと力なく動いていた。

だが巨大蜘蛛はそれ以上二人に襲い掛かろうとはせず、ふいに後ろを向いてしまう。そして本棚を天井へと向かって走り、暗い闇の中へと消えてしまった。

「何あれ、逃げた？」

「だと面倒だな」

上を見上げるリゼルの元へ、剣を拭ったり回したりしながらジルとイレヴンが歩み寄る。

「脚、片側半分は潰さないと逃げられちゃいますね」

「そうそう転んでくれりゃ良いがな」

再び静寂の戻った書庫で、リゼル達は全員で天井を見上げていた。

イレヴンに言わせてみれば〝何かカサカサ聞こえる〟らしいので、居る事は確かなのだろう。また落下してきたらどうしよう、などと思いながらリゼルは魔銃を向けてみる。

「撃っても良いと思います？」

「止めとけ。変な反撃食らっても面倒だ」

「分かりました」

数多のボスと戦ってきたジルが言うならそうなのだろう。

リゼルは素直に銃を下ろす。だがそうなると打つ手がない。相手の出方を窺うのは趣味ではないなと考えながら、ふとイレヴンを見た。

「そういえば目ってどうでした？」

「手ごたえナシ、かったいスライム斬ったみてぇな感触ッスね。虫系って毒効かねぇヤツ多いから嫌だよなァ」

最後に一瞬だけ見えたモノクル越しの眼球は、確かにそのままの形を残していた。

物理攻撃は効かないのか、それとも破壊が不可能なのか。そうなるとモノクルの意味がなくなってしまう気もするが。

しかし分からない事も多いなか、確かな変化が一つあった。

「赤くなってましたね、目」

「怒ったんだろ」

「怒ったっぽい」

不思議な光彩を持つ蜘蛛の眼球が、去る直前に真っ赤に染まっていた。

それが何を示すのかは分からないが、見た目には怒ったようにしか見えない。それもそうだろう、目を抉られれば誰だって怒る。あるいは今の状態へと移る合図なのかもしれないが。

実は攻撃が効いていたのだろうかと、そんな事を話しているとふいにイレヴンが口を開いた。

「あ、来た」

「え？　あ、本当ですね」

最初に姿を見せた時も、こうして下りてきたのだろう。

見上げた先には、本来の蜘蛛らしく頭を下に糸からぶらさがる巨体があった。闇に包まれた天井から音もなく姿を現すその姿は、仄《ほの》かに光る丸く大きな眼球も相まって不気味な様相を醸す。

リゼルは改めて銃を真上に向けた。しかし巨大蜘蛛はそれなりの高さで一旦下りるのを止めてしまう。その場で糸を織るように脚を動かしてはいるが、何故か攻撃を仕掛けようとはしない。

「何あれ。魔法？」

「いえ、特にそんな感じは……ぶらさがってる糸とか撃ってみましょうか」

「良いんじゃねぇの。あそこから落ちりゃ脚二本ぐらいは潰せんだろ」

ならそうしようと、リゼルが引き金を引こうとした瞬間の事だった。

「リ、ッニィサン！」

滅多に聞く事のない、強い焦燥を孕んだイレヴンの声。

直後、リゼルが目にしたのは自身へ向けられた剣の切っ先だった。その剣を握るのはイレヴン。

自身へ斬りかかる彼の姿を見てリゼルが思ったのは、以前にも似たような事があったなと、それだけだった。

腕を掴まれたと思ったら、剣同士がぶつかり合う激しい金属音が響く。

「てめぇ遅くなってんぞ」

「だって俺がやってんじゃねぇし！　コレ気持ち悪ッ、身体ムリヤリ動かされんの気持ち悪ッ！　つか死ぬかと思った！」

「俺がですか？」

「俺が!!」

リゼルの前に立ったジルが、その剣でイレヴンによる攻撃を防ぐ。

全力で嫌そうな顔をしたイレヴンも、動きだけはやけに軽快に二人から離れた。ジルの後ろから顔を出したリゼルがそれを眺め、そして頭上で脚を動かし続ける蜘蛛と見比べる。

そういう事なのだろうかと考えつつ、取り敢えず一番気になっている疑問を口にした。

「イレヴン、何で途中で言い直したんですか」

「だってリーダーじゃ避けらんねぇと思って」

「確かに本気の君の攻撃は避けられないけど、今なら多分七割くらいでギリギリ避けられます」

「三割死ぬじゃねぇか」

ジルが剣を構えながらも呆れたように告げる。

十割以外は不十分だと見なす男が、一体何を言っているのかと。とはいえそれが九割だって九割五分だって、リゼルは動かずジルに任せたのだから言い直された事に不満はないのだろう。

証拠に、リゼルは悪戯っぽく微笑みながらイレヴンを見ている。

「蜘蛛だから糸で操ってるって事なんでしょうけど……それにしては、糸なんて見えないですよね」

何かを手繰るように動く蜘蛛の脚。実際に意識は持ちながらも身体を操作されるイレヴン。

操られているのは明白で、だが糸が降ってくれば流石にジルやイレヴンが気付くだろう。迷宮だから仕方ない、さえなければだが。

「お、行く」

イレヴンの上体が沈んだ。

構えられた双剣に、再び攻撃が来るのだろうとリゼル達も身構える。

「イレヴン、どんな感じですか？　糸が繋がってるような感覚は？」

「あー……抵抗しようと思えばできっけどイミねぇ感じ？　何かに触ってる感覚も引っ張られてる感覚もねぇッス」

抵抗しようと思えばできる。

つまり先程の攻撃も、イレヴンは全力で抵抗してくれたのだろう。だからこそジルには遅いと言われ、リゼルを以て七割避けられる程度まで動きが落ちたのだ。

しかし今は抵抗らしい抵抗はしてないらしい。ジルへと斬りかかる動きは普段のイレヴンのものに酷く近かった。流石は迷宮だ。

「危ねッ、動かし方ヘッタクソでマジ怖ぇ！　俺目線だとニィサンの攻撃凄ぇ怖ぇんだけど！」

いや、リゼルが勝手にいつもどおりだと思っていただけだった。

「やっぱり普段の動きとは違うんですか？」

「んな無様な動き方した覚えねぇし、あ、右抜けてリーダーんとこ行こうとしてる。極力俺に影響が出ねぇように止めて」

操られている分、次の動きを察するのも容易いのだろう。

リゼルへと攻撃が向きそうになれば、イレヴンは口にも出すし抵抗もする。ジルにしてみれば、何故自分への攻撃にそれが一切ないのかと思わずにはいられないが。信用していると言えば聞こえは良いが、確実にそうではない。

「文句言うなよ」

「痛かったら言う」

宣言どおり後ろへ抜けようとするイレヴンを、ジルはその腹を蹴り飛ばすことで止めた。

結果として散々文句は飛び出たが、言われたとおり止めてやったのだから文句を言われる筋合いはないとジルは気にしない。

「くっそ、衝撃は来んだから加減しろっつの」

「してやっただろうが」

「あれ、イレヴン動けるんですか？」

腹を押さえてしゃがんだ体勢から、地面へ触れる髪をピンッと指先で弾きながら立ち上がるイレヴン。その見慣れた仕草に、もしかしてとリゼルが問いかける。

イレヴンも言われて気付いたのだろう。剣を持つ手を握ったり開いたりと、自身の意思で身体を動かす。支配からは完全に解放されているようだ。

「あ、ホントだ動ける」

「良かった、なら今の内に」

ピタリとリゼルの言葉が止まった。

それに嫌な予感がして、予想が外れろと願いながらジル達がそちらを見る。

「すみません」

浮かべられた穏やかな苦笑とは裏腹に、リゼルの足が地を蹴った。

「誰も操られてないうちに引き摺り下ろしておきたかったんですけど」

「リーダー冷静に言ってっけど何⁉　肉弾戦《にくだんせん》できんの⁉」

「いえ、全然できません。だから今、ちょっと嬉しいです」

言葉どおり、何故か嬉しそうにリゼルがイレヴンへと掌底《しょうてい》を繰り出した。

勿論身体はリゼルなので全く以て手強《てごわ》くはないのだが、下手に払って傷をつけるのも嫌だし当然ながら反撃もできないしで、イレヴンはどうする事もできずにひたすら避ける。思ったよりはサマになった動きをしているし、一見護身術でも齧っていたのかと思わせるような動きをしているがそういう問題じゃない。

「（劇的に似合わねぇ……）」

「あ、何か失礼なこと考えてませんか？」

自らの身体を操られながら、リゼルはちらりと巨大な蜘蛛を見上げる。

最初は、銃を向けたリゼルをイレヴンを操って攻撃する事で止めた。そしてジルによってリゼルへの攻撃を阻まれ、敵わないと分かるや否やリゼル本人を操り始めた。

偶然かもしれないが、意図しての事だったなら巨体を地面へと引き摺り下ろす事こそ最も効果的。蜘蛛にとってみれば、最も危機的な状況である証明だ。

「(もしこれが糸じゃなくて精神感応《かんのう》とかなら、誰かが操られてる間は攻撃できないし)」

「リーダーの回し蹴り！　貴重すぎる！　そんで似合わない！」

「(ん？　それなら意識ごと乗っ取れるかな。ならやっぱり糸……これを無視して蜘蛛を落としてみる、だと真下に引き摺られて潰されそう)」

「こいつ明日筋肉痛になんじゃねぇの。似合わねぇうえに筋肉痛とか散々だよな」

「(ぶらさがってる糸は絶対、一発では切れないだろうなぁ。標的変えの瞬間を狙ったんじゃ間に合わなそう)」

「リーダーも運動できねぇわけじゃねぇのにこの違和感！　凄ぇ違和感!!」

ひたすら失礼な事を言われている。

そんな似合わない事はないんじゃないかと、リゼルはジルの胸倉を摑もうとして避けられながら自身の手をまじまじと見た。ここでもし、摑んで投げ飛ばしでもすれば格好良いかもしれない。

ジルなら上手いこと空中でクルッと回れるだろう。ぜひやってくれないだろうか。

「お前何か変なこと考えてんだろ」

「まさか。それよりジル、そろそろ止めてもらって良いですか？」

あっさりと告げたリゼルに、ジルは呆れ顔で顔面へと迫る掌底を受け止める。

その手を痛くはないが動かせない程度の力で握りしめ、伸ばされたもう片手も手首を摑む事で捕らえた。これで両手の拘束《こうそく》は完了だ。

「あ」

「あ？」

「げっ」

直後、リゼルの身体から繰り出されたのは膝による金的《きんてき》だった。

それを足で防いだジルは非常に嫌そうに顔を顰め、イレヴンも盛大に顔を引き攣らせる。そしてリゼルは申し訳なさそうに苦笑した。操られているとはいえ、同じ男としては流石に悪びれずにはいられない。

「……止めたぞ」

「すみませんってば。でもこれで、次はジルが操られる筈です」

リゼルの言葉に、ジルの顰められた眉がピクリと上がる。

何故蜘蛛は最初にリゼルを操らなかったのか。それはリゼルを操作して糸を切らせない事より、確実に排除して手段ごとなくす事を優先したからだ。

イレヴンを操ってもジルに妨害され、リゼルを操ればやはりジルに止められる。ならばジルを操れば、という流れになるのは自然な事だろう。魔物の本能というのは凄まじい。

「大侵攻の時はニィサン操られんの最悪っつってたのに？」

「あの時は意識ごと持っていかれる可能性があったので。でもこれ、敵わないだけで抵抗はできるでしょう？」

ジルを敵に回すなど、随分と分の悪い賭けだ。だがリゼルが提案するなら心配はないのだろうと、気楽に問いかけたイレヴンが答えを聞いて酷く納得する。

つまり、ジルに頭上で高みの見物をかますアレを引き摺り下ろせと言っているのだ。

当然のように言ってくれるものだと、ジルは酷く好戦的に目を細めた。唇の端を吊り上げる姿に、リゼルもゆるりと微笑みを返す。

「頑張ってくださいね」

何処までも穏やかな命令と共に、リゼルの腕からふっと力が抜けた。

直後、ジルは自らの意思でその場から大きく離れる。同じくイレヴンがリゼルを引き離したのを見て、それで良いと深くゆっくりと息を吐いた。

すぐに感じたのは自らの身体が強制的に操作される感覚。腕が勝手に剣を持ち上げるのを見て、確かに気分が悪いと吐き捨てる。そして剣から視線を持ち上げれば。

「おい」

書庫のほぼ真反対に立った二人が、物凄い臨戦態勢で此方を窺っていた。

それは当たり前だ。当たり前だが、本気すぎる。確実に殺しにきている。

「てめぇそれ毒用だろ。奥の手堂々と出してんじゃねぇよ、零れるほど仕込みやがって」

「だってニィサン相手にリーダー守ろうと思うと殺す気で行くしかねぇし！」

確実に致死毒《ちし》だ。普段は滅多に使わない特注品のナイフを惜しむ事なく晒している。

先程、極力自らに影響が出ないように止めろと言ったのはどの口なのか。

「お前に至ってはそれガチじゃねぇか。見せたくねぇっつってたのに全部出しやがって……おい、数。ガチすぎて怖ぇよ」

「だってジル相手に生き残ろうと思うと本気を出しても足りないぐらいですし」

大侵攻の時、確かに六丁だった魔銃が何故か一丁増えて顕現していた。

奥の手を隠したがる男がまさかこう来るとは。そしてそれらの魔銃に詰められた魔力は一体どれ程なのだろうか。気になるが知りたくはない。

「大丈夫ですよ、ジル。これはこれから落ちてくるボスに使うやつです」

「ニィサン頑張れー」

先程の言い訳を聞いた後では説得力などない。

だが、そもそも少しでもジルが操られる可能性があるのならば、リゼルはこの手段を取ろうとはしないのだ。ならば戯れか本当に一応の警戒。そう分かってはいても思うところはあるが。

ジルは二人の元へ歩こうとする身体に力を込める。両足を地面へと押し付け、剣を構えようとする腕を逆に引けば、頭上の蜘蛛が不自然にグラリと揺れた。何かを手繰るように動いていた七本の脚がピタリと止まる。

そしてすぐに巨体を支える糸を手繰って離れようとする姿を、遅いと吐き捨て腕を上げた。頭上を跨ぐように腕を薙げば、目には見えない大量の糸を押しのける感覚。

蜘蛛が体勢を崩した。ジルはそのまま腕をずらし、糸をまとめて握りこむ。ここまでしてようやく、透明な糸が蜘蛛の手足からジルの手へと伸びているのが見えた。

「落ちろ」

嗜虐的な笑みを浮かべ、巨体を引き摺り落とす。

黒く巨大な蜘蛛が石畳の床へと落下する。腹の底を震わせるような衝撃音と共に、それは地面に叩き付けられた。裏返り、不規則に脚を動かす姿はかなりのダメージを負った事を知らせる。

その目に宿していた赤が薄れ、不思議な光彩を取り戻した。

「よっしゃ落ちた！」

「フルボッコです、フルボッコ」

「お前それ何処で覚えた」

三人はわーっと巨大蜘蛛へと走り寄り、リゼルの言葉を借りるならば滅茶苦茶フルボッコにした。

勝った。


リゼル達は、今回はきちんと迷宮の踏破をギルドへと報告した。

流石に初踏破を目指す冒険者達に溢れるなか、踏破を告げずに頑張る彼らを悠々と眺める真似などできはしない。その時の周囲の反応はといえば、「やっぱりな」と遠い目をしていたのがギルド職員達、そして「やっぱりな」と初踏破の名誉を逃して喚いていたのが冒険者達だった。

しかし冒険者達は、〝人ならざる者達の迷宮〟への挑戦を止める事はない。むしろ全く勢いを落とす事なく迷宮へ挑むだろう。

その理由の一つに、もはやリゼル達ならば仕方ないという例外的な扱いがある。たとえリゼル達が踏破していようが、次に成し得たパーティも本来の初踏破と変わらぬ名誉を得られるだろう事は想像に難くない。

もう一つは、リゼルがギルドで何気なく口にした言葉が原因だった。

『情報提供は止めておきますね。あの迷宮はぜひ、自力で見つけて楽しんでほしい仕掛けがたくさんあったんです』

それにより、新迷宮は踏破報酬がないだけの新迷宮のままとなった。

元々、迷宮の完全踏破を果たせる冒険者など滅多にいない。新しい迷宮も、情報提供料目当てに潜る者がほとんどだ。勿論、できるできないを抜かせば誰しも踏破を目指す事に変わりはないが、それはそれ。目先の稼ぎは逃さない。

これでリゼルが〝貰いすぎは悪い〟と変に遠慮したなら、冒険者の風上にも置けないと不興《ふきょう》を買っただろう。さらには上から目線で施したつもりかと乱闘が始まっただろうが、余程のひねくれ者以外は決してそうは思わなかった。

『特に、中層の隠し部屋の仕掛けなんて気付けたら絶対嬉しいと思うんです。それに隠し通路の書《しょ》架《か》は……あ、言い過ぎですね、初見《しょけん》のインパクトが薄れたら大変です。それと、深層で出てくる〝空飛ぶ本〟なんですけど、少し変わった習性があるみたいで――』

ネタバレに盛大に配慮しながらも全力で語っていた。

リゼルは本当に、心から仕掛けを楽しんでほしいと思っている。微笑みが本を読んでいる時のものになっているなと、その時点で誰もがそう納得した。ギルド内で魔物図鑑を読むリゼルを目撃した事がある者は多い。


「まぁ、新迷宮があると奴らは活気づくし、ギルド職員としては感謝のしどころだな」

「情報提供は任意なんですし、その必要はないですよ」

場所は冒険者ギルド内の別室。応接室としても扱われる事のある部屋。

可笑しそうに笑うリゼルに、ギルド職員は気の抜けた笑みを浮かべていた。踏破宣言をされたのはつい先程の事。以前、冗談交じりに〝踏破報酬を手に入れたら見せてくれ〟と言っておいたお陰で、そういえばと見せてもらえる流れとなった。言っておいて良かったと彼は内心で自分を胴上げした程だ。

そもそも踏破報酬は、初踏破を果たした冒険者しか手に入れる事ができない。他の冒険者にはそれこそ何も関係がないので、見せろと言われてリゼルに断る理由はなかった。

「しかしあれから何日も経たねぇ内に踏破宣言されるたぁな……」

「踏破を確認された日、初めて潜った翌日だったと思うんですけど」

「アレはお前、アレだろ。……アレだ、ギルド職員の義務だろ」

どういう意味かと不思議そうなリゼルの前で、職員は勝手に納得している。

情報提供だけだからとジル達と解散し、部屋にいるのはリゼルと職員のみ。もし他にギルド職員がいればスキンヘッドの職員に全力で同意するだろうし、ジルやイレヴンがいれば〝訳が分からん〟とリゼルに同意してくれただろう。

「そんで踏破報酬がこれか」

「はい」

テーブルの上に置かれているのは、踏破報酬である漆黒の魔石。ついでにボス素材である大きなモノクル二つと、酷く透明感のある細い糸の束。

魔石は完全な球体で、透ける事のない黒。唯一、魔力を流しこめる事が魔石である事を証明していたが、流し込んだところで何がある訳でもない。何に使うのかはリゼルにも分からなかった。

「知り合いに凄く優秀な鑑定士がいるので、その子に見てもらおうと思ってます」

「あー……そうだな。ギルド付きの鑑定士でも分かりそうにねぇ」

いつになるかは分からないけど、と微笑むリゼルに職員は頷いた。

職員の個人的な感情としては正体を知りたいが、持ち主がそう言っているのならば納得するしかないだろう。本当にただの黒い魔石という事はないだろうし、何か凄いものだったらぜひ教えてほしいものだとは思うが。

それからリゼルと職員は王宮の書庫利用についてや、ネタバレしない範囲の新迷宮の事を和気《わき》藹々《あいあい》と話し合った。まだまだ聞きたい、と言いたげな職員だったが仕事を思い出したのだろう。キリの良いところで話を切り上げ、リゼルは長居する事なくギルドを出る。

「お、踏破おめでとさん」

「やっぱなぁ、だよなぁ」

「有難うございます」

丁度出入口で一緒になった冒険者に踏破を祝われる。

礼を返し、そろそろ日が沈むだろうアスタルニアの街並みを歩き出した。

「(夕食はどうしようかな……)」

ひとまず着替えたいので、宿には戻る。

もしジル達も宿にいるのなら、踏破祝いで外に食べに出ても良いだろう。そんな事を考えながら、宿への近道である路地へと足を踏み入れた。

狭い道は、通りと対比すると酷く暗く思える。しかし家々の隙間から通りを見やれば、薄暗くなりつつあった通りが逆に酷く明るく見えるのが面白い。

微笑みながら角を曲がり、短い路地を抜けようとした。その時だった。

「………」

一人の男が立ち塞がっていた。

リゼルは足を止め、何も言わず彼を見る。しなやかに筋肉のついた身体を露わに立ち尽くす男は、浅黒い肌も相まって一見ただのアスタルニア国民のように思えた。いや、本当にアスタルニアの民なのかもしれないが。

ただ、その意識は真っ直ぐにリゼルへと向けられている。すれ違いたい訳ではないのだろう。それは敵意ほど強くもなく、殺意ほど鋭くもないが、決して友好的とは言えないものだった。

「うーん……」

まいったなぁ、とリゼルは苦笑した。

歴戦《れきせん》の勘は持ち得ないし、強さの所以も分からない。だがリゼルも向き合った相手が強者が否かは、余程上手く隠されなければそれなりに判断できる。

目の前の男は、小細工の利かない相手だ。それはつまりジルやイレヴンのように、戦闘においてはどんな奇襲を用いようと通用しない人種。ただ実力で上回るしか勝機はない、そんな相手だった。加え、精鋭が出てこないという点も判断を後押しする。出てきても敵わないのなら、姿を現す事に意味などない。

ふいに彼が裸足《はだし》の足を踏み出した。リゼルは下がる事なく、普段と変わらぬ穏やかな笑みを以て応える。

「抵抗もしませんし、可能な限り貴方の言う事にも従います」

どうぞ、というように手を差し出した。

「お手柔らかに」

それに対し、男が何を思っているのかは分からない。

しかし近付いてきた彼から聞こえた息の音は、不思議と何かの金属を擦り合わせるような硬質《こうしつ》な音をしていた。

113.

視界を前髪で覆った男は思案する。

例えばあの時、あの人の前に飛び出したとして何かが変わったのだろうか。考えるまでもない事だろう、結果は何も変わらなかった。結局、奪われていた。

足止めするにも相手はこちらに関心などなく、無視して去ろうとする者を相手に足止めなどと数秒保もてば良いほうで。そんな行為に意味はなく、結果自身が血を流して地面に這《は》い蹲《つくば》ろうが穏やかで清廉なあの人は心配などしないだろう。

きっと、同じ微笑みで同じ台詞を口にしていた。

別にそれは良い。心配されては〝誰の所為だ〟と興醒《きょうざ》めする。気に病まれれば〝ハイハイすみません余計な事しました〟と不快になり、二度と関わらないだけなのだから。

ならば傍観《ぼうかん》して必要な情報を集め、さっさとあの人を大事に大事にしている二人に伝えたほうが余程有意義だろう。敵う敵わないどころではない、圧倒できる存在に丸投げするのが一番だ。

「(ああ、でも)」

前髪の下、露わになった口元が笑みに歪みそうになるのを掌で覆い隠す。

血を流そうと地面に這い蹲ろうと意味などないが、あの甘く柔らかな瞳が褒めるように綻ぶ様は見られたかもしれない。それだけが惜しかった。

「……って訳で途中で撒《ま》かれて、貴族さんが何処連れてかれたかは不明ですね」

なんていうのが唯一の未練だなんて笑えないと、リゼルに精鋭と呼ばれる男は口元を引き攣らせた。

場所はジルの部屋。その部屋の主はベッドに座り、直前まで行っていた剣の手入れを止めている。元よりガラの悪い顔は黙考に沈むにつれガラの悪さを増し、無意識に力が籠もったのか手に握っていた研ぎ石が欠けて床に落ちた。

精鋭はいつでも逃げられるよう、窓枠に乗せた足に力を入れる。

初めから、何かあればすぐに撤退できるようにとその身を完全に部屋の中に入れていない。だがジルが本気で彼を殺そうとすれば警戒に意味などなく、精鋭にとっても気休めでしかなかった。

だからこそ、命綱となる一言を告げる。

「伝言です。――お手柔らかに、と」

予想が外れていたなら、反対に命はない。

だがそこで初めて一瞥を寄越したジルに、精鋭は間違っていなかったのだと確証を得た。不穏な存在を前にリゼルが口にしたのは、〝何かしらの情報を持ち帰る彼らをあまり咎めないように〟、というジル達への密やかなメッセージ。

気が利く人だと感謝する。とはいえ死が確定した精鋭の逃亡防止の為かもしれないし、命しか保証してくれない訳だが。その証拠に、二つ隣の部屋から聞こえるのは人を壊す音と途切れ途切れの悲鳴。ジャンケンで勝った甲斐《かい》があったというものだ。

「何処だ」

「国出たトコです」

何処で撒かれた、という意味だろう。精鋭は答える。

「や、罠張られたんすよ。うちの自称呪術師《じゅじゅつし》曰く、『褒め称えたいほど陰湿で、目を逸らしたいほど整然として、ペンの握り方さえ手本に倣《なら》うような神経質な魔法』らしくて」

国から出て、森へと逃げ込んだ追跡対象は霧のように姿を消した。

あらかじめ仕組まれた魔法だったのだろう。精鋭が追おうとも濃霧《のうむ》に阻まれ、方向感覚も失った。その時点で完全に見失ったのだが、すぐさま知らせるよりは情報は多いほうがマシだろうと、彼は精鋭の中でも魔法に長けている者を呼んで調べさせたのだ。

その魔法使いの癖に魔法使いと呼ばれたがらない男が出した結論が、この褒めているのか貶しているのか分からない魔法。

「拠点も隠蔽《いんぺい》されてるでしょうし、俺らじゃ見つけんの難しそうなんでキリつけて報告にと」

保身第一のリゼルなので、危険を冒《おか》してまで目印も残さないだろう。

精鋭は何かを誤魔化すようにそんな事を考える。首筋を冷や汗が伝った。乾かすように首を反らし、暗い空を見上げるも気を逸らす事は難しい。

殺気や怒気など感じない。むしろ想像より冷静に何かを思考しているジルを前に、しかし精鋭は今すぐにでもこの場を離れたくて仕方がなかった。リゼルにより与えられた命の保証が侵される事はないと理解しているが、もしかしたらこれが生存本能と呼ばれるものなのかもしれない。

「じゃあ、そういう事なんで」

窓から腰を浮かした。伝えるべき事は伝えたのだ、さっさと離れるに限る。

「手掛かり見つかったらまた来ます」

一度きりの一瞥。それ以降視線を寄越さない相手に特に何を思うでもなく、精鋭は屋根の上へと身体を持ち上げた。空の目があるこの国では動きにくいが、暗くなってしまえば夜目《よめ》の利かない魔鳥を振りきる事など容易い。

微かに聞こえていた悲鳴は既に消えている。恐らく生きてはいるだろうが。それにしても、ここまでイレヴンの声が一切聞こえないのが恐ろしかった。

「どっから当たっかな……貴族さんがいりゃピンポイントで指示くれんだけど」

そんな本末転倒な事を呟きながら、彼は月の隠れた夜のアスタルニアへと溶けるように消えていった。


『事態は進行していますが、情報がなければ対策も打てません。焦らず待ちましょう』

いつか聞いたリゼルの言葉を思い出し、ジルはそのとおりだと眉を寄せて髪を掻き上げた。だが当事者になってしまえば実践するのは困難で、ざわつく心を落ち着かせるように深く息を吐く。

自らの感情を容易く制御するリゼルにとっては、たとえ敬愛する国王が誘拐《ゆうかい》されようと容易なのだろう。勿論それは思考を切り替えているというだけであり、何も感じていないのとは全くの別物だろうが。

「使えねぇ雑魚ばっかかよ、うっぜぇな……」

舌打ちを零しながらイレヴンがジルの部屋へと姿を見せる。

こちらは取り繕おうともしていない。誰が見ても不愉快だと察せる雰囲気を纏いながら、気に入らないとばかりに目を細めてベッドに腰かけるジルを見据えた。

「余裕こいてんね」

「そう見えんなら目が悪ぃな」

端の欠けたダマスカスの砥石《といし》を転がしながら視線を寄越したジルに、イレヴンは分かっていると言うように唇を歪めた。閉じた扉へと凭《もた》れかかり、そして腰の剣をなぞりながら何処へでもなく視線を投げる。

飛び出す程に短慮《たんりょ》でないが、漠然と待つには奪われたものが大きすぎた。

ジルが煙草《たばこ》を取り出し、咥える。それに火をつける姿をイレヴンはおもむろに見やり、口を開いた。

「リーダー何か言ってたりしねぇの」

「ねぇよ、あいつにとっても想定外だろ。完全に、かは知らねぇが」

こういう時、先立って対策をしておくのがリゼルだ。

連れ去られたほうが都合の良い場合であったとしても、リゼルはジル達がそれを許さないと知っている。基本的に勝手な真似はしないし、するとしても事前に何か言っておく。

精鋭の話を聞く限り、一切の抵抗なく連れて行かれたという。ならば少なくとも、すぐに殺されるような危険はないと判断したという事だ。たとえ戦力で敵わない相手だったとしても、命の危機ならリゼルも何かしらの賭けには出る。

「森ん中とか厄介だよなァ……全員に探させても三日四日かかりそ」

「森ん中に逃げたからって森ん中にいるとは限らねぇだろ」

「中は俺が回る。つっても悪い奴らが潜れそうなトコなんざほとんど知ってっけど」

ガリ、とイレヴンの爪が背後の扉を削った。

抉られ、削れた木片が床に零れ落ちる。同時に爪の間にも入り込むが、もはや痛みなど感じてはいないのだろう。冷静を装ってはいるが冷静でいられる筈がなく、皮肉げな笑みを浮かべる瞳は何も映さず深い闇を孕む。

ジルはそれを不快げに一瞥した。目が合ってにこりとわざとらしく笑うイレヴンは、呆れる程に本心を隠したがる男なのだろう。

「母さんに言や森族《もりぞく》の協力もあんだけど」

「止めとけ。でかく動いて向こうに勘付かれちゃ面倒だ」

「だよなァ」

イレヴンは投げやりに頷いた。

そもそも大々的にリゼルを捜索《そうさく》させようと思えば、リゼルにより築かれた人脈によって手など幾らでも打てるのだ。とはいえ相手の正体も分からなければ、目的も分からない。下手に動いてリゼルに危害が加えられるような真似は避けたい。

こういうのはリゼルが得意なのだがと、どこぞの精鋭と似たような事を思いながら二人は同じ結論に達する。拠点を見つけるか、向こうから何かあるまでは決定打を打てない。

「三日たっても動きがなけりゃ手ぇ変える。良いな」

「……………まぁ、そんなもんか」

動き、それは誘拐犯の拠点の発見だけではない。

リゼルが何らかの手を打って、相手を動かしてみせるかジル達を呼ぶまでの期間だ。ジル達も互いに何もできないような相手について行った覚えはなく、もしリゼルがある程度動ける環境にいるならば自力で何とかするまでの予想が三日。

流石に誰もおらず、何もない場所に閉じ込められでもすれば無理だろうが、恐らくそれはないだろう。リゼル相手にそんな勿体ない使い方はしない、とジルとイレヴンは確信している。

「だいじょぶかなァ」

ふいに、イレヴンがぽつりと呟いた。

気だるげにも見える赤い瞳はジルの部屋を映しながらも何も捉えてはいない。

「腹減ってねぇかなァ、寒くねぇかなァ、変な場所に閉じ込められてねぇかなァ」

その表情からは一切の感情が抜け落ちていた。

しかし指は深く扉を抉り続けている。より深く残された爪跡が唯一、彼の感情を表しているようだった。空気が張り詰める。

「痛いコト、されてねぇかなァ」

途端、イレヴンを中心にぞくりと肌を這うような殺気が広がった。

握り込まれた扉が音を立てて軋む。扉に硬く打ち付けられていた留め木がバキンッと酷い音を立ててひしゃげた。

その音にふっとイレヴンが手を離す。無意識だったのかどうなのか、こびりつく木の破片を払うように手を振った彼は既に普段の姿を取り戻していた。

「あーあ、リーダーに怒られそ」

彼は扉を見て他人事のように零し、そのまま部屋を出ていった。

閉じられた扉へ、ジルは煙を吐き出しながら視線を向ける。ジルもイレヴンも互いにどう動くのかなど興味はなく、犯人の正体なんて話し合う必要もない。

それはリゼルを危険に晒すような馬鹿ではないと互いに知っている為で、誰が犯人だろうと許しもしなければやる事も変わらないからだ。

「(キレてんじゃねぇよ)」

そう内心で呟いて、ジルは咥えていた煙草に指を添えながら立ち上がる。

少し離れたテーブルへ歩き、そこに置かれた灰皿へとそれを押し付けた。細い煙の立ち上るそれを見下ろしていると、ふいに噛みつぶされたフィルターが目に入る。

人の事など言えやしないと苛立ち交じりに舌を打ち、ジルも部屋を出ていった。

リゼルは真っ黒な視界で考える。

目隠しをされ、抱えられながら移動すること暫く。何処かに到着したらしいが、何処かは全く分からない。移動時間的に、それ程遠くまで来たという感じはしないが。

最後に長い梯子を下りたらしいので場所は地下だろう。裸足が床を踏む音も微かに反響している気がした。靴が嫌いなのか、それにしても腹に食い込む腕が苦しい。そんな事を思いながら抵抗もせず身を任せている。

そして、リゼルを抱える男が立ち止まった。

「連れてきたか」

リゼル達の進行方向の先から複数人の足音と、聞き覚えのない男の声。

「この程度の事はやってもらわないと困るがな」

酷く傲慢な声だった。彼が主犯なのだろうか。

リゼルは抱えられていた腕が緩められたのに気付き、落とされないよう慎重に地面に足を付ける。真っ直ぐに立つも目隠しをされたままなので、この辺りだろうかと当たりをつけて声の持ち主へと顔を向けた。

近付いてきた一人分の足音が目の前で止まる。

「こうも簡単に攫《さら》われるような男に……」

その声は憎悪を含んでいて、果たしてそれ程に恨みを買うような真似をしただろうかと記憶を遡《さかのぼ》ってみる。ちょいちょいしていたような気もする。

「目隠しをとってやれ」

出された指示に、リゼルを連れてきた男が動いた。

手は拘束されていないし自分で解いても、と思っている間に頭の後ろの結び目が引きちぎられる感覚。目隠しが緩み、鼻先を滑り落ちていった。

リゼルは少しの眩しさに伏せていた瞳をゆっくりと持ち上げる。

「……成程、冒険者を探しても見つからない訳だ」

そこはまるで、洞窟《どうくつ》を綺麗に整備したような空間だった。

上下左右にしっかりと石が敷き詰められ、床も平らに整えられている。窓は一切ないので地下に間違いはないのだろう。等間隔で備え付けられているランプだけが光源だった。

それを確認してから、リゼルは目の前の男へと視線を向ける。声同様、目付きにも傲慢を湛えた男はまるで実験体を見るように此方を観察していた。

「愚かな復讐者を誑《たぶら》かした甲斐があったというものだ」

リゼルは一度だけ瞬きを零し、ゆるりと微笑む。

「彼にフォーキ団首領の居場所を流したのは貴方方《がた》だったんですね」

「多少頭は回るらしいな」

男が鼻で笑う。いかにも自身の目論見《もくろみ》どおりというような、満足げな笑みだった。

機嫌を損ねず良かった良かった、とリゼルは笑みをそのままに内心で頷く。何はともあれ、誘拐された時に最優先すべきは身の安全だ。とれる機嫌はとっておくに限る。

しかし、と思案する。イレヴンの盗賊時代の情報が易々《やすやす》と漏れているとは思えない。

「うちのイレヴンが盗賊だなんて、あの人もよく信じましたね」

「馬鹿な男だ。赤毛だ赤毛だと煩《うるさ》いから利用させてもらっただけだというのに」

やっぱりか、と納得する。

つまり、先日の復讐者が本物を引けたのは奇跡的な偶然だったのだろう。そもそもリゼル達を探れば精鋭達が気付く。それを気付かせず誘拐まで漕《こ》ぎつけるのに、復讐者は良いスケープゴートだったようだ。

この場所といい、復讐者を使った情報収集といい、随分と綿密《めんみつ》な計画が練られている。目的は不明だが、それだけで相手の正体が大分絞れそうだ。そう考えていると、ふいに男の手が伸ばされた。

「ふん、余裕そうだな」

その手が前髪を摑み上げてくる。痛みを伴《ともな》うそれに少しも顔を歪める事なく、リゼルは苦笑した。

「まさか、一杯一杯ですよ」

「面白い事を言う」

怯《おび》えろというなら、彼の征服《せいふく》心を満すように怯えて満足させてみせる。

許しを乞えというなら、彼を主と扱うように乞うて満足させてみせる。

ただ、男は違うのだろう。余裕を崩さず知性を醸す姿、それを望んでいるのはその歯を剥くような笑みを見れば明らかだった。

「我が師を陥れた男だ、この程度の事で狼狽《うろた》えてもらっては困る」

その言葉に、リゼルは彼らの正体に辿りつく。

笑みを深めてみせれば、髪を握る手が離された。痛む生え際をゆっくりとした仕草で撫でながら、さてどうしようかと思考する。

復讐という割には、憎悪があろうと殺意はない。ならばまだ自身に何かしらの利用価値があるのだろう。それが知識か、ジル達をおびき寄せる為の餌かは分からない。だが取り敢えず拘束されるだけで済みそうだ。

「おい、あれを寄越せ」

男が後ろに立つ仲間から何かを受け取った。

見るからに手錠《てじょう》だ。しかし普通の手錠とは違うようで、手首に巻き付ける部分には何かしらの魔法式が刻まれた魔石が埋め込まれている。二つのそれを繋ぐのは短い鎖で、それには仕掛けがないようだった。

状況的に恐らく、魔力を封じる仕掛けでもされているのだろう。そういうのを用意できるところは流石だ、と内心頷く。

「拘束する前に上着を脱がせ」

「服ぐらい自分で脱げますよ」

「何かを仕込む機会を与えるような愚か者に私が見えるか？」

嘲笑と共に告げられ、大人しく従ったほうが良さそうだとリゼルは素直に手を下ろす。

確かにイレヴンは装備の下に色々仕込んでいるし、それを脱ぐフリをして仕込み直すのも軽々こなすだろう。いや、むしろ彼ならば相手に脱がされる状況でも余裕で仕込み直してみせる気もするが。

「(あの技術、良いなぁ)」

一体何をどうすれば身に付ける事ができるのか。

しみじみとしているリゼルを前に、動いたのはやはり誘拐の実行犯である男だった。先程から一言も話さない彼に視線を向ければ、鈍色《にびいろ》の瞳がゆっくりとリゼルの服へ向けられる。

脱がしやすいように、とそちらへ身体を向ければ一瞬だけ視線が合った。しかしすぐに視線は上着へと戻り、伸ばされた両手がリゼルの襟元《えりもと》を握る。

「これ、最上級の装備なので破れないと思います」

「………」

「でしょう?」

引きちぎられようとした胸元のベルトがぎしりと音を立てる。

だが最上級の素材を使い、相応の手法で仕立てられた装備はちぎれもしなければ伸びもしない。

ここを外して、こう、とリゼルが説明していた時だった。

「さっさとしろ! 言われた事もまともにできないのか、これだから〝スレイヴ〟は……っ」

怒声にピクリと跳ねた手が、ぎこちなくリゼルの服を脱がしていく。

リゼルは一切の反論なく上着を脱がし続ける男を眺め、微かに首を傾けた。

「(スレイヴ……奴隷《スレイヴ》?)」

確かに、見た目はそれっぽいかもしれない。

鈍色の髪に鈍色の目。アスタルニアに溶け込む褐色の肌を持ち、まるで獣を彷彿とさせるしなやかで鍛えられた体。それを包むのは下半身の白いボロボロのズボンのみ。露わになった上半身に、髪や瞳と同じ鈍色の入《い》れ墨《ずみ》が刻み込まれているのが少しだけイメージと離れるだろうか。

そう、イメージだ。実際に目にするようなものではない。

「(向こうでも極一部で儀礼《ぎれい》的な奴隷文化が残ってる所もあったし、こっちでもそうなのかな……でもこの人達は絶対にそんな文化圏じゃないし、なら奴隷を所持するなんて発想もない筈だけど)」

奴隷など、もはや物語の中のこと。

歴史に詳しい人々にとっては、遥か遠い過去に存在した制度だろうか。何にせよ、リゼルの元の世界と同じくまず有り得ない存在だろう。

ならば目の前の存在は何故、奴隷と呼ばれこき使われているのだろうか。

「そう、後は袖を脱がして」

気になる、と思いながら助けるように腕を抜く。

上着を脱ごうと肌は出ないが、薄着には変わりがないので流石に肌寒い。薄いとはいえ最上級素材で作った装備なので多少はマシな筈なのだが、さすが地下だと苦笑する。

「腰につけているものも全て取り上げる」

当然の警戒か、とリゼルは没収されたポーチを眺める。

果たしてこれからどう拘束されるのか。状況によっては本だけは残してほしいものの、流石に許しが得られるとは思えず口には出さない。

そしてようやく、傲慢な男によって手錠が嵌められた。前に手を揃えて拘束される。魔石などの仕掛けのお陰で痛くはないが、少しだけ重たかった。

「これでお前は魔法が使えない、無様だな」

「貴方方らしいお言葉ですね」

「事実だろう?」

男は当然のように笑った。見開かれたその瞳には一点の曇りもない。

彼は知っている。信じている。自らの敬愛する師の言葉こそ真実で、思想こそ世の真理で、存在は指針となり、常識は師が広めるものであり、彼の人へと向けられる感情は尊敬しか許されないと、一切揺らぐことなく信じていた。

「我が師、我が父、我が世界。名前を呼ぶ事さえ憚られる偉大なる存在へと与えられた異名こそが〝Variant=Ruler《異形の支配者》〟」

誇るように、祈りを捧げるように、男はその異名を口にした。

そしてその瞳がリゼルを捉える。見開かれた目は此方を映さず、唯一人敬愛する師のみを描き続けていた。そんな彼には、まさに狂信者の名が相応しい。

「魔法が使えないという、彼の人の真逆である許されざる存在へとお前は堕《お》ちたのだ。無様と言わず、何と言う……」

存分に哀れみを含んだ声に、リゼルは鎖が小さく鳴る手元の手錠へと目を伏せた。

「(牢屋って意外と綺麗)」

そして今、リゼルは牢屋の中で物珍しげに周りを眺めていた。

意外にも土埃すらない石畳の牢屋は、やはり窓はなくベッドだけが置かれている。地下なのだし通風孔《つうふうこう》はある筈だが、当然の如《ごと》く牢屋からは見つけられなかった。

しっかりした造りは、一朝一夕《いっちょういっせき》でできるものではないだろう。狂信者達が作ったものとは到底思えない。ここが森の中だとしたら放棄された森族の住処なのかもしれないし、そうでないなら商業国にあった地下通路のようなものなのかもしれない。

今はそれ以上は分からないなと、ポスリとベッドに横たわってみる。硬い。

「(手錠……自力じゃどうにもならないし、転移魔術も使えない)」

横になったまま、視界に入る手錠をじっと見る。

色々と手の角度を変えながら内側を覗き見たが、恐らく魔力を体外に出せないようにしているのだろう。言うならばジル状態になった。諦めるしかない。

起き上がろうとすれば片手が手錠に引っ張られる。慣れるまではもう少しかかりそうだと、両手をつくようにして改めて体を起こした。

「(心配してるだろうなぁ)」

しかし魔力も使えないし周りを石に囲まれているしで脱出は難しい。

それに、さらに厄介な事もある。

『私達はまだやる事があるのでな、牢屋に突っ込んでおけ』

リゼルが牢屋に入れられる際、狂信者たちが言っていた言葉。

自身を捕らえて何がやりたいかは知らないが、早速放置するならばそれなりの理由があるのだろう。恐らくこの拠点を完全に隠蔽する為に何らかの魔法的措置を行っていると考えて間違いない。ここまで連れてこられる間も、何かしらの魔力は感じていた。

ならば外からの捜索は困難を極めるだろう。ジルもイレヴンも気が長いとは言えないし、大丈夫かなと思いながらベッドから立ち上がる。

「(こうなると、自力での脱出は内通者《ないつうしゃ》がいないと難しい)」

いないなら作れば良いのだ。他にも手は考えるが、手段は多ければ多いほど良い。

「(色々気になるし)」

そしてリゼルは、牢屋の向こう側で檻《おり》に背を向けて胡坐をかいている相手へと近付いた。

奴隷と呼ばれた男は見張りを言いつけられていた筈だが、此方を見もせずにぼうっと視線を投げている。歩み寄り、しかし少しの距離を空けてリゼルもすとんと石畳へ腰を下ろした。

男の鈍色の瞳が此方を向く。

「つまらなくないですか？」

「……」

少しの間の後、ふるりと首が振られた。

じっと此方を見る視線をしばらく窺う。特に不快ではないようだと判断して、リゼルは穏やかに微笑んだ。

「俺は少しつまらないです。お話、してくれませんか？」

ゆっくりと話しかけると、男は再び数秒の間を空けながらも腰を浮かす。

そのまま体を横向きに。完全に向かい合う形とはならないが、話し合いに支障がない程度にはなった。それを了承と受け取り、リゼルも少しだけ距離を詰める。

「此処、ちょっと寒いですよね。君は大丈夫ですか？」

小さく頷かれ、羨《うらや》ましいことだと露わにされている上体を見る。

刻まれた入れ墨は適当に彫《ほ》られたとは思えない程に美しい紋様だった。芸術的というよりは野性的な美しさ、彼にはよく似合っている。

こういったものは大体所属する民族の証だったりするのだが、彼もそうなのだろうか。民族内で古くからの奴隷制度が儀礼的な意味を持って残っている、というなら納得できる気もする。

「その入れ墨、とても綺麗ですね」

パチリ、と男の目が瞬かれた。

その口がはくりと開き、閉じる。数度繰り返したそれに、話せない訳ではないようだとリゼルは促す事なく待った。

そしてついに、その唇から声が零れる。声量を抑えたような静かな声だった。

「野蛮《やばん》、似合う」

その声は不思議な音を孕んでいた。静かな牢屋だからこそ気付ける小さな違和感だ。

まるで金属と金属を擦り合わせたような、鈴の中でゆっくりと玉が転がるような。不快ではない、研ぎ澄まされるような音がぽつりぽつりと零される声に微かに紛れている。

リゼルが首を傾げて優しく続きを求めれば、男はようやく感情を示すように少しだけ眉を寄せた。そして再び唇を開く。

「入れ墨、野蛮、言われる。奴隷、だから」

野蛮な入れ墨が奴隷にお似合いだと言われた、で良いのだろうか。

そんな言い方をするなら、わざわざ狂信者達が彫った訳ではないのだろう。そもそも入れ墨という風習が王都やサルス、アスタルニアにもあまりない。

ならば入れ墨は彼が奴隷と呼ばれる前に彫られた。それがいつかは分からないが。

「君にとって大切なら良いと思いますよ」

「？」

「俺が視線を向けても、少しも隠そうとしなかったでしょう？」

普段から野蛮だと嘲られようが、決して他者の視線に恥じたり隠したりしない。

ならば彼にとっては大切なもので、あるいは誇るべきものなのだろう。目を見開き、恐る恐る頷いた男にリゼルもにこりと微笑んでみせる。

誇れるものがあるのは良い事だ。引き込みたいとは考えていても、敢えて機嫌をとるような真似などしていない。これはリゼルの本心だった。

「その入れ墨は、君が生まれた所では全員入れるんでしょうか」

「……生まれ」

男の声が途切れた。そしてふるりと首を振られる。

今尚《なお》古い習慣が残る故郷《こきょう》が興味深いと問いかけてみたのだが、どうやら覚えていないらしい。ならば相当古い記憶なのだろう。だが彼を奴隷扱いしているのは狂信者達、その上に立つ存在を含めて子育てに興味があるようには全く思えない。

「君は奴隷《スレイヴ》と呼ばれていましたね」

先程の物言いからして、特に触ってはいけない部分ではない筈だ。

リゼルが距離を図りながら問いかければ、想像どおり男は気負う事なくこくりと頷いた。奴隷と呼ばれる事も手荒く扱われるのも彼にとっては当然の事で、今更の事なのだろう。

「ずっと、そう呼ばれているんですか？」

実際に奴隷として売買されたとはどうしても思えない。現実味がなかった。

同じく奴隷というものに全く馴染みのない狂信者達が、彼をそう呼ぶ理由が何処かにある筈だ。

そんなリゼルに応えるように、男がゆっくりと口を開く。

「いつも、言う。俺、奴隷。戦しか、役立たない、〝戦奴隷《スレイヴ》〟」

リゼルは微かに目を瞠《みは》り、そして何かを考えるように口元に手を当てる。

そしてじっと此方を窺う男の前で、耐えきれず小さな笑い声を零した。不思議そうな顔をする男を、納得したようにじっと見つめる。

「成程……君の御主人様は、随分と言葉遊びが嫌いな人みたいですね」

笑みの含んだ声は目の前の見張りへとしっかり届いたが、男は訳が分からないというようにパチパチと目を瞬かせているだけだった。

114.

硬いベッドと肌寒さ故の寝苦しさ。

そして昨晩は早く寝たのもあり、リゼルは朝焼けの美しい時間帯に目が覚めた。勿論、その朝焼けを臨めるような窓などなければ、そんな時間帯である事も分からない牢の中なのだが。

リゼルは薄い毛布にくるまりながら、まだ開ききらない目で両手を拘束する手錠を見る。片手を持ち上げれば、カチャリと鎖が擦れ合う音。手錠は初めてだなと寝起きのぼんやりとした頭で考えながら、冷たいシーツに両手を押し付けてゆっくりと身体を持ち上げた。

毛布が肩から滑り落ちる。薄かろうとないよりはマシだと、それを再び肩まで引き上げた。ベッドの上に腰かけたまま天井を見上げる。

「ふ……」

深く息を吸い込むと、冷たい空気が肺を満たす。ふるりと体が震えた。

この温暖なアスタルニアで、明け方とはいえここまで冷えるのだから此処は地下で間違いないのだろう。風邪をひかないよう気を付けなければと、ベッドから足を下ろしてブーツを履く。腿《もも》のベルトが難しい。

立ち上がり、ふと牢の外を見る。昨日と同じように、鉄格子《てつごうし》の向こう側で此方に背を向けて座っている男がいた。

奴隷と呼ばれて虐《しいた》げられるだけあって、座りながら寝るのも慣れているのだろう。顔を俯かせている後ろ姿を見ながら思う。ベッドで寝たとはいえ硬すぎて若干体が痛い身としては、どうして熟《じゅく》睡《すい》できるのかが不思議で堪らない。

「(無防備だなぁ……)」

もし今リゼルが魔法を使えれば、その背に向かって放つのは容易い。ナイフを隠し持っていれば突き立てるのも容易だろう。やらないが。

しかし無防備なのも当然かと頷く。〝戦奴隷〟と、そう名乗った彼がリゼルの知る存在なのだとすれば彼を傷つける事などどんな手段を用いようと不可能だ。

『魔力、ない。体、頑丈。だから、奴隷』

『魔力の影響って受けますか？』

『？　ない』

まるで鈍く光る刃のような鈍色の髪を揺らし、首を振った彼は何処まで自分の事を知っているか。知らないからこそ、今この状況を甘んじて受け入れているのだろう。

そんな事を考えながら、奴隷の男が座り込んでいる檻の傍へと静かにしゃがむ。

「(あ、これ立ち上がるの絶対痛い)」

実は今、リゼルは人生初の筋肉痛だ。

冒険者として立派に活動し、ボスの補助付きで肉弾戦を謳《おう》歌《か》した代償《だいしょう》がもの凄い。さらに硬いべッドとの合わせ技もあって非常に痛い。もはや監禁など端に置いておくほどに痛い。内腿と二の腕が痛くて足も腕も満足に上がらない。

「(ジルは動いたほうが早く治るって言ってたけど)」

その言葉を信じて、先程からゆっくり静かに動いているのだが。

しかし何故ジルが筋肉痛になった時の知識を持っていたのかが地味に気になる。なった事などないだろうに。

「(お腹もすいたし)」

昨晩から何も食べていない所為だろう。寝起きを脱した胃がぐぅ、と小さな音を立てる。

リゼルは檻に凭れかかる褐色の背中を眺め、起きてくれないだろうかと思いながら石畳の床を見下ろした。石畳が欠けたのだろう、転がっている数ミリ程度の小さな破片を幾つか摘んで掌に集める。

そしてそれらを、目の前の背中にぺいぺいと投げ始めた。当たっても微かな違和感かこそばゆさがあるだけだろうが、それで充分な筈だ。

「………?」

ふいにもぞりと男が動いた。

俯いていた顔が上げられ、ふいっと周囲を見回した後に此方を振り返る。

「おはようございます」

手に乗せていた小石を払いながら、何事もなかったかのようにリゼルは微笑んだ。

男はそんなリゼルを数秒の間じっと見ていたが、不思議そうにしながらも一度頷いて前へと向き直ってしまう。そのまましなやかに体を動かして立ち上がろうとするのを、リゼルはしゃがみながら見上げた。

そして、唇を開く。

「返事、くれないんですか？」

薄らと笑みを描く唇から零されたそれに、男は立ち上がりかけた動きを止めた。

その声は疑問というよりは促すような色を持ち、疑問すら抱かせず極々自然と従ってしまうような声。彼は何故か分からないままに浮かしかけた腰をそろそろと下ろす。

再び座りながらも此方を振り返る様子に、リゼルはゆるりと目を細めた。そして小さく首を傾げ、再び挨拶を口にする。

「おはようございます」

「……おは、よ？」

窺うように返された朝の挨拶に、褒めるように目元を緩めてみせた。

それにぱちぱちと目を瞬かせる男をじっと見た後、一度頷いてリゼルも立ち上がる。もれなく身体中の痛みが付いてくるのが辛い。ジルやイレヴンは筋肉痛などと無縁なのだろうなと、二人の姿を思い出しながら自身を見上げる鈍色の瞳を見下ろした。

「引き止めてしまいましたね、すみません」

男が知らず強張《こわば》っていた肩から力を抜くのを見て、そんなに身構えなくてもと苦笑する。

「お腹が空いたんですけど、食事って出るんでしょうか」

「聞く」

尋ねれば、一言で答えて男は立ち去った。

恐らく信者達に聞きに行ってくれるのだろう。先程も起きてすぐに何処かへ行こうとしていたので、自分が起きたら知らせろとでも言われているのかもしれない。

ならば丁度良かったとその背を見送り、リゼルはベッドに腰かける。

「（従順《じゅうじゅん》すぎるなぁ……）」

うーん、とリゼルは何かを考えるように手首を覆う手錠を撫でた。

そもそも魔力の影響を受けないならば、魔法だって彼にとっては何の脅威《きょうい》にもならない筈だ。ならば自らを奴隷としてこき使う信者ら、それこそ彼らが師と仰ぐ支配者であっても怖れるべき相手ではない。

生まれながらの奴隷というのはリゼルの予想では有り得ない。ならば彼が現状に不満を頂かないだけの何かがある筈だ。

「（洗脳もあるかな……そっちのほうはあまり詳しくないから断定はできないけど）」

魔物使い《テイマー》はそれぞれ魔物を従える術を持つ。

その方法も自分に合った方法、あるいは目的に沿った方法が多種多様に存在するのだが、リゼルの世界では洗脳を軸にそれを行う者もいた。魔物使いにしてみれば割とメジャーな方法らしいので、〝異形《いぎょう》の支配者〟と称される魔物使いの最高峰《さいこうほう》が知らない筈はないだろう。

魔力を用いる洗脳のほうが効果は高いが、そうでなくとも可能のようだ。出自《しゅつじ》だけでも忘れさせれば、己のルーツを失った相手に立場を仕込みやすくなる。

「(相手を選んで従わせるのは流石に難しそうだし、俺にも従順なのが納得……ああ、でも流石に優先順位はあるのかな)」

リゼルより信者達の命令を優先するのは当たり前か。

ただ、そちらは洗脳というより刷《す》り込《こ》みが強そうだ。長く厳しく自らを従えて来た相手に、より強く従うのはおかしい事ではない。

出自を失えば言葉も曖昧になるかと、たどたどしい話し方を思い出して一人納得していた時だ。

カツン、カツン、と靴が石畳を叩く音が近付いてくる。

腰かけたまま檻の外を見れば、昨晩言葉を交わした傲慢な信者の姿。

「随分と早起きだ。そのベッドは気に入らないか？」

「そう言えば違うものを用意してもらえるんでしょうか」

「失敬……無駄な質問だったな」

彼はそう言って口元を笑みに歪ませる。

昨晩と違うのは、後ろに引き連れていた何人かがいないこと。引き連れるといっても、彼らの関係に上下はなさそうだったので同志なのだろうが。他はまだ寝ているのかもしれない。

信者は牢の前で足を止め、此方に視線を向けた。彼を呼びに行った筈の奴隷の男の姿は何処にもない。朝食でも準備してくれているのか、なんて思いながらリゼルも信者へと視線を返す。

「良い檻だろう」

信者は愛でるように太くひたすらに頑丈な鉄格子を目でなぞった。

「元々あった無粋《ぶすい》な檻に、私が魔法的処理を施した。隙間から指一本出すだけで激痛が走り、触れようものなら言うまでもない……そうだろう？」

まるで自らの世界に入り込んだように自画自賛する姿に、弟子は師に似るという通説《つうせつ》を実感する。

正直リゼルとしては、信者達が勝手に師と仰いでいるだけで支配者本人は特に何を教えるでもなく、ただの雑用程度にしか思っていないのではと予想しているのだが。

しかし国付きの支配者の傍に居られるのならば、確かに優秀な魔法使いなのだろう。自身を捕らえる檻も随分と自信作のようだしとリゼルは微笑み、肩を滑る毛布を引き上げた。

「そうだろうなと思って一度も触れてないんですが、凄いのが仕掛けられてたんですね」

捕らえられた人間なら必ず触れるだろう、という前提で話していた信者が一瞬押し黙る。普通ならば取り敢えず触るのだから彼は悪くない。相手が悪いとしか言いようがなかった。

「（檻だけで十分出られないんだけど）」

変なところでこだわるなぁと、リゼルはのんびり檻を上から下まで眺める。

先程、小石が通ることは確認したので魔力に反応する仕組みなのかもしれない。

「……我が師を貶めたのならば、そうでなくては」

信者はすぐに歪んだ笑みを浮かべ、ふいに檻に手を伸ばした。

その手は檻に触れる直前で動きを止める。仕掛けは無差別に発動するようで、檻の隙間を通ろうとする者は外からだろうが中からだろうが激痛に見舞われるのだろう。

ならば仕掛けを解かない限り脱出は不可能、リゼルは一つ頷いた。痛いの嫌だし。

「貶めた、なんて人聞きが悪いですね」

そんな思考を一切外に漏らすことなく、リゼルは苦笑する。

信者が事あるごとにリゼルの価値を測るような発言をするのは、間違いなく己の師の為なのだろう。彼にとって世界にも等しい存在である支配者が、有象無象《うぞうむぞう》に挫《くじ》かれるなどあってはならない。よって敬愛する師の計画を瓦解《がかい》させたリゼルが無価値では困るのだ。

合格は貰えているようで何よりと笑い、何気なく口にする。

「彼ほど優秀な人なら、国も早々処分できないでしょう。なら、貶めたというほど彼が劣悪な環境にいるとは思えません」

そもそも大侵攻に支配者が関わっている事自体、秘匿《ひとく》されるべき事だ。

狂信者まで存在するような魔法使いの最高峰、国を代表する彼を堂々と罪人として発表すれば国の名を貶める。優秀すぎる存在はサルスとしても失いたくない筈だ、リゼルとてそうする。

「我が師の崇高《すうこう》な行いを理解できぬ愚鈍《ぐどん》な凡人達により、師は幽閉《ゆうへい》され研究を監視され続けるという屈辱《くつじょく》を受けている」

リゼルの支配者への評価に、少しは師の偉大さが分かるかと信者は満足げに、そして酷く陶酔《とうすい》したように天井を仰いだ。彼はバシンッと両手で顔を覆う。その顔は歓喜の笑みに満ちている。

「だが何と堂々たる姿よ!!　ハイエナに餌をやるのも力ある者の義務だと！　この程度の事は些事《さじ》でしかないと！　真に変わらず研究を進める姿は師が絶対的な存在であると――」

高笑いと共に賛美を続ける信者へ頷きながらも、その裏でリゼルは思考する。

サルスの対応に不審な点はない。支配者を手元に置いたまま、その魔法技術を独占できるならば最高だろう。信者の言葉を聞く限り、支配者自身も己の待遇を気にしていないようだ。

「(国付きなんて元々そんなものだし、今までと変わらないなら良いのかな……伯爵が怒りそうだけど)」

レイからこっそりと聞いたところによると、支配者の処分をその程度に収める代償としてサルスは交易における甚大なペナルティを食らったという。パルテダールの交易の主軸は商業国、つまりそういう事だ。

「(変わらない水準で研究を進められるなら、少し危ない気もするけど)」

サルスも今後は支配者への監視を強めるだろう。

問題は、何処まで監視が役割を果たせるのかという点。腐っても魔法大国一の天才が相手だ。その研究内容を完全に把握できなければ、万が一という事もある。

「(まぁ、良いか)」

逆恨《さかうら》みさえされてなければ、特に関心もない事だ。

リゼルはふりと息を吐く。ひとまず思考に切りを付け、未だ自らの師を讃《たた》え続ける信者の男へと意識を向けた。

「そんな我が師が言っていたのが、貴様だ」

丁度良く、天を仰いでいた信者がぐるりとリゼルを見た。

ようやく自分と関係のある話題になりそうだ、とリゼルはベッドの上から彼を見上げる。

「師が作り出した至高の魔法を、不作法《ぶさほう》にも乗っ取ろうとした者がいると……」

「不作法なんて、初めて言われました」

可笑しそうに目元を緩めるリゼルに、信者は淀みきった瞳を歪めた。

「だから、私は貴様を捕らえたんだ」

信者が突如、勢いよく檻へと摑みかかった。

ガァンッと檻が揺れ、同時に激しく何かが爆《は》ぜる音が牢屋内に響き渡る。信者の両手から白い光が弾ける。見るからに激しい痛みを伴うだろうそれに、彼は痛みなど感じていないようにさらに力を込めた。

それをリゼルは、ただ静かに微笑んで眺めている。信者の唇が愉悦の笑みを刻んだ。

「私は貴様について些事であろうと師に報告した。師に献上《けんじょう》できるものならば何であろうと差し出そう。私の報告で師が尊き研究の手を止めるのは唯一貴様に関する事だけだ」

何かを読み上げるように淀みなく、何かを吐き出すように情感の籠もる声。

檻により与えられる張り裂けそうな痛みに、彼の手は力を失って震えている。だがそれすら気付いていない様子で、信者は言葉を吐き出し続けた。歓喜か、妬みか、怒りか、憐れみか、もはや彼本人にすら分からない衝動と共に。

「そんな折、アスタルニアへ渡ったと私が報告した時に師が何と仰しゃったと思う……不愉快だと‼」

ガンッと信者が額を檻へと打ち付けた。

「この国の！　魔物使いらが不愉快だと！　以前から不愉快に感じていたと仰しゃった!!」

バチンッと額で白い光が爆ぜた反動で、信者は後ろへと吹き飛ぶように後退した。

よろよろと後退った信者は背中を石壁へと打ち付け、うなだれる。その両手は力なく体の横にぶら下がり、意識をはっきりさせるようにフラフラと頭を振った。

そしてリゼルに語りかけているのか自らに言い聞かせているのか、ポツリポツリと口を開く。

「我が師を不快にさせる存在に、今まで気付かずにいたなど、許される事ではない……いや、師以外の使役魔法は全て、師を愚弄《ぐろう》するものであり、許されるべきではないんだ……あぁ、もっと早くに言ってくだされば、私はすぐにでも……」

信者がゆらりと顔を上げる。血走って淀んだ目を見開き、リゼルを見据えていた。

「だから滅《めっ》さねばならない」

「何を？」

「魔鳥騎兵団を」

透き通るような清廉な声に促され、信者は躊躇いなく答える。

真っ直ぐに向けられる高貴の色を宿したアメジストに、彼は自然と唇が歪むのを自覚した。それは間違いなく歓喜。目の前の男が、想像以上の価値を持つと確信したが故の狂喜だ。

「我が師の魔法が至上であり唯一である事を私が証明してみせよう。その時に師の魔法を食い荒らした貴様がいると邪魔なんだ」

彼は知っている。自らの魔法が支配者に及ぶべくもない事を。

だからリゼルが邪魔だった。信者がこれ以上ないと崇拝した師の魔法を乗っ取った相手が、これから彼が行う〝魔鳥騎兵団への粛清《しゅくせい》〟を妨害できない筈がないのだから。

「だから、此処で黙って見ていると良い」

信者は歪な笑みを浮かべたまま片手を胸に添え、残る手をゆっくりと持ち上げてみせる。それはわざとらしい程に仰々《ぎょうぎょう》しい歓迎のポーズだった。

「粛清が終わり次第、貴様をサルスに招待しよう」

敬愛する師に、最上の献上品を贈る事ができる。

その喜びのまま声を上げて笑い、信者は檻に背を向けてその場を去っていった。


リゼルは檻の前に座ってパンを千切りながら、平然と告げた。

「情緒不安定な人ですよね。あれだけアップダウンが激しいと疲れないんでしょうか」

ひとまず今すぐ殺されない事は分かったのだ。

命の危険がないのであれば気も楽になるというもので、言いたい事だけ言って去っていった信者を〝余計にお腹が空いた気がする〟と見送っていれば、奴隷の男が食事を持ってきてくれた。遠慮なく頂いている。

食事は虐げられていると感じる程のものでもない。パンも柔らかくて美味しいし、簡単だが果物も付いてきた。質素だが普通に食べられるものばかりだ。

それもそうだろう。人質や奴隷用にわざわざ質の悪い食料を調達するなど、手間しかかからない。

「この食材、アスタルニアに買いに行ってるんですか？」

「？」

鈍色の髪を揺らしながら首を傾げた奴隷の男は、やはり何も知らないようだった。

残念、と思いながら千切ったパンを口に入れる。イレヴンじゃないが、正直これだけでは物足りないというのが正直なところ。とはいえ貰えるだけマシなのだろう。

これで信者達が露骨に良いものを食べていれば別だが、研究者気質な彼らは食に執着せず、腹が膨《ふく》れれば良いと同じような食事をとっているらしい。

「美味しいですね」

奴隷の男は、与えられたパンを二口三口で食べきった。

彼はパンだけで果物はない。大事な献上品として多少は優遇されているのだろうか、そんな事を考えながらリゼルは果物の皿を差し出した。

「一つ、どうぞ」

四等分されたそれは、微かな甘みとしっかりとした果肉を持つ果物だ。

普段は硬い皮に覆われ、比較的保存が利くとされている。地下の涼しさを思えば傷《いた》みもしないだろう、リゼルは皿から一切れ手に取って齧り付いた。

問いかけにピクリと体を動かした男は、じっとそれを見ている。リゼルがもぐもぐと口を動かしながらも促すように再び皿を差し出せば、そろそろと手を伸ばしてきた。

その手が檻へと差し込まれ、指先が果物に触れる。どうすればいいか分からないというように一瞬だけ離れた指は、しかし恐る恐る一切れ摘んで檻の外へと引き抜かれていった。

「やっぱり影響がないんですね」

「影響」

「そう、影響。檻を越えてもビリビリしないでしょう？」

先程、食事のトレーを持って普通に檻の扉から入ってきた時もそうだ。

その時は正規の手段で扉を開けたから、という可能性もあったが今は違う。すり抜けるような動きにも、信者が誇らしげに語っていた仕掛けは発動しない。

慎重だった割に、パクリと一口で果物を食べてしまった男が口を動かしながらもこくりと頷く。

「しない……」

「多分、君が魔力を持たないからでしょうね」

つまり、この檻を越えられるのは目の前の男一人。

これほど強力な魔法ならば、易々と解いたり付け直したりもできないだろう。信者曰く、リゼルをサルスに連れ出すまではこのままだ。自らも決して出られないが、信者らも入ってこられないというのは大きい。

そう考えながらパンを千切っては食べているリゼルを見て、男が不思議そうに檻をつつく。

「魔力、ない……奴隷、だから？」

「それは関係ないですよ」

リゼルは最後の一口を食べ終え、言い聞かせるような穏やかな声で告げた。

どうにも彼は魔力がない、イコール奴隷のように思っている。魔力がないことは特異ではあるが、決して劣っている証ではない。周囲を魔法至上主義者に囲まれ、それが常識のように語られていればこうなるか。

「そんな事言ったら、ジルだって奴隷になっちゃいます」

使えないのなら魔力がないのと変わらない、リゼルはほのほのと笑った。

本人が聞いていたら苦虫を噛み潰したような顔をしそうだが、いないのだから遠慮はない。

「誰？」

「んー……そうですね」

鎖に繋がれた手で水瓶を持ち、グラスが欲しいと思いながらも直接口を付ける。

冷たい水が喉を通り抜けていく感覚に目を細め、ゆっくりと唇から瓶を離した。小さく息を吐いて、さて何と言えば分かりやすいだろうかと視線を流しながら濡れた唇をなぞる。

「最強って言われてる冒険者です」

「最、強」

ふいに、彼の声が孕む金属が擦れ合うような音が強まった。

男はじっと自らの手を見下ろしている。入れ墨のない手の甲に爪を立て、しかし傷一つ付かない肌を見る瞳は揺れていた。何かが違うと、そう訴えるように。

その様子をそっと眺め、リゼルは意識を取り戻すように優しく呼び掛ける。

「どうしました？」

「ぁ……」

パッと顔を上げた男は、一瞬で我に返ったようだった。

パチパチと目を瞬かせる姿に、先程までの心此処にあらずの様子はない。何でもないと首を振る彼に、ならば良いと微笑みかける。

そして、聞いても良いかと言いたげにじっと見つめる瞳に〝幾らでもどうぞ〟と頷いてみせた。

「冒険者、何？」

「自らの腕《うで》っ節《ぷし》一つで道を切り拓くような、自由とロマンに溢れる職業です。楽しいですよ」

「腕っ節……」

男がじっとリゼルを見る。

その視線は穏やかな笑みを浮かべる顔から、華奢《きゃしゃ》ではないが細い首。装備を脱がされ薄着となった肩から腰までを辿り、手錠に繋がれた手首へと順になぞっていく。楽しいと言うからには冒険者なのかと、耳から入ってくる情報との矛盾《むじゅん》に彼は微妙に混乱していた。

「お前、冒険者？」

「貴方」

「？」

「貴方、です」

リゼルの言葉の意味が分からず、男は首を傾げる。

「お前、冒」

「貴方」

分からないからそのまま話を進めようとした男だったが、許されず遮られた。どうすれば良いのかとうろうろと視線を彷徨わせる。

リゼルは普段、どんな呼び方をされようと気にしない。どう呼ぼうと相手の勝手だ。それは数ある選択肢の内で相手が選んだ呼び方であり、自分をどう思っているのかを測る目安にもなる。

しかし従順になるよう躾《しつ》けられているというのなら、リゼルの言葉にどの程度従うのかも気になった。よって信者達に伝わっても問題ない範囲の、然して気にしていない呼び名で試してみたのだが。

「……貴方、冒険者？」

「はい、そうですよ」

非常に素直だ。褒めるように微笑めば、彼は安堵したようにパッと顔を上げる。

だが根が素直なのか洗脳の結果なのかが分からない。そんな事を考えるリゼルの正面で奴隷の男は冒険者の定義を一層見失う事になっていたのだが、リゼルは知る由もなかった。だが男も冒険者について話すリゼルに流されて最終的に忘れたので問題はないだろう。

窓のない牢屋は時間の流れが分かり辛い。よってリゼルにも確証はないが、どうやら信者らは二時間おきに巡回で現れるようだ。

彼らが近付く気配を察すると、奴隷の男は昨晩の見張りと同じように檻に凭れて座ってしまう。

リゼルと話し始めて最初の巡回に来た信者にその姿を見られ、回収する筈の食事のトレーで殴られ怒鳴られたからだ。

奴隷の男にとっては特に痛くも痒くもない事なのだが、怒られたなら駄目な事なのだろうと判断したのだろう。命令に従うように黙ってしまう彼に、リゼルが〝バレないように内緒で〟と誘う事に成功したのは言うまでもない。

昨晩の誘拐初日、身ぐるみを剥がされた時に見たのは傲慢な信者を含む三人。

しかし巡回の顔ぶれを見る限り、それ以上の人数がいるようだ。男もいれば女もいる。彼らの目的を考えれば、食材の調達や設備の整備の為にも十人以上は確実に来ているだろう。皆一様に同じ格好をしているので遠目では区別がつき辛い。

流石にそれを奴隷の男に聞く訳にもいかなかった。彼はあっさりと話してくれるかもしれないが、その分信者にも問われるままにリゼルとの会話の内容を伝える危険がある。

傲慢な男がやはり代表、あるいはリゼル誘拐の発案者のようだった。巡回に来る信者はある者は嫉妬を剥きだしに、ある者は一瞥して去り、ある者は嘲りを隠さぬ様子だったので、リゼルをサルスに連れていくのも全員賛成という訳ではないのかもしれない。

「(つまり、この件は支配者さんの指示じゃない)」

もしそうならば、狂信者の名に相応しく一糸《いっし》乱れぬ統制《とうせい》を見せるだろう。

リゼルは抱えた本を見下ろしながらぼんやりと思った。昼食も終え、さて何をして過ごそうかと思っていた時に訪れた傲慢な信者に、駄目元で頼んでみたら意外にも叶えてもらえたからだ。

しかしこれはどうなのか、とまじまじと本を見下ろす。床に毛布を敷いて座るリゼルの手元を、同じく床に胡坐をかいて座っている奴隷の男が何かあるのかと檻越しに覗き込んだ。

「何、書く、ある？」

「何が書いてあるか、ですか？」

文字は読めないのだろう。こくりと頷く男に、リゼルはもう一度本へ視線を落とす。

そして信者により与えられた七冊の本を毛布の上に置いて、それをさらに四冊と一冊ずつを三つに分けた。

「この四冊が、支配者さんの研究書です」

四冊積まれた本を指差す。その内の二冊はリゼルも読んだ事がある本だ。

乱暴に扱われた事などないだろうに、幾度も繰り返して読まれたが故に傷んでいるのが非常に気になる。どれほど読み込めばこうなるのか。

「後は支配者さんが書いたものではないんですけど」

リゼルは残りの一冊ずつ置いた本を、順番にてんてんと指差していった。

「〝異形の支配者と呼ばれる人〟、〝魔物使いの最高峰とは〟、〝異形の支配者研究書考察《こうさつ》〟です」

「？」

濃い。

「これの著者って信者さん達だったりするんでしょうか」

リゼルはぱらぱらページを捲り、ざっと内容だけ確認してみた。

三冊の内、前者の二つは支配者の偉業を讃えるもの。主観が入りすぎていていっそ面白い。信者が著者説が非常に濃厚になってくる。

そして最後の一冊、〝異形の支配者研究書考察〟が一番面白そうだった。何せ一文ごとに添削《てんさく》・添削・添削が施され、黒いインクの上を走る赤のインクが次々と考察に対して駄目出しを行っている。

これは確実に支配者に直接関係しない人が書いた本だろう。読むのを楽しみに思いながらパタンと本を閉じる。他の本もないよりはマシだ。

「一緒に読みますか？」

「読む、無理」

「もし良ければ俺が読み上げますよ」

奴隷の男は本とリゼルを数度見比べ、そしてもぞりと身体を揺らして檻に寄ってきた。

それに微笑み、リゼルは〝魔物使いの最高峰とは〟を手に取る。見る限り支配者に対する伝記のようなものなので、それなりに長く奴隷として扱われてきただろう彼にも覚えのあるエピソードがあるかもしれない。

誇張《こちょう》してある箇所があればぜひ教えてもらおう、そう思いながら本を開く。リゼルは檻から少しだけ離れて座っているので、男が檻を避けるように身体を傾けながら身を乗り出した。

直後、開始一ページ目にあった支配者の肖像画《しょうぞうが》にリゼルが噴き出し、彼はびくりと肩を跳ねさせる事となる。

監禁生活一日目の牢屋の午後は、何とも似つかわしくない和やかさで過ぎていった。

115.

宿主は早朝に一人、宿の食堂で熟考する。

「誰もおらんで何これどういうこと？」

椅子に座って肘を付き、両手を組んで真剣な顔のまま呟いた。

別に帰ってこないのは良い。いや良くはない。一言ぐらい言っておいてもらわないと食事をどうしたら良いか分からず困る。だが次の食事に使い回せば良いだけなのでやはり良い。

問題なのは、一昨日《おととい》の晩からリゼルがいない事だ。正確に言えば一昨日の朝に迷宮へ送り出したのが最後に見た姿なのだが、およそ帰ってくる予定の時間が晩だったので晩で良いだろう。

「…………夜遊びする貴族なお客さん」

ぼそりと呟き、直後ガンッと額を机に打ちつける。呟いただけで罪悪感が半端ない。

ジルやイレヴンなら特に疑問など覚えない。二人は度々帰ってこない事があるし、せめて一言欲しいとは思うものの大抵はリゼルに聞けば何とでもなる。

『今日ってあの人達夕飯いるんですかね夜食ぐらい作っておきましょうか』

『放っておいて良いですよ』

大体こんな感じだ。放っておいて良いなら喜んで放っておく。あの二人怖いし。

それでもリゼルへと一応お伺いを立てるのは、予防線でもあった。もし遅くに帰ってきた二人に何で飯がないんだと言われようが、彼らが唯一言う事を聞くリゼルの指示だと言えば何とでもなるだろう。文句など言われた事などないが。あくまで予防だ。

そんな小心者の意図を汲んで、何度同じ質問をしようと微笑んで答えてくれる優しさに平伏《へいふく》したい。そんな事を思いながら、宿主は打ちつけた額を上げる。

「貴族なお客さんがおらんなら他の二人がおらんのも微妙にラッキーな気がする」

リゼルがいない時のジル達は微妙に怖いのだ。

ならば問題などないのではと思うが、全く問題なくはない。

何故ならリゼルは夜に帰らない時に必ず一言くれる。本人から「今日の夜は出掛けますね」と綺麗な微笑みで告げられたり、ジルやイレヴン経由で投げやりに伝えられたりもする。昨晩はそれがなかった。

ちなみに何処へ行っているのかは知らない。とてつもなく気になるが聞いた事はない。ジル達が気にした様子はないので危ない事ではないのだろう。聞く限り、前の国でも似たようなものだったらしいので夜の散歩にでも行っているんじゃないだろうか。宿主は勝手にそう思っている。そうであってほしい。

「でも二晩連続って今までないしやっぱり何も伝言ないしこれが反抗期……!?」

嫁も貰ってないのに客の反抗期に翻弄《ほんろう》される日が来るとは。

リゼル達と出会ってから何故か母親発言をするようになった友人に言いつけてみようか。彼は一体何があってああなってしまったのか。確かに昔から面倒見は良いほうだったがあそこまでじゃなかった。

いや落ち着け、と宿主は首を振る。あのリゼルに限って反抗期など有り得ない。ジル達もいないのだし、この宿に嫌気がさして三人で別の宿に移ったというほうが余程有り得る。泣けてきた。

「(でもなぁ……何かなぁ……)」

組んだ両手にがくりと額を乗せたまま、宿主はテーブルの木目を見つめる。

イレヴンはリゼルが帰ってこなかった一昨日の晩から姿を消している。いや何時出ていったかなど全く分からないが、朝に弱い彼が朝にいなかったのだから恐らくそうだろう。

宿主が唯一目にしたのは、昨日の早朝に宿を出たジルだった。

すれ違う瞬間に挨拶しようとしたが、声が出ないばかりか一切の身動きも取れなかった。人が首から下を地面へと埋められた状態で最強と呼ばれる竜と出会うならば、きっとこんな感じなのだろう。そんな次元の恐怖を宿主へと与えながら宿を出ていった。怖いを通り越してちょっと意識がとんだ程だ。

だからと言っては何だが、彼らが出先でリゼルと行動を共にしている訳ではないのだろう。宿主の勘。

「ッ何かなぁ～～～～!!」

以前、リゼルの傍にいる二人の事を〝凶暴な魔物に鎖がついたから一定距離までは近付いても大丈夫〟と称した事がある。それに倣って言うならば、鎖が失われた状態というのはまさに今のような感じなのではないだろうか。解放されたというよりは、鎖の向こう側が消えてしまったというほうが近いか。

自らを制御する気もない相手に自ら鎖を差し出していた魔物は、その相手がいなくなるとどうなるのか。どうするのか。それは恐らく、自由であった頃より恐ろしいのだろう。無差別に喰らい尽くすような人達じゃなくて良かった、と宿主はしみじみと思う。

もし、消えるどころか奪われでもすればジル達によって国の一つや二つ滅ぶんじゃなかろうか。絶対滅ぶ。そこまで考え、彼はハッと顔を上げた。

「誘拐だったらどうしようッッッッ……な訳ないか貴族なお客さんがそんな簡単に攫われる訳ないし周りが怖すぎるし」

喧嘩でもしたのだろうかと呟きながら立ち上がり、さて今日も元気にシーツでも干しておくかと宿主は食堂を後にした。


アスタルニアの何処かにある地下酒場で一人、イレヴンは考える。

「森族が放棄した集落とかの使いやすそうなとこ中心に探したんですけど居ないですね。ただ森に何かあるのは確かみたいで、自称呪術師曰く〝隠蔽魔法が使われてるなら単独じゃ無理なレベル〟っぽいんで相手は複数人かと」

一瞥する事なく情報だけを耳に入れる。

扉の前に立ち、決して此方には近寄らない前髪の長い男は流れるようにそれだけを告げて去っていった。つい先程、別の報告を持ってきた者も近寄ってはこなかった。別にどうでもいい。

「(アタリなし……ね)」

椅子を傾け、踵を叩き付けるようにテーブルの上に足を組んで乗せる。

分厚い紙の束を手に取り、パラパラと捲った。アスタルニアの歩兵団が管理している入国審査記録。ここ一月の間に出入国した者達の名前(あるいは団体名と人数)・職業・目的が簡易に纏められている。

とあるルートから手に入れたそれは原本ではないものの、違いもないので問題はない。一覧に目を通し、目についた部分をリゼルが精鋭と呼ぶ彼らを使って探らせたが空振りに終わった。

しかし、全くの無駄だった訳ではない。希少な資料を投げ捨て、グラスを鷲掴む。

「(ワルイのが相手じゃねぇワケだ)」

ぬるくなった水が喉を通り抜ける感覚が不快で、小さく舌打ちを零した。

イレヴンが精鋭らを送り込んだ相手は、確かにリゼルには何の関係もなかった。かといって善良な入国者でもない。密輸品を扱う商団などの後ろ暗い理由を持つ者ばかりだ。だからこそ目をつけた。

同類だからと言われては不愉快だが、見分けるのは容易だ。彼らは価値の高いものばかり扱う癖に正規の護衛を雇う事もできないので、盗賊時代は楽な相手だとよく狙っていた。

選択肢を潰していくように、リストの中のそういった分かりやすい相手は全て当たった筈だ。

元々ハズレだとは思っていたが、やはりリゼルは何処にもいなかった。

「………」

しかしイレヴンは微かに安堵の息を零す。無意識にグラスの縁へと歯を立てた。

今回の空振りはつまり、自身への恨みからリゼルが手を出された訳ではないという事だ。盗賊時代を後悔した事などない。だからこそリゼルに出会えた事を思えば、後悔する意味がない。それはたとえ、復讐者が現れようと変わらない。

そもそも、リゼルが逆恨みで襲われる可能性を考えない筈がないのだ。ならばリゼルにとってその程度の事は些事であり、それによる実害が出る前にイレヴンが防ぐだろうと当たり前に信じただけのこと。

リゼル本人が良いと言うなら、気に病む必要など何処にもなかった。そんなもの鬱陶しいだけだ。そんな相手を前にして「迷惑かけてる自覚があんなら何で居んの？」と当然のように言い放つイレヴンが何を気にする事もない。

「(だからって笑えねぇけど)」

歯を立てたグラスが、パキパキと音をたててひび割れていく。

可能性を総当たりで潰していった今、残る選択肢は多くない。だがリゼルを攫った相手に見当がつこうと、攫った目的が分からなければ決定打が打てない。

「(情報足りねぇ内に動いてリーダー危なくなると嫌だし)」

リゼルを欲しがる人間など山程いるだろう。あちらの世界ならば、だが。

会話の節々《ふしぶし》から伝わるのは、所属していた国が相当強大だということ。幾多の国を従え、君臨《くんりん》し続ける王者の如き国。そんな国で過去最高の呼び名を持つ国王の、最も近い位置に立っている若く優秀な宰相を、何としても手に入れたい者などさぞ多いだろう。

ただ、今のリゼルはただの変な冒険者だ。どれほど清廉だろうが品があろうが貴族然としていようが、冒険者である事に変わりはない。ならば今回の誘拐は営利目的というよりは、やはり恨み辛みが関係するか。

「(今んとこ俺らにコンタクトねぇし、あの人に用か。恨み買ってねぇとは言わねぇけど、害が出そうなら手ぇ打っとくから……逆恨みに近ぇのかも)」

ひび割れたグラスから気にせず水を飲み干し、無造作に放る。床に落ちたそれが欠片をまき散らす甲高い音も、今のイレヴンの耳には入らない。

傾いた椅子の上、仰け反るように背もたれに体重をかけて天井を仰いだ。早く唯一人を映せと飢える瞳を誤魔化すように両手で覆い、ゆっくりと息を吐く。

「つまんねぇ理由で手ぇ出しやがって」

笑みの浮かばぬ唇から零れた呟きは、誰にも届かずぽつりと落ちた。


リゼルが消えた路地で一人、壁に凭れて煙草を吸いながらジルは考える。

路地の奥は、早朝の活気のあるざわめきも何処か遠い。路地の外へと視線を向ければ、まるで通りを切り取ったかのように人々が左右から現れては消えていく。

それ程奥まっていないとはいえ、音も世界も遠く思えるこの感覚をリゼルも攫われる直前まで感じていたのだろうか。人によっては早く通りすぎてしまおうと考える別空間のような路地裏を、恐

らくゆっくりと堪能しながら歩いていたのだろう。

口元を覆うように指で煙草を挟み、深く息を吸う。この香りを好きかもしれないと称した男は一体、何処で何をしているのか。

「（不快になってなけりゃマシか）」

ふ、と煙を吐き出しながらジルは内心で呟いた。

何処にいるのかと思いながらも動かないのは、意味がないからだ。イレヴンが持ち得る手段の全てをもって捜索をしているならばジルの出番はない。動くにも目立ちすぎる。

此方を監視する目はないものの、今は待つしかないだろう。

「ちょっとスンマセンね」

ふいに、音の遠い路地へと鮮明な声が落とされた。

何処かの角にでも身を潜めているのか、その姿は何処にもない。しかしリゼルが攫われたと告げた声と同じそれに、ジルは特に言葉を返す事もなく視線だけをそちらに投げた。

現在分かっている範囲の情報を一通り、独り言のように言葉にした男の気配が、声が止むと共に途絶える。また何処かへと行ったのだろう男を見送る事なく、流れるように告げられた情報の数々を脳内で反芻《はんすう》した。

「（相手は複数、ね）」

しかも同じ魔法使いを欺《あざむ》けるような隠蔽魔法を扱える者が複数。

そもそも優秀と呼べるような魔法使いは決して多くない。しかし此処に集い、さらにリゼルを狙う理由があるとくれば誘拐犯の正体も想像に難くなかった。

リゼルは基本的に恨みを買わない男だ。しかし正義など持たない。買っても些事だと思えば時々戯れているし、それ以上のメリットがあるならば恨みを買う事に躊躇もしない。

そういう時には極力自らの非とならないよう配慮はしているので、恐らく逆恨みによる誘拐なのだろう。イレヴンと同じ結論に達しながら、ジルは咥えた煙草を噛み潰した。

逆恨みだとしたら、リゼルの安全は保障されない。

「…………」

口内に広がる微かな苦みに不快げに眉を寄せる。

そして自身を落ち着かせるよう深く息を吐きながら、すぐに自らの考えを否定した。

「(……あいつ相手に憂《う》さ晴《ば》らしなんて勿体ねぇ使い方はしねぇか)」

それに、問答無用で殺されさえしなければリゼルは全力で保身に走るだろう。殺さず誘拐という手段に出たのならば自力で何とかする余裕もある筈だ。

誘拐されて楽しめるとは思わない。今の所は確実に助かる手立てというのはないのだから。だからせめて不快な思いをしていなければ良い。そうであってくれないと、困る。

冷静さを失いかけた思考に気付き、ジルは寄りかかる壁に後頭部を押し付けた。本当に、リゼルを知り今この現状を知る全ての者が思うように、リゼルが居てくれたのならどれだけ楽なのだろうと考えてしまう。

「(居ると便利だからな、あいつ……それが目的なのは有り得ねぇが)」

便利というだけで、リゼル自身が特別何かができるという訳ではない。

魔力も多いとはいえ異常という程でもない。守られて当然な魔法使いに比べれば動けるほうだろうが、剣を振り回す一般的な冒険者に比べれば全く劣る。元の世界では持ち得た地位も今はない。

リゼルの真価はただ一つ、動かせる手足を得た時にのみ発揮される。その手足が優秀ならば優秀な程に発揮されるその真価は、流石は人の上に立つ貴族だと納得させるに十分で。

「(手足志望……だと逆に怖ぇな)」

有り得ないだろうが、想像してみると恐ろしい。

ならば何の為に攫ったのだろうか。不審な者達がアスタルニアを出たという話はない。此処でリゼルを捕らえ続ける事に何の意味があるのか。

いや、意味などないのかもしれない。全くの無関係とは言わないが、相手の本命がリゼルではない可能性もある。何にせよ、ふざけた理由で手を出してくれたものだ。

得られた情報からイレヴンも捜索の手を変えるだろう。大規模な捜索などしたくはないのだから早く見つかれば良い。

「……じゃねぇと」

ジルは短くなった煙草を唇から離し、握り潰す。

思わず口から出しかけた言葉は呑み込まれ、続きを紡がれる事はなかった。

檻を越えられる者が一人しかいないので、リゼルの食事はいつも彼と一緒だ。

「多分、三日ぐらいでジル達が動くと思うんですよね」

「動く」

「色々な人に協力してもらって、俺を探してくれるようになるって意味です」

リゼルは相変わらず檻から少し離れた位置に、毛布を身体に触れない面を下にして敷いていた。その上に座り込み、静かに並ぶ無骨な金属の棒の向こう側で此方を向いた奴隷の男へと話しかける。

胡坐をかいて座る彼の手には残り一切れのパン。それもすぐに口の中に放り込まれてしまう。しなやかな筋肉をそれだけで維持できるなど何とも羨ましい事だ、なんてリゼルも手元のパンを千切った。

「でも、俺としてはできるだけ避けたいんです」

「…………助かる、嫌？」

「そうじゃないですよ」

ぱくりとパンを食《は》み、空いた手で果物の乗る皿を前へと差し出してやる。

男はそれをじっと見下ろし、どうぞと掌を向けられてようやく手を伸ばした。唯人ならば激痛に襲われる檻の隙間へ容易に腕を差し込み、一切れだけ取っていく。

「だって怒られそうですし」

有難い事に面倒見が良く、少し心配性な某副隊長が、恐らく捜索を行うにあたって真っ先に駆り出されるだろう魔鳥騎兵団にいる。絶対怒られるだろう。

何せ以前に一度、「暗くなり始めたら細い道は使うなよ、危ないからな」と言われているのだ。

冒険者相手に一体何をと思わないでもないし、むしろ冒険者だと思われていないんじゃないかとも思ったが、実際にこうなってしまえば何も言えない。

「でも君なら大通りでも俺のこと攫えるし、不可抗力ですよね」

「攫える」

何故か得意げに頷いた姿に笑い、再びパンを千切る。両手を拘束する手錠が揺れた。

リゼルと奴隷の男との会話は、彼から信者たちに伝わっても問題のない話題しか出されない。今もそうだ、三日で動くと知られても問題がないからこそ話している。むしろ有益な情報を得られると、彼との会話を黙認してくれれば有難い。

何にせよ牢屋内で身動きが取れない身としては、良い悪い問わず相手に動いてもらわなければ何もできないのだ。敢えて伝えろとも言わないので、聞かれた事しか話さない奴隷から信者に伝わるかどうかは五分五分だが。

「(伝わらなくても別に良いけど)」

打てる手は打っておくだけで、効果的かどうかは二の次だ。何せ他にやる事もない。

「筋肉痛には果物が良い、とかないんでしょうか」

「筋肉痛？」

「普段しないような運動をして、身体が痛くなる事です。なったことないですか？」

「ない」

予想はしていたが、あっさりと首を振られる。

羨ましい事だ、リゼルは未だに痛みを引き摺っているというのに。昨日はほとんど動いていないというのに痛みが増している気がするのは何故なのか。

「お……貴方、筋肉痛？」

「そうなんです、身体中が痛くて。筋肉痛だけって訳でもないんでしょうけど」

苦笑したリゼルを心配しているのか興味深いのか。奴隷の男は鈍色の髪を揺らしながら覗き込む。

彼自身にリゼルへの恨みがないからだろう。攫った事への罪悪感がない代わりにリゼルに対する不信感もなく、従順さは強いものの思うままの素直な反応が返ってくる事が多い。

だから此方に興味を示し始めたのも彼の本心だ。じっと向けられた視線に優しく微笑み返し、皿に残る果物の最後の一切れを口に含んだ。

「………………ん、ご馳走様《ちそうさま》でした」

空になったトレーを檻に寄せる。

魔法の影響を受けず出入りできるとはいえ、自由に檻を開け閉めする権利を奴隷は持たない。檻に手を入れてそれらを回収していく姿を眺めながら、さてとリゼルは痛みに耐えつつ立ち上がった。

手錠の所為で動かし辛い手で簡単に毛布を払い、その内側の面を巻き付けるように肩へとかける。

皿を雑多にトレーに積み上げている男が此方を見上げたので、ついっとベッドを指差してみせた。

「昨日、ちょっと気になる所があったので本を読んでますね」

「本……」

にこりと笑い、ベッドへと向かう背を奴隷は見つめた。

そしていそいそとトレーを片付け、いつもの定位置へと再び胡坐をかいて座る。命令と罵倒のなかで生きてきた彼にとって、本とは今まで縁のないものだった。実際にリゼルが読み上げる文章も何を言っているのかよく分からない事が多い。

しかし柔らかな声で紡がれるそれも、時折投げかけられる質問も。そして質問に応える度に向けられる、褒めるような瞳も。知らないものばかりを与えてくれる時間が心地良くて気に入っていた。

「……？」

しかし、いつもなら檻に近付いて座るリゼルがベッドに腰かけたまま動かない。

開いた本を膝に乗せてページを捲る姿に男は首を傾げた。本は読み始めているのに、その唇が決して動いてくれないからだ。

「昨日、一緒」

「じっくり考えたいので、一人で読みたいんです」

「……本、読む」

「いけません」

一心に向けられる視線にも、リゼルは一切応えてはくれなかった。

それもそうだろう。読みたいのは研究書、読み上げられるものでもない。そのまま読書に集中してしまった姿を暫くじっと見ていた奴隷の男だったが、ふいに何かに気付いたように顔を横へと向ける。

視線の先は牢屋へ繋がる唯一の道、暫くそちらを見ていた彼がごそりと身体を反転させる。その姿に気付いたリゼルも一度だけ檻の外を見たが、しかし何事もなかったかのように読書へと戻った。

少しの後、静寂に満ちた牢屋に靴音が一つ近付いてくる。

「師の書物を読み、少しは己の罪を思い知ったか？」

檻の前で止まった靴音に、どうやら何も言わず去ってはくれないようだとリゼルは顔を上げた。

「決して触れてはならぬ偉大な方の御業《みわざ》を踏み荒らした、大罪《たいざい》を」

この手のタイプの信者って意外といる、そう思いながらリゼルは本を閉じた。

初めて見る顔だ。巡回の信者の中でも一瞥して去っていく者は少数派で、大抵は何かしらの恨み言を残していく。目の前の信者も後者のようで、鬱々と恨み辛みを語り始めた。

巡回の信者は順番という訳ではないようで、一度しか顔を見せない者も、既に何度も顔を見た者もいる。全体数が把握しづらいなと思いながら、信者へと相槌《あいづち》を打つように頷いた。無視すると余計に長引くのだ、反感を買わないに越したことはない。

「我々の使命は師へ不快を与えるものを取り除くという一点のみ……この国の、師の魔法を冒瀆《ぼうとく》するような所業を繰り返している、ふざけた輩を排除するのが使命なのだ」

多様性を潰すと魔法技術の発展が著《いちじる》しく遅れそうだ、とは思うものの口には出さない。

彼らにとっては支配者が頂点であり唯一であれば良いのだ。そんな信者達だからこそ、魔鳥騎兵団の排除に実際どういう手段をとるのかは想像に難くないのだが。

ようは、敬愛する師の魔法が騎兵団より優れている事を証明できれば良い。リゼルは膝の上に乗せた支配者の研究書へ掌を滑らせる。

「いいか、勘違いをするな。お前はただ使命の邪魔になるというだけの〝ついで〟に過ぎず、師にとっては一切の価値がない。それにも拘らず師に捧げられるという名誉を、何故与えられるのか……私には理解し難い」

ふと、リゼルは口を開いた。

「貴方方って、俺が邪魔をする事が前提なんですね」

それは、穏やかな微笑みとは釣り合わぬ一言。

延々と恨み嫉《そね》みを吐き出し続けると思われた信者の唇が思わず止まる。それもそうだろう。信者達が何をしようと邪魔をしないと、攫われなければ関わりもしなかったと告げたようなものだった。

「お前は」

「だってそうでしょう？」

信者の言葉を遮るように、リゼルは首を傾ける。

「魔鳥騎兵団は国の象徴ですよ。彼らの問題は国の問題、協力を求められない限り一冒険者が口を挟む事でもないでしょう」

「……何を」

「ギルドに怒られるの、嫌ですし」

リゼルはベッドから立ち上がった。落ちかける毛布を押さえ、ゆっくりと信者へ歩み寄る。

信者はその姿を目で追うが何も言わない。何も言えない。そして彼は今更ながらに気付く。向けられた瞳に、不当に囚《とら》われた者が持つべき怖れや焦燥が一切存在しない事を。

そして目の前で立ち止まったリゼルが全てを見通すような瞳を細めたのを、頬に微かに流れた髪の音さえ聞こえそうな程に鮮明に、見た。

「だから、貴方は正しい」

告げられたそれに、信者は無意識に下がりかけた足を止めた。

魔法という分野において優秀である筈の彼の思考は、未だに動揺を孕み続ける。ただ目の前の穏やかな男から零される言葉を聞き続けることしかできない。

「関係のない俺を捕まえる事に賛成するような人は、きっと貴方の言う使命を理解できていないんでしょう。それって、支配者さんの事も理解していないって事ですよね」

「だから私は反対した!!」

「そう。だから、正しい」

リゼルは手にした研究書を持ち上げ、にこりと笑った。

「支配者さんの事、一番理解しているのが貴方なんですね」

当たり前だと、愚弄するなと普段の彼ならば吐き捨てただろう。今更命乞いかと嘲り笑ったかもしれない。

しかし信者の思考にそれらは一切浮かばなかった。今まで比べた事などない、だが自分だけが師を理解しているという圧倒的な優越感《ゆうえつかん》に身を震わせる事しかできなかった。

「そんな貴方だから、聞きたい事があるんです」

トン、と翳《かざ》した研究書の表紙を指でノックするリゼルに、信者は浸りきっていた意識を取り戻す。

「幾つか分からない所があったので、ぜひ教えて頂きたいんです。俺じゃ支配者さんの意図を掴み切れなくて……駄目ですか？」

「……こちらも忙しい」

開かれた本へと視線を落としながら、信者は唇を笑みに歪めた。

何度も繰り返し読みこんだ本だ。何ページの何処に何が書いてあるかすら暗記している。理解できぬなど所詮《しょせん》は師に逆らった者だと思いつつも、しかし師の意図を汲む自分だからこそと望まれるのは悪くはなかった。

その背筋を這い上がる程の優越感を、師への理解を認められた事に加え、目の前の存在に選ばれた事実そのものに対して感じている事に彼は気付かない。

「檻の中で望むのが本の解説とはな……著書の素晴らしさを思えば無理もない。師の偉大さを噛みしめさせる為ならば、少々の時間をやっても良いだろう」

「無理を言ってしまいすみません。有難うございます」

緩められたアメジストに信者は自尊《じそん》の念強く鼻で笑う。

そして檻の近くに差し出された敬愛する師の本を見下ろし、鬱々とした声で自分にしか分からぬ隠された支配者の真の意図を説明し始めるのだった。

およそ二十分語り続けた信者だが、忙しいというのは確かなのだろう。

話し足りないという様子を隠すことなく去っていった。あの手のタイプの信者はどちらにせよ同じ時間だけ恨み辛みを語ってくるのだ、それなら本談義《だんぎ》のほうが余程良い。

「絶対支配者さんはそこまで考えてないっていう所まで深く教えてくれましたね。ちょっと面白かったです」

薄暗い通路へと消えていった信者を見送った後、その場に立ったままリゼルは手にした本を捲る。するとの視界の隅で鈍色が動いた。

隅のほうでぼうっと座っていた奴隷の男が、此方を振り返っている。

「凄い」

「あんなの屁理屈ですよ。褒められると恥ずかしいです」

苦笑するリゼルに、彼はぱちぱちと目を瞬かせた。

奴隷の男は知っている。見回りに来る信者達の内、ああいった此処に居座って恨み辛みを零すような信者に対して、リゼルは一人残らず最終的に本談義へと持ち込んでいる事を。

当然交わす会話は一人一人違うし、必要ならば相手に合わせて上から行ったり下から行ったりと立ち位置を変えてみたりしているが、結局は同じ展開に持っていくのだから凄いとしか言いようがなかった。

「それにしても支配者さん、モテモテですね」

「？」

想像どおり支配者を軸に纏まってはいるのだろうが、信者同士に仲間意識はないようだ。

周囲への反感を増してみせても、恐らく内部分裂までは望めないだろう。元々弱い結束力《けっそくりょく》をさらに弱める事ができれば上出来か。おだて甲斐があるものだと、リゼルは一つ頷いた。

拘束された牢屋の中でやれる事は酷く少ない。だがジルやイレヴンも頑張って探してくれているだろう、できる事はしておかなければ。

「（とはいえ突破口《とっぱこう》が見つからないしなぁ……時間がないのがネックなのかも）」

各信者からさりげなく聞き出している話を纏めてみる限り、どうやら計画の準備はほぼ終わっているようだ。

信者にはああ言ったが、騎兵団にはこの国まで運んでもらった恩がある。それに加えて誘拐された事で立派な当事者になったのだし、信者達が騎兵団排除に動き出す前に出られたならば騎兵団にチクろうかと思っていたが、それも無理そうだ。

「（信者さん達がアスタルニアを離れようとすればイレヴン達が気付くし、それが最短なのかも）」

早いほうが良いなと、手にした本を閉じる。

毛布に包《くる》まりながらベッドへと近付き、持っていた研究書を他の本の上に置いた。そして、振り返る。期待を込めたような眼差しがじっと此方を見ていた。

「本、読みますか？」

「読む」

すぐにこくりと頷いた男に微笑み、リゼルは〝異形の支配者と呼ばれる人〟を手に取る。

焦ってもどうにもならないものはどうにもならないのだ。ならばジル達が望むように好きにしていようと、檻の前に毛布を敷いてゆっくりと腰を下ろした。

116

雲一つない青空を見上げ、ナハスは訓練場を早足で歩く。

王宮内でも一、二を争う広さを持つ訓練場は障害物も何もなく、ただただ動き回るのに適した場所だ。昔は敷かれていたという芝生《しばふ》は今やない。魔鳥の爪によって捲られ均《なら》され、隅に点々とその名残を残すだけとなっていた。

魔鳥の爪跡が目立つ地面を慣れたように踏みしめ、彼は自らのパートナーの姿を探した。息抜きに王宮の空を一匹で自由に飛んでもらおうかと思い、厩舎から連れてきたは良いものの、いざ送り出そうとした時に他の団員に呼ばれてしまったからだ。

訓練場には常に他の団員達もいる。一匹で散歩ぐらいさせていても何の問題もないが、飛行に関しては必ず監督《かんとく》がいる為に〝先に遊んでおいで〟とはいかない。

「ん？」

魔鳥ごとに色合いの違いはあるものの、他者から見れば区別は付きにくい。しかし魔鳥騎兵らがパートナーを間違える筈がなく、ナハスも例に漏れず他にも魔鳥が歩く訓練場で遠目に自らの愛する魔鳥を見つけた。

「腹でも減ってるのか……」

ナハスの魔鳥は、ガリガリと地面を引っ掻いていた。

訓練場が美しい芝生であった頃など、ナハスも生まれる前の話だ。今更未練がある筈もなく、ミミズでも探しているのか、可愛らしい奴だと笑みを浮かべながら近付いていく。

魔鳥は鋭く頑強な爪で、同じ場所を引っ掻いていた。土の爪跡の深さが大人の手を容易に呑み込む程になった頃、その動きを止める。そして一歩後ろへ下がり、ずぼりと嘴をそこへと差し込んだ。すぐに抜き、爪痕の隙間を覗きながら首を傾げ、そして再び嘴を突っ込んでは数度つつき、抜いては首を傾げを繰り返す。そんな魔鳥に笑いながらナハスは声をかけた。

「どうした、獲物はいなかったか？」

「ギュア」

「種喰いワームでも今度買ってきてやろう。好きだろ」

そう言いながら、魔鳥の首元を羽毛に沿って手を滑らせる。

手綱が苦しくないよう位置を微調整してやり、唯一ふわふわしている胸毛をわしわしと撫でた。気持ち良いのか、お返しのように耳元の髪を食まれる。「痛いな」と言いながらもやりたいままにさせておく。

自らのパートナーにしか見せない、じゃれるような姿を拒む者など此処にはいない。人に決して懐《なつ》かぬ筈の魔物が見せるそれが魔法によるものだとしても、向けられる好意に偽りはないのだから。

「良し、待たせてすまないな。この後は巡回があるが、それまで自由に飛んでこい」

ナハスがぽんぽんと嘴を撫でれば魔鳥は小さく首を傾げ、ぐっと頭を下げた。大きく翼を広げ、それを振り下ろすと同時に身体を持ち上げて空へと飛び立っていく。

何度見ようと飽きる事などない美しい姿を見上げながら、ナハスはさてと訓練場を走る騎兵達を見た。監督といっても一瞬も目を離せない訳ではない。自らの訓練も怠る訳にはいかないと、訓練に混ぜてもらう事にする。

高く、遠く響くようなパートナーの鳴き声に聞《き》き惚《ほ》れながら、ナハスは足を踏み出した。


今日の朝は慌ただしかったな、と奴隷の男は檻に背を預けながらぼんやりと思う。

準備が終わったとか、配置につけとか、魔力がどうとか騎兵団がどうとか。そんな事を言いながら信者達は何処かへ行ってしまった。ただ何人かは残っているようで、何をしているのかは聞いていないが、どうにも荷物を纏めているようだった。

何故この国まで来たのかも彼にはよく分からない。だが恐らくそろそろ此処を離れるのだろうと、男は胡坐をかいた足を組み替えながらもふっと檻の中を振り返った。

視線の先にはベッドに腰かけて本を読むリゼルがいる。手錠に慣れてきた手元で、器用に肩の毛布を手繰り寄せているのを男はじっと見た。

『粛清が終わり次第、貴様をサルスに招待しよう』

以前、誰かがそんな事を言っていた。

ならば此処を離れてもお別れではないのだろう。もしかしたらサルスに戻ってからも一緒に居られるのかもしれない。それは嬉しい、と彼は一つ頷く。

まだ出会ってから丸二日と少し。しかし朝昼晩に加え寝ている間さえ同じ空間で過ごし、起きている時間の大半は話して過ごしたのだから、相手がどんな人物かは分かる。

『そういえば、君は名前で呼ばれませんね』

『奴隷《スレイヴ》』

『成程。他に同じような人がいないなら不便はなさそうです』

『？』

例えば、色々な質問をしてくれるところ。

『信者さん達って魔法使いなんですよね。研究方面に偏ってるみたいですけど』

『魔法使い？』

『俺ですか？　そうですよ』

『研究、する』

『いえ、魔法関係の研究は専門的すぎて無理です。聞けばそれなりに理解はできるので、使い方を多少応用するぐらいですね』

例えば、色々な質問を許してくれるところ。

『パン、どうぞ』

『？』

『食欲がないので貰ってください。果物はちゃんと食べますけど』

『食べる』

今朝もパンを全部くれた。優しい。

男にとってはそれで充分だった。今までずっと、罵倒され殴られ蹴られ魔法の的にされ雑事を押し付けられ魔物の囮《おとり》にされてと扱《こ》き使われてはいたが、彼にとっては特に悲観する事でもなかったからだ。

何故なら、殴られ蹴られ魔法の的にされようと全く効かないし痛くない。凄い剣幕《けんまく》で怒鳴られれば流石に萎縮《いしゅく》するが、内容は当たり前のように受け入れるので傷つきもしない。ならばそれらの時間は突っ立っているだけと変わりなく、命令がなくてもぼうっとしているだけ。雑事を押し付けられれば体を動かせて嬉しいし、魔物の囮にされれば不思議と気分が高揚する。

つまり他者から見れば哀れな奴隷の境遇《きょうぐう》も、彼にとっては苦痛なく三食の食事に有りつけるという不満のない日々だった。勿論本人が望んでの事ではないが、リゼル曰く洗脳の成果で疑問も覚えない。

だからといえば良いか。男はもし可哀想だと同情される事があれば、〝失礼な〟と眉を寄せただろう。自由にしてあげると言われれば、理由も分からぬままに相手を嫌悪しただろう。

よって、リゼルは優しい。ただ時間が過ぎるのを待つ時間を、一緒に話して居心地良くしてくれる。色んな事を知っている。ご飯も分けてくれる。たくさん食べられて嬉しい。

「(サルス、一緒……良い)」

こくり、と一度頷いた。

すると、それに気付いたのか本へと向いていたリゼルの視線が此方を向いた。どうしたのかと問いかけるように微笑まれ、その手が開いていた本を閉じたのを眺める。

「考える、終わり？」

「そうですね、大体は」

「考える、何？」

「信者さん達が使う魔法の事です」

魔法と言われても、男にはいまいちピンと来ない。

それは魔力を一切持たないからなのか、魔力の影響を一切受けないからなのか。魔法の的にされる時も意識したことがないので、彼の魔法のイメージなど〝火とかが出る〟程度だ。

「目的は分かってますし、取ろうとする方法も予想はできます。だから支配者さんの研究書の中から彼らが使いそうな魔法に当たりをつけて、見回りの人達に質問してみたりもしたんですけど」

リゼルと信者の本談義は、奴隷の男には何を話しているのか分からない内容ばかりだった。

「言い方とか理解の深さとかで何となくは絞れたんです。けど、どんな組み合わせでどう使うかが予想の範疇《はんちゅう》を出なくて……これ以上は、正解を見てみないと何とも言えませんね」

「？」

「ただの、暇つぶしですよ」

微笑まれ、やはりよく分からないものの考え事は一段落ついたのだろうと頷く。

ならば一人読書は終了だろう。昨日の夜、最後に笑いながら話していた〝坂道ばかりの迷宮で通路を塞ぐような巨大な岩が転がり落ちて来た時、仲間の一人が難なくそれを止めた隙に後ろ側へ抜けたは良いものの、止めている一人が手も離せないし岩も壊せない仕様だったのでどうしようもなくなった話〃の続きが気になっている。

聞けるだろうかと、あちらとこちらを隔《へだ》てる檻を避けるように身体を傾けてリゼルを窺った。自らの鈍色の髪が頬にかかり、鬱陶しく思いながら首を振る。

「君の髪は固そうですね」

目に入ると痛そうだと、可笑しそうに笑われて頷いた。実際にチクチクする。

「貴方、柔らかい？」

「俺ですか？　普通ですよ」

話に聞く冒険者のイメージと全く結びつかない整った指先が、首筋をなぞるように髪を梳く動きを目で追った。指に絡む髪はどう見ても柔らかそうで、触ってみたいと何となく思う。

そして唐突に気付いた。リゼルが檻へと近付いて座る時には、いつだって手を伸ばしても触れられない距離があった事を。

「…………」

片手で檻を掴み、ぐいぐいと前後に押したり引いたりしてみる。

どれだけ力を込めようが微動だにしないそれを、男はじっと見た。

「どうしました？　信者さん達に怒られますよ」

「！」

怒られるのは普通に嫌だ。言われる事に傷つきはしないが、それとこれとは別だろう。

何故なら、男は信者達に従わなければいけない。考える必要もない程に当たり前の事なのだから、怒りを買う事は命令を守れなかった事と同義だ。最も避けねばならない事。

彼は納得したように腕を離し、ふとリゼルを見る。澄んだ紫の水晶。牢の中で僅かに色を深めたそれが真っ直ぐに此方を見ているのに、何故だか罪悪感のようなものを抱いて窺うように俯いた。

しかしすぐににこりと微笑まれ、パッと顔を上げる。

「怒る、ない？」

「どうして俺が怒るんですか？」

優しい声に、ならば良かったと胡坐のまま姿勢を正す。

何はともあれ、怒っていないのならば昨日の話の続きが聞けるだろう。聞きたいと言って拒否された事など、本を読んでいる最中を除いて一度もないのだから。

そして口を開きかけた男がピタリと動きを止める。薄ら開いた唇は閉じられ、視線は牢から伸びる薄暗い通路の奥へと向けられた。

「巡回の時間には早いですね」

その動作で信者の訪れを察したらしいリゼルに、男はこくりと頷いた。

話の続きは聞けなそうだと背を向ける。褐色の肌と入れ墨が露わになった背を冷たい檻に預け、誰にも見られる事なくその眉が微かに寄せられたのは無意識だったのだろう。

居心地の良い時間を邪魔された事に対して、初めて自らを従える者達へと抱いた不満。本人も気付かぬ、小さな小さな綻びだった。

牢屋の前に、傲慢そうな男が立ち姿を晒す。

「お前の目論見では助けが来るのは明日……いや、今日の晩か？　残念な事だな、我らの使命はその前に完遂《かんすい》されるのだから」

やはり伝わっているのか、とリゼルは微笑みながら思う。

リゼルと奴隷の男が和気藹々と話しているのは以前からバレていた。信者らも当然、会話の内容を聞き出すだろう。男がわざわざ隠す理由もなく、素直に答えるのは分かりきっていた事だった。

捜索の規模が大きくなる前にと、彼らの計画実行を少しでも早める事ができたならば上出来だ。

それがリゼルが助かる為の、最も早くて確実な方法なのだから。

「そもそも来られる筈もない。我々が幾重にも重ねた隠蔽魔法を見破れる者がいるとは思えないからな」

信者は自信に溢れた笑みを浮かべ、ベッドに座るリゼルを見下ろす。

彼は確かに魔法使いとして優秀だ。それは他の信者も変わらない。

そんな彼らが本気でこの場所を隠しているからこそ、今まで精鋭すらも居場所を見つけられなかったのだから。自信に溢れるのも納得だと感心すらしてみせるリゼルに危機感は一切ない。

こんな厳重な隠蔽魔法を、移動中も保つ事など不可能だ。ならば多少魔法で隠そうが何をしようが、イレヴン達なら見つけられる。人の粗《あら》を探すのが得意な子達だし、と思いながらリゼルは手首を覆う手錠を撫でた。

「檻の仕掛けは消してしまうんでしょう？」

「無理矢理引き摺り出して激痛に鳴くお前を眺めるのも一興だがな……」

男は一瞬だけ奴隷を見て、不快そうに顔を顰めながらリゼルへと視線を戻す。その場合、やらせるのは奴隷の男にという意味だろう。彼以外は檻を通れないのだから当然か。

その言葉にも怯える素振りを見せないリゼルに、信者はだからこそ献上品に相応しいのだと唇を引き上げた。そのまま、わざとらしいまでに残念そうに肩をすくめてみせる。

「私は使命の遂行でこの場を離れなければならない。つまらない事だ」

自身で目の当たりにしなければ意味がないとは、随分と嗜虐的な事だとリゼルは苦笑する。完全に自らのパーティメンバーの事は棚に上げていた。

「それで、檻から出された俺は素直に貴方方について行けば良いんですね」

「物分かりが良いな」

最終的にサルスに連れていかれるのは分かるが、まず何処を目指すのか。

聞いても教えてはもらえないだろうと、平然と告げれば信者から探るような目を向けられる。

しかし従う事に他意《たい》などない。それが最も保身に繋がるだろうと思っているからに過ぎなかった。

裏が欲しいと言うのなら、その程度であっては困るという健気《けなげ》な思いからなのだろう。ならば期待に応えてみせようかと、リゼルは寒さに毛布を胸の前で引き寄せながら視線を返した。

「此処から出さえすれば、俺を探してくれている二人が絶対に見つけてくれるので」

「他力本願《たりきほんがん》か……あまり興醒めさせないでほしいものだ」

「貴方がそれを言いますか？　自らの指示ではないとはいえ、自身の魔法の威信《いしん》を他者に守らせる支配者さんもそうなってしまいますけど」

信者がぴくりと片眉を上げる。リゼルは笑みを深め、さらに言葉を続けた。

「貴方ならこう言いますよね。〝自らが望んでやっている事だ〟」

「……ならばどうした」

「いいえ。それと同じ事、ってだけです」

信者の顔が険しさを増す。

「師と己を同列に語るか！　お前らが、師と我らのようなものだと……ッ」

「まさか。全然違いますよ」

激昂しかける信者を宥めるよう、リゼルは優しく否定した。

確かに傲慢な物言いだっただろう。それは正しく〝支配者が望んだ訳でもないのに信者が彼の為にと動いている〟という意味を持つ。信者達にとっては、それこそが望んだものなのだろう。

だが、リゼルは違う。傲慢だと言うのなら、彼ら以上に傲慢なのだ。

「俺達は全員、やりたい事をやりたいようにやっているだけです」

リゼルは、ジルやイレヴンが自分を助け出したいと思っている事を知っている。それが、リゼルの為でも何でもなく、彼ら自身の望みである事も。

「誰かの為だなんて考えて動いてはいません」

ジル達はいつでも自らの意思で選んで動いている。

自らの意思で互いに利益があるよう考えている。自らの意思でリゼルを求めている。そこにあるのは信者達のような妄信《もうしん》による奉仕《ほうし》ではなく、ただただ強烈な自己に過ぎない。

それでも、その行動はいつだって優しい。リゼルはいつだって感謝している。ただし二人の中で自己完結している事なので、礼を言うと非常に嫌がられるのだが。

「もちろん助けようとしてくれる事には心から感謝しています。その上で言うなら、正直ジル達に俺の意思ってあんまり関係なくて」

「どういう事だ……」

リゼルは苦笑し、しかし愛おしげに告げた。

「俺がサルスに行ったほうが良い状況でも、サルスに行かないと危険な状況だって、きっと彼らは俺を取り戻すっていう事です」

同じ状況になれば俺も同じ事をしますけど、と平然と告げるリゼルに信者が歪な笑みを浮かべる。何と自己中心的で醜悪《しゅうあく》な関係か、それと比べて己と師の何と尊い関係かと。

自身を他者に捧げる幸福を知らないのだと信者は嗤《わら》う。我欲《がよく》をなくし、ただ師の願いこそが自らの願いとなり、その願いを叶える欲こそが最も崇高であると、彼は彼で己の信念を譲る気などないのだから。

「お前が師の真の威光《いこう》を目の当たりにし、平伏する姿を早く見たいものだ」

「多分見られないと思いますけど」

「何、心配はない……サルスへの道中、時間はある。俺が師に仕える喜びを教え込んでやろう」

誰かに仕える喜びならば知っている。

リゼルは口には出さずに目を伏せた。それを了承ととったのか反抗ととったのか、満足げな信者がふいに手元に視線を落とした。その手首に巻かれたのは腕時計、流石は魔法大国でそれなりの成績を残している魔法使いだけあって、それなりの資金は持っているのだろう。ほとんどが、敬愛する師の為に使われるのだろうが。

「じき時間か。師の魔法が他の使役《しえき》魔法を蹂躙《じゅうりん》する光景を見せられないのは遺憾《いかん》だが……」

彼らの使命が遂行される瞬間が近付いているのだろう。

笑みを消した男が文字盤を見る為に上げていた腕を下ろし、リゼルは自分もそろそろ移動かと毛布を肩から落とす。流石にこれを巻き付けたまま移動させてはもらえないだろう。

せめて上着ぐらいは返してもらえないだろうか。そんな事を思いながら顔を上げれば、ふいに信者の男が怪訝《けげん》そうに眉を寄せた。

「それは……魔石か」

リゼルは微笑みを崩さない。

「ピアスですか？　そうですね、二つとも」

「一応それも預からせてもらう。こいつの手に乗せろ」

「別に今でも全然反応しないんですけど」

「一応、と言っている」

信者は本当に、ふと気付いただけなのだろう。

手錠のお陰で魔石としての機能が全くなくなっている事は彼も知っている。告げる声は事務的で、何の他意も含まない。

リゼルは笑みをそのままに、毛布を握る手に微かに力を込めた。これ以上反論はできない。渡したくないと告げれば、余計に何かあるのかと勘繰られて力づくで奪われる。正解は恐らく一度渡してしまう事だ。捨てられる事はないだろう。後で救出される時にでも回収すれば良い。

奴隷の男が立ち上がり、此方を振り返った。入れ墨の刻まれた褐色の腕が檻の中に差し込まれる。

「壊れると、魔力溜まりになっちゃうかもしれません」

「これが握っていれば問題ない。早くしろ、手錠が邪魔か？」

恐らく、ピアスをくれた自らの王は渡してしまえと言うだろう。

壊されるというなら何があろうと拒否するが、そうではないのだから。渡すか渡すまいか悩んでいる事すら一笑《いっしょう》に付《ふ》される筈だ。

リゼルは手錠に繋がれた手を持ち上げ、ゆっくりと髪を耳に掛ける。露わになったピアスの裏側にあるキャッチを指先でなぞれば、もはや指は動かなかった。

「嫌、です」

困ったような笑みは何処までも清廉で、何処か儚く、誰もが手を伸ばしにくいそれに信者は狂喜した。目を見開き、満面の嗜虐的な笑みで咄嗟に叫ぶ。

「奪え!!」

信者の持つ鍵の束、その内の一本により牢の扉が大きく開かれた。

命令に反応したのは奴隷の男。彼は初めて見るリゼルの表情に、自身でも理解できぬ程に狼狽《ろうばい》しながらも檻の中へと飛び込んだ。まるで獣が襲いかかるように、ベッドに座るリゼルへと飛びかかる。

「ッ」

リゼルは両手で肩を押さえつけられ、ベッドへと縫いとめられた。

覆いかぶさるように此方を見下ろす奴隷の男を見上げ、咄嗟に引き剥がそうと拘束された両手で彼の胸を押す。二人の間で鎖が音を立てて揺れた。

しかし体勢は元より力が違いすぎる。リゼルが爪を立てようが傷一つ付かず、きっと目の前の褐色の首を締めようと意味などない。抜け出そうと動かした足は、容易にシーツへ縫い止められてしまった。

「それ、貰うッ」

「、いけません」

「貰う……ッ早く、寄越せ!!」

いつか奴隷の男は言っていた。

リゼルを誘拐する時、抵抗するようなら多少痛めつけても良いという指示があったと。その命令は今も継続しているのだろう、真下から見える男の顔は酷く焦燥に染まっている。

リゼルの両手が押す胸からは激しい鼓動《こどう》が伝わってきた。小刻みな呼吸は、いっそ哀れな程に苦しそうに喘《あえ》いでいる。傷つけたくないと、そう思ってくれる程度には懐いてくれたのだろう。彼が問答無用でピアスを奪おうとすれば、既に耳を傷つけながらも奪われているのだから。

「(時間が、足りない)」

リゼルは細く息をしながら思った。

理想は完全に引き込んで脱出の手助けを得る事だったが、二日三日ではやはり不可能だ。彼に命令を下しているのは何年か十何年か、ただ従う事を義務づけた者達なのだから。

今、彼を説得して引かせるのは不可能。肩を押さえる手が徐々に力を増してくる。

「、……ッ」

肩が痛い。力を込めた身体中が痛い。奴隷の男に釣られるように息が上がる。

押しのけようと伸ばした手が震える。愉悦に染まる信者の笑い声が牢に響く。思考が纏まらない。頭が痛い。こんな時にと、もどかしさに手に力が籠もる。

耳へと伸ばされた手に微かに顔を背ける事しかできず、それも口元を覆うように掌で固定されてしまった。ずるりと、力の入らなくなった両手が男の胸元から崩れ落ちる。

「ん、ぅ……」

リゼルの手が、もう力など入らない癖に拒むように男の手へと触れた。

それは、何かを願うように。大切なものなのに、と奴隷の男は奥歯を噛み締める。何も持たず、それが自然で、しかし入れ墨だけは不思議と貶されると嫌な気持ちになって、恐らく大切なのだろう自らを証明する唯一を微笑んで肯定してくれた人。その大切な物を、奪おうとしている。

だが奴隷の男は、他の方法なんて知らなかった。命令されたらやらなければいけない。これが、彼に与えられた世界の全て。

「ごめん、なさい」

彼は喉を振り絞り、か細い声でそれだけを告げてリゼルの耳へと触れた。

覚えのない感情に頭の中をぐちゃぐちゃに掻き回されながら、ピアスに指をかける。口を押さえつけた手に触れる指先は酷く熱い。それが爪を立て、掌に触れる唇が何かを呟いて動いたのに気付いた瞬間。


『誰のモンに手ぇ出してやがる』

抑えきれぬ怒りを孕んだ獰猛な笑みを、見た。


ドンッ、と国を揺るがす程の魔力の奔流《ほんりゅう》にジルとイレヴンは別の場所に居ながらも、弾かれたように同時に駆け出していた。

実際に揺れたのか、揺れたように感じたのかなど分からない。分かるのは衝撃波のように空気を震わせた圧倒的なまでの魔力。純粋な恐怖を通り越し、畏敬《いけい》の念を抱かせるそれは常人のものではなく、エルフのような異質なものでもない。人のもので在りながら人を平伏させるもの。

二人はそれを感じた事などないが、それを可能とする存在は知っていた。彼らが求める唯一が、絶対的な忠誠を誓う王のものだという確信があった。

何があったのかと切羽詰まる傍ら、連れていくなと懇願する思考を無理矢理抑え込み、二人は今はただ早く会わなければと地を蹴った。

膨大な魔力の衝撃に、何の影響もない筈の奴隷の男が跳ねるように身を起こす。その身体はどうする事もできず震えていた。一瞬見えた気がした、心臓を直に鷲掴みにされるような笑みは何処にもない。

当たり前だ。三人しか居ない筈だ。しかし脳裏に刻まれた畏怖が、気の所為だと思う事を許さない。

「な、何……何だ今の魔力は‼　有り得ない、あんな、あんなものが……ッ」

牢の向こう側では信者の男が叫んでいる。

全てを力尽くで薙ぎ払う。それが許されると信じさせる程の威圧的で支配的な魔力に、信者は吹き飛ばされて叩きつけられた壁に身を寄せながら立ち上がっていた。

彼には分かった。檻に張り巡らされた不可侵の魔法も、この地下通路の入口を隠していた隠蔽魔法も、その他の魔法も全てが圧倒的な魔力を前に消失したのを。人間業ではなかった。

普段ならば師のほうが素晴らしいと傲慢に笑う彼が、敬愛する師の存在を忘れる程に狼狽していた。

「ぁ……」

発狂するように叫ぶ信者の声が、牢の中からは何故か遠い。

奴隷の男は、呆然と組み敷いていたリゼルを見下ろした。恐怖に震える身体で浅い息を繰り返すその瞳は、まるで縋るように横たわるリゼルを映し続ける。

同様に揺れる視界は狭い。彷徨わせれば、眼下で露わになった喉からシーツへと散らばる細い髪へ、そして触れた瞬間に光ったようにみえたピアスを経由し、色素の薄いまつ毛に縁どられた閉じられた瞳へ。

「う、ぅ……」

喉の奥でうめくような声を洩《も》らし、彼はリゼルの顔を跨ぐように両手を付いた。

ぐっとシーツを握り締める。同時に、閉じられていた紫の瞳がゆっくりと開いていった。それが何かを探すように虚空《こくう》を見つめたのは一瞬の事、すぐに真っ直ぐに自身へと向けられた瞳に、男は今にも泣きだしそうな顔をして顔を伏せる。

手錠に結ばれた両手が伸ばされ、男の頬を触れた。びくりと跳ねた肩を慰めるように、優しく頬を包まれる。

「他に方法を知らなくても、貴方のした事を、私は許しません」

ふ、と笑みに緩んだ唇が告げるのは断罪《だんざい》。

奴隷の男は、久しく感じていなかった痛みに耐えるように強く目を閉じた。許さない。当たり前だ。あんなに嫌がってたのに。無理矢理奪おうとした。やらなきゃいけなかった。何で。ぐちゃぐちゃになった感情は有無《うむ》を言わさず薙ぎ払われて、彼にはもう何も分からなかった。

だが、唯一つ。男は頭をゆっくりと下ろし、額をリゼルの胸元へと押し付けた。請うように、祈るように、願うように額を擦りつけ、その唯一つの想いを口にする。

「許す、止めて」

許さないでと、優しさはもういらないからと、それだけが本心だった。

許さないと言われたのだ。わざわざ言う必要はなかった。しかし、言いたかった。それは、男が奴隷と呼ばれるようになってから初めて自身で選んだ意思だったのだから。

それを吐きだした今、彼には何も残らない。今までどおりにも戻れず、何も分からないままに朽《く》ちていくだけだ。

「そう」

言葉とは裏腹に優しい声が、一言そう告げた。

頬に触れる掌が髪をゆっくりと通り、慈しむように頭を撫でるのに甘え、徐々に身体の力を抜いていく。余分なものが全て取り除かれていく感覚は、目の覚めぬ安眠に落ちるようだった。

「おい、何をしている、そいつを連れてこいッ、今の魔力は何だ!!」

男にはもう、信者の命令など聞こえない。

膨大な魔力から叩きこまれた圧倒的な王という指針は、彼の中の長年にわたる刷り込みすらも消し飛ばしていった。支配者や信者らに従う事が、あの存在を知った今となっては意味をなさなかった。

「どこまでも使えない戦奴隷《スレイヴ》めが……ッ」

ガチャガチャと、一度閉めた扉を開こうとする音がする。

混乱と焦燥と苛立ちで焦る信者の手元は、数ある鍵の中から正しいものを選ぶ事もできず、叩きつけられた魔力の影響で震えてさえいた。そんな指を酷使《こくし》し、一つ一つ鍵を鍵穴へと押し付けるように差し込んでいく。鉄と鉄がぶつかり合う不快な音だった。

「貴方のその従順さは、奴隷というより生来の気質が強いんでしょうね」

そんななか、ぽつりと零された声に奴隷の男は閉じていた瞳を薄らと開く。

何故か、リゼルの声だけはよく届いた。触れた額を通して流し込まれるそれが心地良く、もう少し聞いていたいと擦り寄る。

「本当は、選んでこちらに来てもらおうと思っていたけど、時間がないから」

髪を撫でていた手が、促すように耳元へと添えられた。

導かれるままに、永遠にまどろんでいられそうな感覚を惜しみながらも頭を上げる。身体を起こし、再び見下ろした顔は変わらない微笑みを浮かべていた。

ガチャガチャと、背後からけたたましい音が聞こえる。

「何もなくなったなら、今だけ私の奴隷になって」

許されたくないならと、そう囁かれて焦がれるように頷いた。

奴隷は主人に疎《うと》まれるものだと男は今までの経験から知っている。それはつまり、許される事がないという事だ。

望んだ願いが叶えられる喜びに背筋が震え、力の籠もった掌がシーツを掻きむしる。あまりの幸福に浮かぶ笑みを止められず、そのまま見下ろした先のリゼルがゆるりと目を細めたのが見えた。

「でも、支配者さんと同じは嫌だから」

熱を持つ指先が男の目元をなぞる。

まるで刃物のような、髪と同じ鈍色をした瞳にアメジストが映り込んだ。

「〝彼《か》の一族は戦で真価を発揮する。どの国の王にも万の軍より十人のその者らが欲しいと言わしめた〟」

薄らと開かれた唇から語られた一節は、男にも聞き覚えがあった。

それは記憶の始まり。誰かが自分を見下ろして何かの本を読み上げていた。戦になる度に支配されて使われる奴隷の一族だと、そう嘲笑しながら。

聞いた事があると首を振る。聞きたくないと首を振る。しかしリゼルの声は止まない。これだ、これだ、と背後から傲慢な歓喜の声が聞こえた。

「〝襲いくる魔法を喰らい、舞うように己の刃を振るい敵を裂く。戦場そのものを隷属《れいぞく》させかねない最強の一族を、私は畏怖を込めてこう称しよう〟」

続いたのは、聞いた事のない二節。

目を見開いた男へ、リゼルは囁くように命じた。

「私の為に舞いなさい、戦奴隷《ソードダンサー》」

鍵が外れ、扉が押し開かれた。

直後、幾つもの澄んだ音が響く。それは断ち切られた鉄の檻が石畳を跳ねる音、幾重にも重なったそれに、険しい形相で檻へと足を踏み入れようとしていた信者は動きを止めた。

ベッドの上で、奴隷だった男が振り返る。その両脚からは美しく鋭い刃が姿を現し、鈍色に光っていた。

閑話：とある弟子入り志願者曰く

こんにちは、オレはしがない冒険者です。

犬の獣人だからか、周りの冒険者には〝犬〟って呼ばれてます。別に犬って名乗った事ないし、犬の獣人なんて他にもいるのに。他の獣人だったらキレる人もいる呼び方です。

でも冒険者じゃない女の人にも〝ワンコ君〟って呼ばれたりもするし、もう十八になったのに子供っぽくて恥ずかしいけど、正直キレイな女の人にそう呼ばれて構ってもらえるのは満更じゃないです。ごめんなさい。

こんなオレの一日は、狭い宿から始まります。


「！」

目が覚める時は一気です。寝起きは我ながら凄く良いと思います。

二段ベッドの下で頭をぶつけないように起き上がって、クンッと朝の空気を嗅ぎました。昨晩酔って帰ってきた同室者が居たり、そもそも男所帯《じょたい》なので全く良い匂いはしないんですが、それでもその中に少しだけある朝の澄んだ空気が好きです。

寝てる最中にペタンと折れてしまった耳が起き上がっていくのを感じながら、あくびをします。

柔軟《じゅうなん》がてら体を前に倒して、手を目いっぱい前に伸ばすと気持ち良いです。

聞こえるいびきや寝言も慣れたもの。全然気になりません。

オレはパーティを組んでないので、同室者は全員同じような冒険者ばかりです。別に冒険者用の宿じゃないけど、狭い部屋に二段ベッドを三つも並べて、通り道といえば人がすれ違えないぐらい狭いのは、明らかに一般的な冒険者向けの宿なのでやっぱり冒険者ばかりです。

パーティを組んでる人はパーティで一部屋借りたりできるし、金を持ってる上位になると二人部屋とか三人部屋とかを幾つか借りたりしてます。早くそうなりたい。

「よしっ」

小さく呟いて、低い柵《さく》を跨いでベッドから下ります。他の人はまだ寝てるので、なるべく物音を立てないように準備開始です。

ベッドの下に備え付けられてる籠《かご》を、勢い良く引き摺り出します。あ、上の段の人の荷物入れだ。間違えた。そっと戻して、こっちかと隣の籠に手をかけて引き出して、何もなくなってないか軽く荷物チェックをします。

冒険者同士の盗みなんて、バレた時に周りに総スカン食らうしほとんどないけど、ゼロじゃないので一応用心のチェックです。わざわざ盗《と》っていくほど貴重なものなんて持ってないけど。むしろ消耗品とかが一番お金がかかるし盗んでもバレにくいので馬鹿にできません。あと普通に小銭とか。

別に盗まれたことないし、一個二個なくなってても気付かないけど。

「うん」

全部ありました。多分。

ここからは着替えです。貸し出しの寝巻を脱いで、ベッドの上に放ります。寝巻は後で部屋の前にある籠に入れておくと、宿の人が洗っておいてくれます。

インナーから順番に着ていって、でも手足の防具とか武器はまだ着けません。あれ凄く着心地悪いし重くて腰が痛くなるから、身に着けるのは本当に出掛ける直前です。

「防具多いと嵩張《かさば》るなぁ……」

最近、新しく手甲《てっこう》を買った所為かな。

籠から飛び出そうなそれを押し込んで、ベッドの下に戻します。そしてシーツの下に手を突っ込んで、お金の入った布袋を取り出します。

革製のウエストポーチにそれを入れて、腰に巻いて、ようやく準備完了です。今ならまだ宿の食堂も空いてるはず。

「んぐぁ……おう、犬。相変わらず早ぇな」

「はよーっす」

部屋を出ようとすると、同室の一人が二段ベッドの上で起き上がってました。

冒険者の朝は早いので、これから皆どんどん起きてくると思います。欠伸《あくび》をしながら腹をかく相手に小さめに挨拶を返して、適当に上げられた手に見送られて部屋を出ました。

パン焼ける匂いがするから、きっと今日はパンとスープのいつものメニューかな。

洗面台に寄って顔を洗って寝癖を押し潰して、到着した食堂にはまだ五人しかいませんでした。四人席が六つあって、たくさんある宿の中じゃ大きいほうの宿だけど、混んでる時は全然座れないから机なしが当たり前です。椅子だけどっかから持ってくるか、階段に座って食べたりします。

先に居た五人は、やっぱり全員冒険者。眠そうに食べたり美味しそうに食べたりしてます。目が合えば簡単に挨拶するぐらい。朝は依頼の取り合いだから、長々と喋ったりせずにパッパとギルドに行くのが普通です。ただ、やっぱり固定のパーティを組んでないといつ誰と組むか分からないし、オレも挨拶だけはちゃんとします。

「はよーっす」

「うん、おはよう」

この食堂は、台所とカウンターで仕切られている作りです。

覗き込みながら挨拶すると、忙しそうながらもパッとこっちを見て挨拶が返ってきました。これが物凄い混んでる時だと半分怒鳴ってるみたいな挨拶が来るけど、その時はこっちも食事にありつこうと必死だから気にしないです。

すぐに朝食の乗ったトレーが渡されて、いそいそと空いてる席につきました。相席はいつもの事なので互いに特に何も言いません。

メニューは予想どおり、具だくさんのスープとちょっと硬いパン。後は剥いてないゆで卵が一つと、ココヤシのミルク。アスタルニアの定番朝食メニューです。毎日そうだけど。

スープには大きい芋《いも》がごろごろ入ってて、スプーンに乗せて一口で頬張るとトロトロに溶けた表面と、中のほくほくがとても美味しいです。そして熱い。

後は玉ねぎだったり、人参だったり、どれもでかいけど美味しいです。厚めに切られたベーコンはいつも一切れ、毎回そうだし誰のを見てもそうだから決まってるんだと思います。ちくしょう。

塩コショウだけの味付けだけど、具から染み出した味もあって美味しくて、パンとスープを思うままに掻きこみました。少し失敗しながらゆで卵も剥いて綺麗に完食。おかわりするとプラス銅貨一枚なので我慢します。

「ごっさんでしたー」

「はいはい」

食べ終わる頃には少しずつ人も増えてきて、トレーを返しにいくと忙しそうに返事されました。ちなみにトレーを放置すると凄く怒られて翌日の朝食抜かれます。

食堂を出ると、顔見知りの冒険者が前から歩いてきたので挨拶しました。

「おう、犬。今日もギルドか」

「そッスよ、宿の払い日近いんで」

「あー、それなぁ……お前、この前でけぇの当てたとか言ってなかったか」

「手甲新調したら飛んでったッス」

爆笑されながら勢い良く背中を叩かれて、ちょっと食べたものが出そうになりました。

金を惜しむ奴は冒険者じゃないなんて言葉もあるくらい、この程度の事は冒険者の中ではよくある事です。そんなに笑わなくても良いのに。

ちょっと奮発《ふんぱつ》して良い手甲を買ったので、頑張って稼がなきゃいけません。

「って事で、どうッスか！」

「悪ィな、今日は手ぇ足りてんだ」

笑いながら食堂に入っていく相手に、駄目かと耳の根元を掻きながら部屋に戻ります。

ソロ冒険者は売り込みが命。今の人は固定のパーティがあって、でも三人パーティなので手が足りなかったりした時に何回か呼ばれた事がありました。

やっぱりリーダーが決定権を持つパーティってなると、信頼関係とか色々あるみたいです。少数パーティっていうのも結構あって、依頼を受ける時にそういうパーティ同士で組んだりするし、オレみたいなソロを入れたりして人数を揃えます。

なので交ぜてもらえないかと思ったけど無理でした。別にそんなに期待してなかったので残念でもないけど。ないったらない。

部屋に戻って、全部の装備を身に着けて、昼食用に非常食の入った袋を腰にぶらさげました。冒険者の間で非常食といえば、冒険者御用達の一粒一食分の栄養が詰まった木の実のことです。

大きめの飴玉《あめだま》ぐらいの大きさで、殻《から》の中には硬めのバターみたいな実が詰まってます。とにかく美味しくないです。でも殻ごと噛み潰せるから魔物の多い迷宮内では必須だし、今日も何の依頼になるか分からないから一応持って行きます。

ちなみにお値段はそこそこします。数個しか持っていかないのは一粒がそれなりに重い所為もあるけど、大量に買えない所為でもあります。

空間魔法付きのポーチとか夢だよなぁ……値段的に全く縁がないし、何処に売ってるのかも分かんないけど。


「おう、いつも早いな」

「はよーっす」

ギルドに着くと、取り敢えず自分のランクと一個上の依頼に目を通します。

ギルド職員のオヤジが声をかけてくるのに片手を上げて、まだ冒険者が少ない所為で暇をしてる相手に近付きました。オレも一人じゃどうにもならないので、メンバー募集待ちです。

自分で依頼を持って募集をかけても良いけど、どっちにしろ人が増えてこないとどうにもなりません。募集をかけた人がリーダーになるのが暗黙の了解だし、オレあんまりリーダーに向いてないし。

「どうだ、良い依頼はあったか？」

「あん中じゃナイフバットか緋色蝶《ひいろちょう》が相性良いッスね！」

俺が今使ってるのは短剣です。

スピード重視な戦い方なので、小さくて速いのと相性マル。最初の頃使ってたのはナイフで、これからは片手剣とか練習して、最後には大剣とかを振れるようになりたいと思ってます。

まだ重い剣は振れないから、どんどん鍛えてやります。筋トレも毎日やってます。

「ナイフバットなぁ、そういや前に一刀達が受けてたか」

尻尾が思わず持ち上がって、ブンブン揺れました。

「……てめぇは相変わらず一刀が好きだな」

「だって憧れるじゃないッスか！」

そう、何で大剣を使いたいかっていうと、一刀が使ってるからです。

冒険者になった二年前から、噂だけは聞いてました。でも確かな憧れになったのはつい最近です。

その日組んでいた仲間と森で逸《はぐ》れて、一人じゃ敵わない魔物に襲われて、今にも殺されるって時に現れた黒い影が一撃で魔物を倒した時の、多分ギリギリ見えたような気もする太刀筋があまりにも荒々しくて綺麗で憧れました。

ちなみにその後、魔物の断末魔《だんまつま》を聞いた仲間とはしっかり合流できました。そんで倒れてる魔物の素材をちゃっかり回収してオレ多めで山分けしました。ごめんなさい。

「まぁ一刀にとっては、通り道で襲いかかってきた魔物斬っただけっぽいんスけど」

「最近奴らのこと分かってきたうえで言うけどどな、そりゃそうだろ」

一刀がやってきた方向から去っていった方向まで、オレの前を通過するルートはぶれもせず一直線でした。俺のこと庇《かば》ってくれた訳じゃ決してないけど気にしない。ぶんぶんと揺れる尻尾が尻にぶつかってるけど、止めようとしても止まらないのでそのままにします。

そんな事を話している間に、ギルドにも人が溢れてきました。

ギルドのオヤジとの話を切り上げて、さてどうしようかと周りを見回します。依頼は早い者勝ちなので、依頼ボードの前でちっさな喧嘩が起きてたり、そこからさっさと抜け出して受付が空いてる内にと手続きするリーダーの姿もあります。

俺が探してるのはメンバー募集の声です。全くのソロ同士で集まると、連携とか報酬分ける時とかに揉める事が多いので、後《あと》一歩攻撃力が欲しいパーティとかに潜り込めるのが理想かな。

普段から立ってる耳を、さらにピンと伸ばして耳を澄ましました。朝一だけあって仲間集めの声がそこかしこから聞こえます。

「〝孤島《ことう》の迷宮〟の地図って幾ら？」

「赤ゴーレムぶっ壊せる奴が……えー、どうするよ……なら後二人！」

「お前ってそこそこ魔力あったよな？　魔道具使う依頼あんだけどさ」

「緋色蝶の鱗粉《りんぷん》採取ー。すばしっこいの得意な奴ー」

あ、良い感じの発見。

「はいはいはい！　緋色蝶得意！」

「ハイ決定」

ランクも同じCだったし、すんなり決まって良かったです。

入れてもらったのは三人組パーティで、プラスしてオレの四人。普通だったら後一人ぐらいは欲しいけど、小型の緋色蝶だと逆に手持無沙汰《てもちぶさた》になる人が出てきて報酬が割に合わなくなるので丁度良いです。

アスタルニアは冒険者の出入りが少ないから、大体の冒険者は見覚えがあります。俺は半年ぐらい前に来て、この人達はその頃にはもう居た筈です。全然覚えてないけど。

「あ、穏やかさんじゃん」

「マジだ」

「え？」

三人の内の一人、リーダーさんが依頼受諾《じゅだく》の手続きに行ってる間に話してると、ふと皆の視線が扉へ向きました。

最近は、よくこういう事があります。誰か入ってきたら、そりゃ見る人もいるけど大抵はスルーなのに、とある人達が入ってくると全員でそっちを見ます。

「今日は三人だな」

「ならランク高めんとこ行くんかね」

今日パーティを組む二人も、そっちを眺めて話してました。

あの三人がこれだけ視線を引くのは、やっぱり存在感があるからだと思ってます。空気というか雰囲気というか、勿論見た目もあるんですけど、そうじゃなくて……オーラ？

三人より年上もたくさんいるのに大人っぽいっていうか、余裕がある感じです。冒険者なんて子供ばっかり、なんて女の人から聞いたこともあるのに。それに加えて、何かこう、変則的っていうか。次の瞬間に何をするか分からないトリッキーな感じが余計に目を引くんだと思います。

依頼ボードの前で話し合う三人の会話はよく聞こえないけど、大人な話をしてるんだろうなぁ。

「お前すげぇ尻尾揺れてんな」

「何、誰？　穏やかさん？　あー、一刀か」

じっと眺めてたら、知らない間に尻尾が揺れてたみたいです。

視線を追われて、誰を見てるのか気付かれました。

「一刀に憧れてる奴って多いよなぁ」

「逆じゃん？　気に入らねぇ奴のが多そう」

「あーね」

ちょっとムッとして尻尾が止まったけど、本当のことなので反論もできません。

別にこの人達が一刀のこと嫌いって訳じゃないみたいだし。けど同業で優秀で目立つとか、やっぱり気に入らない人もいるみたいです。一刀がSランクとかだったら違ったかもしれないけど、Bだし。冒険者なんて実力第一なんだから別に良いのに。

「ジル、この依頼は？」

「その迷宮すげぇ遠い」

「なら止めておきます」

それにしても穏やかさん（普段は名前なんてなくても通じるから、特に決まった名前で呼んでないけど二人に合わせます）はいつもメンバーにお伺いを立てます。

パーティリーダーの立場が弱いとそういう風になるみたいだけど、穏やかさんの立場が弱いとかは外から見てても全くないので、ひたすら不思議です。一刀相手に凄い。そこに違和感がないのが本当に凄い。

「オレも一刀に話しかけてみたい……！」

「マジか、すっげぇチャレンジャー。俺ムリ」

「俺も。あ、でも穏やかさんと一緒の時ならイケるかも」

確かに一人でいる時の一刀は近寄りがたいけど、そこが格好良いのに。

そんな一刀の隣に並んでるのってどんな気分なんだろう。優越感凄いんだろうなと思います。穏やかさんからそんなの感じた事ないけど。

「せめて挨拶を交わすようになるだけでも良いです！　返事欲しい！」

「その最低限の壁がどんだけ高いと思ってんかなコイツ」

「もういっそ弟子入りしろ弟子入り」

弟子入り！

投げやりみたいに言われたけど、目から鱗です。あの太刀筋を近くで見れるどころか、自分のものにできるかもしれないなんて、魅力が図り知れません。

でも難しいだろうなぁ。弟子入りできる程の腕なのかっていうより前の問題だろうなぁ。でも弟子入り凄くしたい。

「つーかウチのリーダー遅くね？」

「鱗粉採取用の道具すげぇ値切ってんのウチのっぽくね？」

「マジだ。他人のフリしてよ」

弟子入りかぁ。

迷宮を進むこと暫く。

今回入れてもらったパーティは、パーティを組んでるだけあって戦闘も安定していて、でも罠とかはちょっと苦手みたいでした。何個か事前に発見した時には褒められました。

そしてようやく見つけた緋色蝶は、蝶々にしては大きいけど魔物にしては小さいです。羽を広げて五十センチくらい。

「犬、上！」

「はい！」

緋色蝶はまず足を全部斬り落とさないといけません。ギザギザの刃物みたいな足先は、しがみ付かれると容赦なく肉を抉られて凄く痛いです。手甲買っといて良かった。

「二匹同時に相手すんのはキツいッス！」

「儲《もう》けが倍って考えろ」

「元気出ました！　あざっす！」

口からは変な粘液《ねんえき》を吐いてきて、それが体に付くと大変です。

この粘液に緋色蝶の鱗粉がつくと爆発します。鱗粉は赤くてキラキラしてるけどほとんど目に見えないので、上から降ってくるといまいち避けようがありません。だからとにかく粘液だけは避けます。避けたやつが地面にベチャッてなって、それに鱗粉が触っても爆発するので足元も注意しなきゃいけません。

その上で、上空からの攻撃が来るので流石はCランクの魔物です。手強い。

「あ、向こうにスライムっぽいの居るかも」

「マジか。音に釣られるとこっち来んな……ハイこっちー、場所移動すんぞ！」

　スライムって苦手です。助かります。

「足全滅、触角《しょっかく》とって目ぇ潰した！」

「良っし、とっとと口縛んぞ」

　場所を移動してすぐに、二手に分かれてた向こうのほうが準備できたようです。緋色蝶は生きたままじゃないと鱗粉がとれないので、できる限り無力化します。

　触角を斬っちゃうとふらふらになるし、目も潰すともうこっちを感知できません。こうなると手当たり次第に粘液をまき散らして面倒なので、その前に足を全滅させておいてすぐ捕獲できるようにしておくのが定石《じょうせき》です。

　捕獲してすぐ、針金みたいな感触の口をぎゅっと結んでしまいます。こうすると粘液を吐き出せません。

「一人はそのまま押さえてろよ。もう一人はこっちサポート！」

「ヘイお待たせ」

　一人助っ人に来てくれました。

　こっちも足は全滅させてるけど、油断は禁物です。必死な魔物にオレも何とか触角を斬り落とします。すると、不規則に暴れ回る緋色蝶の目を二人がどうにか潰してくれました。

　そのまま胴体と頭を上から押さえつけてくれている間に、硬い口を何とか結びます。これ実はあんまり好きじゃないんです。手の中でビクついて、いかにも虫に触ってる感。粘液つきそうだし、手袋してなきゃ手が切れそうです。

「良し、じゃあ鱗粉とるぞ。一人は見張り、二人は一匹ずつ固定、一人は針刺し」

「オレ針刺すのやりたいッス！　やったことないんで！」

「お前不器用そうだもんな」

「器用には見えんよな」

勢い良く手を上げたらボロクソ言われました。そのとおりだけど。

「まぁ良いんじゃん？　今んとこ魔物出んし」

「だな。失敗だけはすんなよ」

「あざっす！」

こういう所も、パーティを組んでる人達に交ざりたい理由の一つです。

ソロの人達もそれぞれ色んな知識は持ってるけど、どうしても報酬を分ける時に誰が何を担当したかで変わってきちゃうので、自分だけが持ってる技術を大切にして教えてくれません。

でもパーティの人達は余裕があれば教えてくれます。勿論そんな余裕なんてない時のほうが多いし、そういうの嫌がる人も多いけど。

「ハイじゃあ革敷いてー」

「はい！」

鱗粉を採取する為に、魔物の下に薄い革を敷きます。

針とセットでギルドから貸し出されてるやつで、とにかく丈夫で柔軟です。押さえつけてる魔物の下にズリズリと潜り込ませて、できるだけ多くの鱗粉を受けられるように調整します。

「一匹につき三本な。まずそこ、羽の付け根から頭の下通るように肉ん中ぶっ刺して」

「はい！」

「周囲異常なーし」

「俺もう一匹やっちゃうわ、針ちょうだい」

オレはまだ押さえててもらわないとできないけど、慣れると一人でできるみたいです。

言われたとおりに針を刺して、「もうちょい奥」とか「もうちょい左」とか言われながら頭と胴体の境目を通していきます。それと左右対称になるように、もう一本。

成程、頭の付け根で交差《こうさ》するように針を刺すと、頭から胴体までが固定されて暴れにくくなるみたいです。やってるのを見たことはあるけど、実際やるとよく分かります。

「そんで後は尻んトコ。先すぎると千切って暴れるから、この模様の真ん中ぐらいを」

「ここですか！」

「そう、そこ。お前声に気合い出さんで良いよ、でかい」

「さーせん！」

出ちゃうから仕方ないと思います。

「遠くに碧色蝶ー。気付いてないから異常なーし」

「で、そこ真上から針の根元までブスッと」

「はい！」

緋色蝶の身体を貫いて、敷いてある革も貫けば、土の地面に刺さっていく感触がしました。さっきから思ってたけど、緋色蝶って意外と硬い感触です。結構力がいります。

「で、後は放置」

「あざっす！」

かいた汗を手で拭いながら立ち上がって、床に磔《はりつけ》にされた魔物を見下ろしました。

頭から尻まで、一直線に固定された緋色蝶は力を込めるようにわずかに身じろぐだけです。羽だけがフワサ、フワサと動いていて鱗粉を散らしています。

でも本当にちょっとずつです。ドサッて採れないのかな。

「ハイ、こっちも終了ー」

「お疲れー」

「飯でも食って待つか」

「あ、オレ見張り代わります。非常食だし」

腰の袋から一つだけ木の実を取り出して、口の中に放りながら立候補します。

パーティの人達は最初から緋色蝶の依頼を受けようと思ってたみたいで、お握りを持って来てました。空き時間が出るような依頼の時は、こういうしっかりした昼食を持ってくる冒険者も多いです。ちなみにオレはお握り嫌いです。パラパラで食べにくいのが嫌。

とはいえ、いつ魔物に襲われるか分からない迷宮内。見張りと休憩を交互にとったりして気は抜けません。パーティの人達も流石に休憩がてら座ってるけど、武器は手元にあるし、すぐに動ける座り方です。

「鱗粉ってもっと一気に採れないんスかね」

「方法としてはあんだよな、がっつり採れんの」

「えっ⁉」

ならやれば良いのにと思うけど、難しいんでしょうか。

「つっても実際やってる奴なんか見た事ねぇし」

「ようは滅茶苦茶に羽動かさせりゃ良いんだよ。俺らみたいに必要な場所潰さないで、そのまま鷲摑む」

それができたら苦労しないと思います。

飛び回ってるから逃げられるし、そもそも手を近付けただけで足にガリガリ抉られるし、粘液食らった直後に鱗粉がついて爆発なんてのもあるし、運よく捕まえたとしても暴れ回る魔物の口を縛るなんてまず無理です。

でも、できたら凄くたくさんの鱗粉が採れるだろうなと思います。どうやって集めるんだろ。

「全身鎧の奴しかできねぇんじゃねぇの？」

「全身鎧は飛びまわる緋色蝶捕まえらんねぇよ」

「なんという矛盾」

「つーか話の出所ドコよ」

そんな事を話している間に、パーティの人達はペロリとお握りを食べ終わりました。

一人が見張りを代わってくれたので、お言葉に甘えます。ふぅっと息を吐きながら座ると脚のダルさが凄いです。動いてると気付かなかったけど。

こういうのが戦闘とかに影響してきちゃうので、とれる時に休憩はとります。

「まだまだかかりそうッスね」

「魔物が寄ってこなけりゃ良いけどな」

「近くで暴れられると飛んでくからなぁ」

緋色蝶が完全に力尽きるまで鱗粉を集めるので、しばらくこの場を動けそうにありません。


その後、待っている間に一度魔物に襲われてちょっと飛んでったりもしましたが、何とか無事に鱗粉を集めることができました。

魔物の下に敷いてある革は、真ん中に切れ目が入っています。そこを下にして折りたたむと集めた鱗粉がサラサラと出てくるようになっているので瓶に詰め替えます。

そのまますぐに迷宮を出て、馬車に乗ってギルドまで帰って、報酬を貰えば依頼完了です。

「ハイお疲れさん」

「も、もうちょっと……！」

「鱗粉採取の授業料は引いといたから無ー理ー」

この金額交渉って、凄く苦手。

それから暫く経ちました。

早めに依頼が終わったぞ、と揺れる尻尾をそのままにギルドの扉を潜った直後、もう本能的としか言えないほどに瞬時に尻尾が丸まります。股の間に潜り込んだそれを自覚しないまま、視線は誰かと話し合っている穏やかさんから離れませんでした。

いつも穏やかで、微笑んでて、凄く優しそうな人なのに、何か違って。でも見る限りは何も変わらないけど、でも怖いっていうか……いや、怖くはないのかな、何て言ったら良いのかもう分かんない。

「一刀が君に相応しくないとは言わない……ッ今の君を見れば、そう思うよ」

あれは確か、アスタルニアに数組いるAランクの人達です。

今話してる人は、色んな意味で正直って印象でした。別にオレは話したことないけど、正直って良いことばかりじゃないんだなってあの人を見てて思ったことがあります。

でも実力はAランク相応で、オレではまだ全然敵いません。実力者ばかりのパーティです。

「そうだ、やっぱりそうだ！　分からないかい？　君が、一刀に相応しくないだけなんだ！」

絡んでる？　引き抜き？　一刀と同じパーティってだけで穏やかさんが絡まれてたって噂も聞いたことがあります。どうしよう。

穏やかさんは何も言いません。微笑んでるだけです。けどオレはもう、完全に穏やかさんの空気に呑まれて一歩も動けません。冒険者同士の喧嘩なんて普段なら囃《はや》したてるのに、誰も何も言わないから、全員そうなのかも。

そんな風に、扉を開けた姿勢のままで呆然と成り行きを眺めるしかなくなってると、ふいに後ろから声が掛けられました。

「どけ」

もう反射でした。今度は完全に恐怖で耳までへたりました。

扉の前から目標もつけずに飛び退くと、盛大に誰かにぶつかったけど相手も怒鳴るどころじゃないです。ゆっくりでもない、でもゆったりとした強者の足取りで渦中へと歩み寄る黒い影から目が離せません。

「だってそうだろ、君が居たところで」

一刀が、何かを取り出して問題のテーブルの上へと置きました。Aランクの声が途切れて、一瞬だけギルドがシンとします。

穏やかさんがその何かを嬉しそうに手に取って、その姿を一刀が見下ろしながら肩に触れて遠ざけてあげて、次の瞬間に反対の手がAランクの頭を鷲摑んでテーブルへと叩きつけました。思わずビクッとしてしまいます。

テーブルは完全に真っ二つです。人の頭って木より硬いんだと初めて知った瞬間でした。

その後、リーダーの仇《かたき》とばかりに残りのメンバーが襲いかかったけど滅茶苦茶返り討ちにされてました。一刀凄い。Aランク相手に瞬殺だった凄い。

幾ら迷宮品でも、剣を叩き斬るなんて普通はできません。でも一刀は斬る。凄い。相変わらず荒々しくて美しい太刀筋に、剣を断ち切る程の技量に、相手の全てをねじ伏せる力に凄く憧れます。目が離せない攻防はすぐに終わってしまって、茫然《ぼうぜん》としていました。もっと見たいっていう気持ちが止まらなくてどうしよう。そわそわします。

「つうか穏やかさん……ハッ、穏やか様がリーダーっての改めて納得したわ」

ふいに聞こえた声にパッと顔を上げると、緋色蝶の時に組んだパーティの姿が見えました。テーブルにめり込んだままのAランクを見下ろしながら何か話してます。

でもその時、頭を支配していたのは、彼らと一緒に依頼を受けた日にその人から言われた一言でした。

『もういっそ弟子入りしろ弟子入り』

何かもう、溢れ出た衝動が止まりませんでした。

色々と極限状態。穏やか様の空気に呑まれて、一刀の恐怖で混乱して、憧れを目の当たりにした激しい動悸《どうき》と、訳が分からないまま上がったテンションが全く収まりません。弾かれるようにギルドを出ようとする一刀の前に転がり出て、心のままに叫びました。

「今の戦い凄かったです！　俺を一番弟子にしてください！　お願いしゃす！」

ギルドの空気が凍ったことだけは分かりました。

「あ？　あいつ確か……マジか、本当に行った」

「勢いって凄ぇなぁ」

ピンと伸びた耳が小さく震えながら、いつにも増して周りの音を拾います。何か言われてるけど全神経を目の前の二人に向けてると何も頭に入ってきません。

パチリと目を瞬かせた穏やか様が、隣の一刀を笑顔で見ます。でも一刀はその笑みに呆れたような視線を返すだけで、何も言わずにそのままギルドを出てってしまいました。

穏やか様が、すれ違い様にちょっと苦笑を向けてくれます。そのまま去っていく二人を見送って、真上を向いていた耳も尻尾も、気が抜けるように下がっていきました。

その後は、他の冒険者達に「ナイスファイト！」って言われながら滅茶苦茶どつかれました。別に本当に弟子にしてもらえるとは思ってなかったけど、抑えきれなかったんだから仕方ないと思います。

それからさらに何日か経ったギルドでのことです。

昨日の夜は依頼に同行したメンバーで飲み明かしたので、流石に朝はいつもどおりの時間に起きれませんでした。今日はギルドに行くのを止めておこうかと思ったけど、軽めの依頼で良いのがあればラッキーぐらいの気持ちで来ました。

でも売れ残ってる依頼の中にピンと来るものはないし、一人でできそうな低ランク受けるのも恥ずかしいし、今日は買い出しでもしようかと椅子に座ってテーブルに懐いています。そんな風に冒険者達を眺めてる時でした。

扉が開く音と一緒に視線がそっちに集まる、最近では見慣れた光景にオレも思わず身体を起こします。

そこには穏やかさんが一人、すっとギルド内を見渡していました。

よく見るなって思ったけど、そういえばギルドに来る度に顔を見る冒険者なんて他にもたくさんいます。目立つ人だから印象に残りやすいのかな。むしろ穏やかさんって冒険者にしてみればギルド来ないほうだし。

すっとした姿勢は気負いがなくて、指先の動き一つとっても品が良くて、冒険者だって知ってる今でも正直信じられません。

「あ」

「げっ」

穏やかさんが依頼ボードへと行こうとして、何かを見つけたような笑顔を浮かべました。

それに対して引き攣ったような声を上げたのは、依頼の受付待ちをしてた一人の冒険者です。ちょくちょく見るけど、あの人誰だっけ。組んだこともないし名前が分かりません。

近付く穏やかさんに、順番待ちの彼は逃げ場がありませんでした。

「お久しぶりです。最近はどうですか？」

「お、おう、どうって言われてもな、別に普通」

「もうすぐファンタズムの公演も終わりですね」

「そっちかよ！　思い出させせんじゃねぇよ悲しくなるから！」

微笑む穏やかさんに、彼は痛恨《つうこん》の一撃を食らったかのように叫びました。

ファンタズム？　聞いたことないし分からないけど、公演とか言ってるから大道芸《だいどうげい》とか劇団とかそういうのだと思います。そういう人達が国から国を渡り歩く時は大抵護衛依頼が出るので、公演が終わりっていうなら依頼ボードで名前を見る日が来るんでしょうか。

　護衛とか一度やったことあるけど、依頼人に我儘《わがまま》言われたし一日中移動で身体が痛くなったので余りやりたくないです。

「……その、公演の終わりぐらいに、祭りがあんだが」

「この国ってお祭り多いですよね」

「小さいの数えるとな。いや、そうじゃねぇ」

　それにしても穏やかさんって結構周りと話したりします。

　冒険者同士の情報交換って凄く大事だし、繋がりを持っておくのも大切です。一刀とか獣人とかはやらないけど、三人のパーティが周りの力なんて必要ないのに孤立しないのって穏やかさんのお陰なのかも。

「その祭りじゃ、男が女を踊りに誘うんだよ。だから俺も、あー、魔王の子をだな、誘おうかと思ってんだ」

「一緒に踊ると恋人同士になれるってジンクスとかがあるんですか？」

「あっちゃ悪ィか‼」

　行動だけ見てると意外と冒険者らしい人なんです。本当に意外だけど。

　だから俺たちも受け入れられるっていうか、冒険者のこと舐めてんじゃないかってムッとするとか、そういう反感は湧きません。むしろ本人が冒険者に見てもらえない事を不思議がってるって噂も聞いたことがあります。そんな無茶な。

「でも、良い切《き》っ掛《か》けになりそうですね」

「だろ！　そこで一つ相談があんだが……」

「はい」

「その、女を踊りに誘った事なんざねぇし、どう誘いや良いかをな……！」

途端にギルド中から、「乙女チック冒険者！」と囃したてる声が上がりました。

それに怒鳴り返している冒険者を尻目に、オレはテーブルの上に顎を乗せながら穏やかさんを眺めてました。確かに穏やかさん、女性の扱いに慣れてそう。遊んでるって意味じゃなくて、男として完璧なエスコートを見せてくれそうって意味で。

同じ祭りで同じく誰かを誘おうと画策《かくさく》してるのか、何人かの冒険者が助言を掠め取ろうとじりじりそっちに近付いてました。オレはまぁ……うん……〝ワンコ君〟っていつも呼んでくれる女の人がいるけど、ちょい気になってるけど、そんな……さ、誘うのもありかなぁ……。思わず全力で耳を澄ませます。

「そうですね……君の言葉で誘うのが一番だと思いますけど」

「あんな繊細《せんさい》そうな子を俺みたいなのが誘っちゃ怖がらせるかもしれねぇだろうが！　そこをなんとか上手くだな、お前みてぇな奴の誘い言葉なら行けるかもしれねぇし」

穏やかさんの笑みに輝きが増してます。何で？

言い訳するみたいに早口になる相手に、穏やかさんは考えるように髪を耳にかけました。見えたピアスがちょっと意外です。ああいうのするようなタイプには見えないけど。

「なら、やっぱり普通が一番じゃないですか？」

「普通っつーと……やっぱ、俺と踊」

「I kiss your hand, Lady《お手をどうぞ》、とか」

ギルドの時が止まりました。普通とは何ぞや。

「お、お、おま……」

「あ、知りませんか？　こういう名前の曲があるんですけど、前に劇団のヴァイオリン担当の方が弾いてたんです」

「は……え？」

「魔王の子も当然知ってるでしょうし、こういった劇にありそうなシチュエーションは好きだと思いますよ。普通に誘うよりは勝率が高いかも」

「……、…………え？」

不思議と物凄い説得力があるけど、オレはやれと言われてもできません。でも穏やかさんがやるとネタにすらならずに滅茶苦茶似合いそうです。凄い。

言われた相手は呆然としながら、順番が回ってきた依頼の申し込みにふらふらと行ってしまいました。穏やかさんは微笑んでそれを見送って、何事もなかったかのように依頼ボードの前に歩いていってしまいます。

ほのほのしてるのに、時々こういうのを突っ込んでくるから油断できません。知らずピンッと立ったまま凝り固まった耳の根元をぐにぐにと揉みます。

「ふぁ……」

欠伸をしながら、上体を反らして伸びをしました。

やっぱり今日は買い出しのほうが良いかもしれません。ちょっとダルさも残ってるし、良い機会だし剣も研ぎに行こうかな。

「あ、やっぱり前の子ですよね」

噎せた。

「大丈夫ですか？」

「だ、がふっ、だいじょ、げっほ、大丈夫です！」

スッとテーブルに触れて、此方を見下ろす姿に思わず直立しました。

直後気付いたのはピリピリとした感覚で、それがギルド中から此方に向けられた視線の感覚だっていうのを数秒経ってようやく気付きました。こんだけ注目浴びてて、あの三人はよく普通でいられるなと、身を以て体験した今となっては物凄い尊敬してしまいます。

音もなく微笑まれて、あんまり縁がない静かな笑い方に緊張して視線をずらしてしまいました。

周りは面白がってニヤニヤしてます。ちくしょうめ！

「今日は依頼を受けないんですか？」

「はいッ、できそうな募集もなさそうなんで！」

ちょっと不思議そうな顔をされました。何故。

「じゃあ、ちょっとお時間頂いても良いでしょうか」

「お願いしゃっす！」

反射的に答えると、可笑しそうに笑われました。

混乱のまま勢いで答えたけど、一刀のリーダーとか凄いですし、話せるなら普通に話したいです。

周りから見られてるのは居心地悪いけど。

向かいに座った穏やかさんに促されて、さっきまで座ってた椅子にまた座ります。もう背筋はまっすぐです。ついでに尻尾もまっすぐです。

「残念でしたね、弟子入り」

「いえ！　その、本当にできるとは思ってなかったので！」

「もしできたら多分、イレヴンに凄く苛められると思いますし、言い方は悪いですけど良かったかもしれません」

赤が印象的な蛇の獣人を思い出します。

あの人は凄く気まぐれっぽいです。一人でギルドに来た時とか、穏やかさんの噂してると「何ソレ」って言いながら会話に入ってきて聞いてたかと思うと、話の途中で「それ聞いたことある」ってどっかに行ったりします。

日によって態度が変わることもよくあって、でも穏やかさんと一緒だと愛想良いです。勝手なイメージだけど、蛇の人達って怒らせると何されるか分かんないイメージがあります。

「冒険者になった二年前から一刀の噂は聞いてて、最近初めて見て浮かれてたので、何かもうつい……！」

「いえ、気にしないでください。ジルも時々あるって言ってたし、気にしてませんよ」

「良かったです！」

やっぱり時々あるのかと、納得して頷いた時でした。

こっちを見ている穏やかさんが、ふと小さく首を傾けます。

「俺よりベテランなんですね。すみません、前に見た時は正直なったばかりかと」

「よく言われるから大丈夫ッス！」

冒険者にしては変に貫禄《かんろく》のある一刀と獣人を見慣れてれば当然だと思います。

あの二人とは比べられたくないです。申し訳なさそうな穏やかさんに必死に大丈夫だと訴えます。

駆け出しに間違われるのも本当です。割としょっちゅう勘違いされます。

「落ち着きがないとか、余裕がないとか、Cランクらしくしろとか言われますし！」

「あ、同じランクなんですね」

マジかと思いました。

「だから、余計に一刀に憧れてまして！」

「だから、ですか」

不思議そうな穏やかさんに、上がるテンションのままに尻尾がブンブンと揺れます。

とにかくあの太刀筋に強く憧れてるけど、それだけじゃありません。冒険者としての威圧感というか、あのいかにも強者《つわもの》みたいな振る舞いにも凄く憧れます。

オレはただでさえ若くて舐められることが多いので、せめて強そうな空気が出せれば舐められるのも減りそうだし。

「危なそうな雰囲気の大人の余裕が凄く格好良いです！」

品良く噴き出されました。何故。

その後もオレが一刀の憧れてる部分を話す度、穏やかさんは微笑んで聞いてくれました。ちょっと震えてたような気もするけど、やっぱり身内のこと褒められるのはくすぐったいのかもしれません。

穏やかさんは凄く聞き上手でした。オレが一方的に話しても全然嫌そうな顔しないし、話をかぶせたりもしないし、もっと言いたいことがあると促してくれます。

凄くたくさん話したいことが話せて、ギルドにいる冒険者も少なくなった頃、満足感にほくほくしているオレにふいに穏やかさんが口を開きました。

「君の冒険者としての理想がジルなんですね」

「そうッス！」

テーブルの上に置いた手をするりと組んで、穏やかさんが微笑みました。

「そんなジルと対等な位置に俺がいること、どう思いますか？」

思わず固まりました。思ったのは、一刀が下とは言わないんだってこと。

穏やかさんがリーダーで、一刀がメンバーで、普通なら上下で表しても全くおかしくありません。人としての上下関係って訳じゃないけど、やっぱりリーダーの指示には従うことが多いし。

でも、自分を上って言っても誰より許されそうな人が対等って言っているのが、ちょっともう訳分かんなくなってきました。助けて。思わず耳もへたれます。

「それ、は」

向けられた瞳は清廉で、嘘は許さないみたいで、ごくりと唾を飲み込みます。

溢れる冷や汗をそのままに周囲を見れば、同じく冷や汗を流した面々に一斉に顔を逸らされました。あ、やっぱりこれって穏やかさんに試されてるっぽい。尻尾は完全に椅子の下に丸まりました。

「し……っ」

「し？」

普通は、気に入らないとか思うんだと思います。

だって見るからに冒険者っぽくないし、上位者の空気は凄いけど強者っぽくはないし、金で一刀雇ったって噂が流れるのも納得できそうだし。憧れてた人の隣にそんな人が居るなんて許せないって思う人も出ると思うんです。

オレは決意して、椅子を蹴り飛ばしながら立ち上がって叫びました。

「しっくり来ます!!」

でも穏やかさんだとしっくり来るんだから全力で問題ないと思います。

途端に「それは無ぇだろ」みたいな視線が集まりました。やっちまった感が凄いです。どうしよう。恐る恐る穏やかさんを見れば、いきなり立ち上がったオレにちょっと驚いたみたいで、でも引かずに柔らかく笑ってくれました。

「そうですか」

穏やかさんはちょっと嬉しそうにそう言って、良かった良かったと立ち上がります。

そして話に付き合ってくれて有難うと礼儀正しく去っていきました。特に受けたい依頼はなかったみたいです。

一体何だったのかと固まる俺に、ふいに近くにいた冒険者が近付いてきました。ぽんっと肩を叩かれます。

「お前すげぇ遊ばれてたな」

ただの話し合いで遊んでくる余裕がオレも欲しいです。


その後、穏やかさんは時々声をかけてくれるようになりました。

そのお陰か他の冒険者たちにも顔を覚えられて、メンバー募集の時に声をかけてもらえる事も増えました。万々歳《ばんばんざい》です。

ただ一つの失敗といえば、一刀を連れてる穏やかさんが改めて声をかけてくれた時でした。そういえば名乗ってなかったなと、呼び掛けようとしてちょっと不便そうな穏やかさんに堂々宣言してしまいました。

「犬って呼んでください！」

普通に名乗るつもりが、一刀を前にして滅茶苦茶テンパりました。

「じゃあ、犬くん。質問があるんですけど、犬の獣人って」

普通に受け止められました。強い。

でもそのまま質問を続ける穏やかさんの後ろで、一刀も獣人もドン引きながら此方を見ていました。泣きたい。質問に答える声も思わず消えてなくなりそうになった程です。

「それで、こっちの回復薬の製造には嗅覚が重要らしくて……犬くん？」

「はいッ、犬です!!」

半泣きの俺をやっぱり何も気にしない穏やかさんは、ある意味一刀より強いなと思いました。

後の世にいう怪盗《かいとう》である

〝人ならざる者達の書庫〟を進むなか、リゼル達は何層かに一回は巨大本を見た。

どれも次の階層に進むには攻略が必須であり、避けては通れない。本の中にはリゼルの知るものも知らないものもあり、何度か失敗しながらもせっせと攻略を進めていた。

「〝盗まれしバシネット公爵の至宝《しほう》〟」

「リーダー読んだことある？」

「いえ」

そろそろボスに辿り着かないだろうかと、そんな頃だ。

何度目かの巨大本を前に、三人はさてどんな内容だろうかと首をひねっていた。前回の巨大本は〝マルケイドの興り〟、本の主要人物を相手に交渉を成立させなければならないという、内容に直接関係がないような試練だった。

流石は深層というべきか、今回も恐らく似たような条件になるのだろうが。

「フィクションは難しいかもしれませんね」

「何でだよ」

「登場人物にどんな設定でも付けられるので」

「設定？」

「えーと……〝さいきょうのびけい〟に容姿で勝て、とか」

極端な例だが、可能性はゼロではない。

納得したような、したくないような。嫌そうな顔をしたジル達にリゼルは可笑しそうに笑い、さて抱えきれない大きさの本の表紙を見下ろした。

読んだ覚えのない本だが、題名を見る限りミステリーか。犯人を追い詰める憲兵、または少しアウトローに情報屋、それとも巻き込まれた一般人として謎を解くのかもしれない。

「主人公の助手とかになれたらどうしましょう」

「なんかリーダー嬉しそう」

「本マニアにしか分かんねぇ何かがあんだろ」

リゼルの語るロマンは、ジルとイレヴンには全く分かってもらえなかった。

そして三人はいつもの態勢へ。リゼルとイレヴンが後ろに回り、ジルが本を開く。そこから光が漏れ出すのも、達成すべき条件が浮かぶのもこれまでどおりだ。

しかしいざ光る文字で示された条件に、三人は何とも言えない顔をしながら見知らぬ場所へ飛ばされる事となる。


光が晴れ、目に入ったのは何処かの森の中。

木々の隙間から遠く、豪奢な屋敷の屋根が見える。空はまだ明るく、太陽の高さを見るに昼時か、それとも少し過ぎた頃か。

「おい、確認」

「俺オッケー」

「俺もです」

ひとまず自分達に何も起きていない事を確認した。

服装は装備のまま。武器も取り上げられておらず、持ち物は空間魔法の中のものまで変わらず残されたままだ。道ですらない木々の中、三人は無言で顔を見合わせる。

正確には、ジルとイレヴンがリゼルを見た。

「泥棒《どろぼう》側でしたね……」

心なしか残念そうだ。

何せ本の表紙に現れた文言は【変装能力を与える。誰も傷つける事なく華麗に至宝を盗み出せ】。題名に〝盗まれた〟とあるのだ。本の主役はそれを見つけ出す側であるのは間違いなく、恐らく物語も既に盗まれた後から始まるのだろう。

つまりは前日譚《ぜんじつたん》。内容によっては盗み出した手法すらはっきりとした描写はないかもしれない。

「変装能力って？」

「変装できんだろ」

「だからどうやってって話」

夢見たロマンを失い、少しばかり黄昏《たそがれ》るリゼルの横でジル達が検証を始める。

どうやって発動するのか。三人共使えるのか。イレヴンが上着を脱いで適当に振ってみても変わらず、ジルが剣を握って以前どこかで見た非常に質の良い片手剣に変わらないかと念じてみても変化はない。

「つうかてめぇ本業だろ。普通に盗ってこいよ」

「元じゃん、元。何人か殺して良いならできっけど」

「傷つけんなって出てたじゃねぇか」

「だァって宝が何かも何処にあんのかも分かんねぇし」

その時、自分なりに納得ができたらしいリゼルが平常を取り戻してジルを見た。

その視線にどうしたのかと眉を寄せるジルの前で、何かを考えていたリゼルは一度だけ目を瞬く。

手を胸に当て、パッと裾を払うように動かしてみせれば。

「おっ、変わった！」

「ジルになってますか？」

「服だけな」

あれ、とリゼルが自身を見下ろせば黒衣《こくい》に包まれた自らの身体。

サイズは大きすぎるという事がなく丁度良い。こんな感じなのか、と胸元の細いベルトを触りながら、強そうに見えるだろうかと姿勢を正す。

「似合いますか？」

「似合わねぇ」

「つうかリーダー黒が似合わねぇ」

容赦なくこき下ろされた。

「本当はジル本人に変わる予定だったんですけど」

「何でだよ」

「ニィサン量産しようとすんの止めて」

「変身じゃなくて変装だし、服だけしか変わらないのかも」

リゼルが再びパッと服を払ってみせれば、元の装備に戻る。

恐らく服装、およびその服装に対応した装飾品が加わる程度か。ジルに変装しようと彼の持つ大剣はリゼルの腰になかったので、そういった直接身なりに関係のない道具などは増えないようだ。

「何でお前は変われんだよ」

「きっと、変装後の姿をはっきり思い浮かべたのと」

「と？」

「華麗さを追求してみました」

ジルとイレヴンが真顔でリゼルを見た。

「ほら、条件には〝華麗に盗み出せ〟ってありましたし」

「そういやあったたっけ……」

つまり、全力で格好つけろという事だ。

嫌そうな顔をするジルの隣で、イレヴンは楽しんだ者勝ちだろうと開き直ったらしい。生き生きとリゼルと相談を始めている。

「えー、俺どうしよっかな」

「指を鳴らしてみるとか」

「あ、良い良い！　最ッ高に華麗！」

そしてイレヴンは爆笑しながらも、腰元で腕を振り下ろすように指を鳴らした。

直後、瞬きの間にイレヴンの服装が変わる。身に纏うのはやはりジルの装備。何でだよ、という
ジル本人の視線を二人は気にしない。

「うわ、堅苦しッ」

「最上級の装備だし、着心地は良い筈ですけど」

「それは良いんスけど、なんかイヤ」

再び指を鳴らせば元の姿へ。

これは楽しい、と二人はぽんぽん姿を変えながらもジルを見る。

「ほら、ジルも」

「……」

「すっげぇ嫌そう」

「じゃあ俺達が華麗な合図を考えてあげますね」

揶揄うように笑うリゼル達に、彼は好きにしろと丸投げした。


「じゃあ作戦会議を始めましょうか」

「やっとかよ……」

「あー、楽しかった」

リゼル達は森の中を少し移動し、腰を下ろせそうな場所を見つけて話し合いを開始した。

　適当な岩だったり倒木だったりに腰かけながら、さて何から始めようかと各々思考を巡らせる。何せ、圧倒的に情報が足りない。

「まず、あそこの屋敷がバシネット公爵の屋敷なのは間違いないでしょう」

「他に建物ねぇしな」

「異議なーし」

「ならまず、あそこで情報収集です」

　近くに村も住居もない。

　物語の中でも本当に存在しないのか、巨大本の意図によって今回は省かれたのかは分からないが、ないものは仕方ない。そして、人里離れた屋敷で情報収集をするには潜入するしか手はないだろう。

「使用人とかに紛れてみるとか？」

「いえ、知らない顔はすぐにバレます。紹介なく新人として入るのも難しいですし」

「なら商人か」

「価値でごり押しすりゃいけっかも」

　リゼル達はポーチもその中身もそのまま持っている。

　貴重な魔物素材、魔物という存在がいなければ〝遥か遠い地に住む幻獣の鱗〟などで興味を引けば良い。迷宮の宝箱から出た装飾品などもあるし、何だったらリゼルが同じく宝箱から出した高級ティーセットシリーズもある。

「俺かリーダー？」

「ジルは商人に見えませんしね」

「できる気もしねぇな」

「じゃあ俺行く。良い？」

「お願いします」

ならば早いほうが良いだろうと、イレヴンは胡坐をかいていた岩の上から飛び降りる。

そしてパチンッと指を鳴らせば、流れの商人でもそれなりに身綺麗《みぎれい》な姿へ。馬も欲しいがないものは仕方がない。ポーチから大きめの鞄を取り出して肩にかける。

「狙うのって公爵？」

「いえ、いれば公爵夫人で。取り次いでもらえる確率が高いです」

「りょーかい」

イレヴンがポーチから幾つもアクセサリーを取り出して鞄へと詰め替えていく。

きちんと専用のケースに入っているものばかりだが、宝箱から出る装飾品は基本的に剝き出しだ。もしや昔の盗品だったりするのだろうか、とリゼルとジルはそれを眺めていた。

「じゃ、行ってきまーす」

「俺達も行きますよ」

「情報の受け渡しどうすんだよ」

「あ、そっか」

三人は森を抜け、隠れて屋敷の周りを一周回って情報の受け渡し場所と方法を確認する。

そして気負いなく使用人用の裏口へと歩いていったイレヴンを、リゼル達は特に心配なく見送って作戦会議を再開させるのだった。


彼女は屋敷で働いて二年目のメイドだった。

その日、たまたま裏口がノックされたのに気が付いた。食材の搬入《はんにゅう》でも来たのかしらと扉を開ければ、立っていたのは鮮やかな赤毛を持つ一人の男。

「どなた？」

「商人です。ご夫人と約束してた」

「あら？」

そんな予定があったかしら、と彼女は困ったように眉を下げた。

少し待っているように告げてメイド長を探す。今は洗い場にいる筈、と向かえば目当ての姿を見つける事ができてほっと息を吐いた。

そして商人の来訪を伝えれば、やはりそんな予定はないという。怪訝な顔をするメイド長を連れ立って裏口に戻れば、商人の男はしまったとばかりに手にしたメモを覗き込んでいた。

「あの……」

「ああ、申し訳ない。こちらが間違っていたようで」

聞けば、隣町の女主人を訪ねる予定だったという。

彼女は胸を撫で下ろし、メイド長も苦笑を零した。けれど、随分と困ったような商人が遠慮しきった様子で口を開く。

「何とかお目通りできませんか。今日手ぶらで帰っちゃ、大旦那に怒られてしまう」

「そうは言ってもね」

「きっと、気に入って頂ける品がある筈ですよ」

そう言いながら、商人が勝手口に並べ始めた装飾品に二人は目を奪われた。

見た事もない洗練されたデザイン、ふんだんにちりばめられた宝石の数々。どれを見ても一級品で、こんなもの屋敷の公爵夫人ですら持っていないだろう。

美しいものをこよなく愛する公爵夫人だ。伝えれば、きっと通すよう指示がある。

「ね、お願いします」

赤い瞳が細められ、弧を描く。

唇の端が吊り上げられた表情は甘えるようで、しかし酷く蠱惑的だった。彼女もメイド長も目を奪われる。すぐに愛想の良い顔に隠れてしまったそれを、惜しんでしまう程に。

「ああ、もしかして、客人がいらっしゃって忙しかったり」

「っいえ、今日はこの後、公爵を訪ねてくる方がいるだけで」

「そうですか。なら、少しだけでも。他では決して扱いのない品ですよ」

伝えるだけ伝えてみる、と機嫌を良くしたメイド長が去る。

彼女もまた、人の世のものとは思えない品の数々に目を奪われていた。あれは、これは、と説明を請うては、物語のような逸話が語られるそれらの数々に夢中となる。

商人が後ろ手に弾いたメモに、気付く事は終《つい》ぞなく。

「うっさん臭《くせ》ぇな」

「あそこまで礼儀正しく振る舞うイレヴンは新鮮ですね」

「お前見て覚えたんだろ」

それで胡散《うさん》臭いと言われるとリゼルとしては非常に複雑なのだが。

屋敷の裏口が見える位置にリゼル達は隠れていた。残念ながら声は聞こえないが、身振り手振りが普段と全く違うイレヴンの事はよく見える。

その完全に作り上げた、人の好さそうな笑みさえも。

「あ、何か来ました」

てんっとリゼル達の前で何かが跳ねた。

それは丸められたメモ。重石《おもし》代わりだろう、中に小石が包まれているそれを慎重に広げる。

「〝こうしゃくに客くる〟」

殴り書きのそれに、リゼルはふむと一つ頷いた。

「イレヴンらしいです」

「あ?」

「乗っ取って成りきれっていう事だと思いますよ」

微笑むリゼルに、よく悪知恵《わるぢえ》が働くものだとジルは呆れたように視線を流した。

成りきって入り込み、そこで早々に盗み出せという訳ではない。リゼル達はリゼル達で公爵から情報収集をという事だ。屋敷の主人と女主人とでは持ち得る情報がまるで違う。

そして、商人と客人の通される場所も。屋敷内のマップの把握は必須、ならば有効な手立てではあるのだが。

「どう考えてもやり口が強盗だろ」

「流石は元プロです」

「華麗判定アウトじゃねぇの」

「美女に変装して通り道にでも倒れてみますか？」

二人は戯れるように言葉を交わしながら、屋敷の裏口から正面玄関へと回りこんだ。

この屋敷に繋がる道は一本のみ。それが正面玄関から伸びる道だ。森の中に敷かれた道は曲がりくねって見通しが悪く、リゼル達が動くにうってつけでもある。

「花売りでも演じてみましょうか」

「は？」

「え？……あ、そっちじゃなくて」

「ああ、あれか」

言葉どおりの花売りに縁がないのは、ジルのガラの悪さを思えば分からないでもない。

それにしても発想が荒《すさ》んでるなぁ、とリゼルが苦笑しながら歩くこと少し。屋敷が屋根しか見えなくなった頃、そろそろ良いだろうかと二人は足を止めた。

ここなら何をしても屋敷からは見えないだろう。隠れて客人を待つ。

「イレヴン、華麗に頑張ってるでしょうか」

「いまいち華麗の定義が分かんねぇな」

「どうなれば失格、とか知りたいですよね」

迷宮の仕掛けなので空気を読んでくれるとはいえ、お陰ではっきりした達成条件も失敗条件も分からない。今回はなかなかの長丁場《ながちょうば》になりそうだと、そんな事を話していた時だ。

「おい」

「来ました？」

ふいに顔を上げたジルに、リゼルも木の陰から道の先へと目を凝らす。

木々の向こうから姿を現したのは馬に乗った一人の紳士だった。身なりからして、それなりの地位を持つ者だろう。まぁ好都合かと、リゼルはパッと服を払ってみせた。

ふわりと現れたローブがたなびく。フードを調整し、しっかりと顔を隠した。

「本当に通用すんのかよ」

「どうでしょうね」

怪訝そうな顔を隠さぬジルに、リゼルは悪戯っぽく笑う。

そしてジルから花束を受け取った。睡眠花の花束だ。不思議と見覚えのある気がするそれに、本で見たのだろうかと首を傾げつつ馬との距離を測る。

「やる事が強盗な分、演出はしっかりしないと」

そのままリゼルが一歩踏み出しかけ、ふと振り返った。

「これ、生花《せいか》ですよね。近々どなたかに渡す予定が？」

「お前にな、本中毒《ブックジャンキー》」

〝人ならざる者達の書庫〟で大量の本を目の前にしながら読めない鬱憤《うっぷん》を晴らすかのように、最近は読書に拍車のかかるリゼルだった。


紳士は、ぴんと伸びた背筋で欠伸をかみ殺す。

足場の悪い森の中では馬も速度を落とさねばならず、のんびりとした歩みに揺られている所為かどうにも眠気に襲われる。しかしだらしない姿を見せる訳にはいかないと、ゆるく首を振った。

目的の屋敷まではすぐ。後少しの辛抱《しんぼう》だと、眺めていた地面から道の先へと視線を上げる。

「？」

すると、前方に此方へと歩いてくる者が一人。

ローブを目深《まぶか》にかぶった姿からは、男か女か判断がつかない。道の先には彼の目指している屋敷しかなく、その帰りなのだろうかと帽子に手を乗せて挨拶を送ろうとした時だ。

あちらが歩みを止め、呼び止めるように片手を上げた。その片腕には花束が抱えられている。

「どうも」

「こんにちは」

馬を止め、挨拶をすれば返ってきたのは男の声だった。

馬上から望める、そのローブから覗く喉元には喉仏《のどぼとけ》。成程、確かに男なのだろうと見下ろしていれば、ちらりと見える男の唇が弧を描く。

「あちらのお屋敷を訪ねられるなら、この花束を。公爵夫人のお好きな花です」

紳士は、ははぁと納得したように頷いた。

公爵家を訪ねる上客《じょうきゃく》を相手に、花売りが上手い商売をするものだ。確かに手土産の一つや二つ、たとえ最初から用意していようとも、花束ならば〝さて良いかもしれないな〟と手を伸ばす者も多いだろう。

「商売上手な事だ」

「有難うございます」

紳士も例に違《たが》わず、銀貨を渡そうと布袋へ手を伸ばす。

すると、ふいに目の前の男がローブのフードを取った。目が合い、数秒の間呼吸を忘れる。

「美しい花でしょう?」

アメジストの瞳が細められ、柔らかな笑みを描く。

それは紳士から見ても気品に富んでいて、もしや向かう先の公爵子息にでも遊ばれているのではないかと勘繰ってしまう程であった。

しかし、この年頃の子がいるなどとは聞いた事がない。

「香りも素晴らしいんですよ」

花束から一輪、引き抜かれて差し出される。

無理強いはせず、差し伸べられただけのそれを紳士は流されるままに受け取った。鼻下《びか》に運べばふんわりと香る甘やかな香りは、不思議と思考が融《と》かされる程に香り高い。

「公爵様とはご友人ですか？」

「いいや、私の事業に手を貸してくださった方でね」

「では、素晴らしい業績を残せたご報告に？」

「ああ、全く……公爵が、交易路《こうえきろ》を開いてくれた、おかげだ……」

おや、と紳士は首を振る。

酷い眠気に襲われていた。元々眠気はあったのだが、花の香りで気が緩んだのだろうか。

「それは、公爵様も再会を楽しみにしていらっしゃる事でしょう」

「ふふ、実は、直接の面識は……」

ぐらりと頭が揺れ、彼の意識はそこで途切れた。


客間のテーブルの上には、煌びやかな宝石の数々。

「奥様、客人が到着なさいました」

「あら、そう」

出迎えた公爵夫人を相手にセールストークを口にしていたイレヴンは、扉の向こうから寄越された声に内心〝おっ〟と呟いた。

どうやら無事にリゼル達が屋敷入りできたようだ。そう考えながら客に興味のなさそうな公爵夫人を見る。イレヴンにとってリゼルの失敗こそ有り得ない事なのだから、客が来たというならそれが二人である事を疑いはしなかった。

「私の挨拶は必要かしら？」

「恐らくは必要ないかと……」

「なら、必要になったら声をかけてちょうだい」

そして、扉の前からメイドが去っていく。

公爵夫人は気を取り直したかのようにテーブルの上に置かれたネックレスを手に取り、ほうっと感嘆の息を吐いた。

「まぁ、本当に綺麗だこと」

「そうでしょう」

愛想良く頷けば、公爵夫人もイレヴンを見る。

部屋には彼女とイレヴンの二人しかいない。本来ならば有り得ない事だろうが、彼女がそう望んだのだ。この為に商人役に立候補したのだから上出来だ、とイレヴンは目を細めて笑みを描く。

「今日、貴女にお会いできて良かった。元々伺う予定だった女主人は、貴女に比べれば随分と容姿が……」

「あら、ふふ、この美しい品々が可哀想よ」

「はい、本当に」

品の良い貴婦人には、少々刺激が強いかもしれないが。

「お美しい」

恋というには色を孕み、性的というには欲を感じさせない。

そんな笑みに、公爵夫人は再びほう、と感嘆の吐息を零す。それがテーブルの上で輝くアクセサリーの数々へ向けられたものでないのは誰が見ても明らかだ。

しかし、それを咎める者も窘める者もこの場にはいない。ゆっくりと体を毒が巡るように、じわりじわりと時間をかけて彼女は心を侵された。

「ああ、そういえば」

だからこそ、そろそろ良いかとイレヴンは唇を開く。

「職業柄、見る目を養うのも大切で。先程廊下で見た絵画を、ぜひもう一度見せて頂けないかと」

「うふふ。なら、差し上げましょうか。主人に頼んであげるわ」

「いえ、物には相応しい場所があるでしょう。見せて頂けるだけで十分です」

頭湧いてんな、この女。

そんな内心を隠して、イレヴンは見事屋敷内をうろつく口実を手に入れた。大変機嫌の宜しい公爵夫人は離れないだろうが好都合、良いように誘導して案内させれば良いだろう。

ちなみに廊下を歩いている途中、中庭を挟んだ向かいの窓にリゼルとジルの姿を見付けた。公爵らしき男と朗《ほが》らかに握手を交わす姿に〝上手く行っているようで何よりだ〟と頷き、やけに触れてくる公爵夫人の手を甘受《かんじゅ》する。

一瞬、ジルの呆れ半分同情半分の視線が向けられた気がしたが、気の所為ではないのだろう。

公爵と暫くの歓談を楽しんだリゼルは、ふと思い出したかのように口を開いた。

「失礼、馬に忘れ物を。奥様にお渡しする花束をお持ちしたんです」

「おお、それは有り難い。良ければ取りに行かせよう」

「いえ、気難しい馬ですので。怪我をされては大変です」

そう告げて席を立てば、快く送り出される。

護衛役であるジルを引き連れ、使用人に案内されるままに玄関へ。そして門前まで同行しようとする使用人に断りを入れ、二人で繋いである馬の元へと向かった。

「よくあんだけ話せんな」

「探り探りですけど」

知らない人物に成りきって、全くボロを出さないリゼルにジルが呆れたように告げる。

面識はないとはいえ、相手は事業に投資した本人だ。業績などは全て把握されているだろうに、リゼルはその辺りを上手く避けて会話を続けている。

主にジルが会話のネタにされたが。放浪していた元軍人、過去に最強の名をほしいままにしていた男を護衛にしたのだと。その名のとおり、武人でもあった公爵も酷く興味を惹《ひ》かれたようで、思った以上に会話は弾んでいた。

「お、来た来た」

「イレヴン、お疲れ様です」

「疲れたァー」

馬の傍に寄れば、近くの茂みからイレヴンが顔を覗かせた。どうやら首尾《しゅび》は上々らしく、深入りを避けて商人として何事もなく引き上げてきたようだ。

馬を宥め、鞍につけた荷物を漁るフリをしながら小声で情報交換を開始する。

「女のほうはシロ。持ってる宝石類にそれっぽいのナシ」

「収穫なしです。中央から東寄りは把握しました」

「西はほとんど歩けたかな」

「一番手強そうなのが公爵、問題はねぇ」

各々、手に入れた情報を並べ立てていく。

誰にも傷をつけないという条件上、強行突破ができないので隠れて動く必要がある。そうなると至宝の場所の把握は必須なのだが、実際はその正体すら分からない。

リゼルも何度か話の流れを作ったが、全て躱されてしまった。

「厳重に隠されてますね。公爵しか存在を知らないくらい」

「それが分かっただけ収穫だろ」

「火でもつける？」

「傷つけんなっつうのは何処行ったんだよ」

リゼルは荷物から花束を取り出す、フリをしてポーチから取り出した。香りを吸わないように注意しながらそれを抱え、ふむと一つ頷く。

「なら、本人に案内してもらいましょう」

「あ、やっぱ火」

「つけません」

それが確実なのにと不貞腐れるイレヴンに、リゼルは一つ頼み事をする。

それににんまりと笑って了承してくれた彼は、基本的に派手好きなのだろう。


それはリゼルが公爵との歓談を再開して暫く経った頃だった。

部屋の外がにわかに騒がしくなる。どうしたのかと部屋にいた三人がそちらを見れば、ふいに扉がノックされた。

公爵に促され、使用人が入室してくる。その手には一つの封筒。

「公爵様？」

「どうした」

使用人が口元に手を当て、公爵へと耳打ちした。

そして手にしていた封筒を渡す。それを受け取って中を見た公爵の顔が、途端に険しくなった。

「公爵様」

「失礼、今日はここまでにしよう」

立ち上がる公爵に、リゼルも合わせてソファから腰を上げる。

「もしや何か」

「いや」

「何でもないという お顔ではありません。私にできる事がありましたら」

心配だ、という顔を露わにリゼルはそう告げた。

しかし公爵は申し出を受け入れないだろう。何せ手紙の内容は公爵家の至宝に関するもの。これまで隠し通してきた存在なのだ、容易に吹聴《ふいちょう》はできまい。

だが、それ程までに価値があるものなのも確か。何としても守らねばならない。事情は話せないとはいえ人手は欲しいだろう。

「言えないようでしたら、せめて私の護衛だけでもお傍に。もし貴方に危険があるようならば、何卒」

「……有難い、借り受けよう」

苦渋の決断だ、とばかりに顔を歪める公爵にリゼルはジルを見た。

一度頷いてみせ、胸に手を当てて退室の礼をとる。そしてジルを残し、先程と同じ使用人に見送られて屋敷を出た。

そのまま馬を歩かせること少し、屋敷の玄関が見えなくなった頃。

「何て書いたんですか？」

「【今宵、公爵家に隠された至宝を盗みに参ります】」

馬の隣を歩き始めたイレヴンの言葉に、リゼルは耐えきれず笑みを零した。

「華麗ですね」

「でっしょ。あ、馬どうすんの？」

「持ち主の傍に繋いでおいてあげましょう」

馬を下りて、とある紳士を眠らせている場所へと向かう。

それに続いたイレヴンが見たものは、身なりの良い男が毛布の上で花束を抱えながら安らかに眠る光景。一歩間違えれば葬儀《そうぎ》に見える。毛布はリゼルの好意だし、花束は起きないようにという配慮ではあるのだが。

「これで公爵、動いてくれんスかね」

「あの屋敷で一番の手練《てだ》れが公爵なら、まず動いてくれるとは思いますけど」

一番の戦力を、最も守りが必要な場所に配置するのは自然な事だ。

つまり公爵が守りを固める場所こそ、目的の至宝が隠されている場所。実力だけならば宛がわれるのはジルなのだが、流石に初見の相手を信用しきる事はないだろう。

それでも重要度の高い侵入経路を任されはする筈だ。そこでの潜入の手助けと、それまでの内部の状況把握をジルには任せてある。

「日が落ちるまで、もう少しありますね」

「マップでも照らし合わせてよっか」

「そうしましょう。あ、あと衣装とかも」

「装備黒くする？」

「似合わないのに」

二人は笑い合い、密かに屋敷の裏手へと戻っていった。

空が闇に覆われる。暗い森の中、その屋敷は明かりを灯し続けていた。中からは不思議な騒めきと緊張感が漂う。賊が来るようだ、明かりを絶やすなと誰もが警戒心を募らせていた。当然、屋敷の裏手にも警備の手は回されている。

だが、その警備の目を潜るように移動する影が二つ。

「二、一、今」

イレヴンの囁きに合わせ、リゼルは窓の下をこそこそと通り過ぎた。

流石というべきか。イレヴンがとても頼もしい。二人で黒い布を被り、夜闇を移動する。

「ニィサンは？」

「あの窓です」

あらかじめ示し合わせた潜入経路は屋敷の東端。尖塔《せんとう》への入り口だった。

この場所はジルが警護を頼まれている場所からほど近い。人の目が届きにくいからこそ宛がわれたのだろうが、お陰でリゼルとイレヴンも比較的容易に辿り着く事ができる。

目当ての窓を見付け、こそりとイレヴンが中を覗き込んだ。

途端、中から窓が開かれる。イレヴンがすかさず中へと入り込み、リゼルも腕を引っ張られながら潜り込んだ。

「来たか」

「公爵は？」

「変わんねぇ、自室にいる」

護衛の服を身に纏ったままのジルが、窓際にしゃがみながら小声で告げた。

リゼルもイレヴンも外から見えぬようしゃがみ、顔を突き合わせる。ジルを一人残して屋敷を出た後も、度々隠れて情報のやり取りはしていた。屋敷の中の状況も大体は把握できている筈だ。

「自室っつうと？」

「二階の奥」

「なら上って屋根に出んのが楽かな」

「ドキドキしますね」

楽しげなリゼルにジルは呆れ、イレヴンは笑って同意した。

それらを華麗にこなさなければならないのだから、楽しみにもなるだろう。夜を待つ間、リゼルとイレヴンによる華麗な演出を求めたディスカッションも苛烈《かれつ》を極めた程だ。

最終的に決め台詞まで決まった。大切なところだ。

「行きましょうか」

「よっし」

「あ、ジルも変装してください」

ジルは顔を顰め、しかし諦めたように手を持ち上げた。

額から髪へ、指を差し込んで掻き上げると同時に護衛の服がいつもの装備へ変わる。

「うん、華麗です」

「華麗ー」

「うるせぇ」

三人は尖塔の壁をなぞるように存在する螺旋階段を上る。

そして高さが屋根の上を過ぎた頃。開けっ放しの木窓から外を窺えば、地上を行き来する灯りが一つ。これならば問題ないだろうと、イレヴンが窓からその身を乗り出した。

飛び降りながらも音もなく着地した彼に、リゼルは素晴らしいと拍手を送る。フリだが。

「これって音を立てちゃ駄目なんですよね」

「だろうな」

とはいえ高さはそれほどでもない。

リゼルは石の窓枠を跨いで乗り越え、上半身を尖塔の中に残しながら身体を下ろしていく。ジルに襟首を引っ摑まれながら、何とか屋根に触れた爪先に安堵の息を吐いた。

そのまま踵をつけ、一歩離れる。そこにジルが腕力に物を言わせて無音で着地した。

「意外とバレねぇもんだな」

「素人があんだけ気ィ張ってりゃ上はまず見ねぇし」

視野が狭くなるから、とイレヴンは言いたいのだろう。

成程、とリゼルも頷いて移動の為に腰を浮かせかけた時だった。ふいに玄関のほうからゴン、ゴンとノッカーで扉を叩く音がする。足元の屋敷が一気にざわめきを増した。

「あ？」

「誰か来ましたね」

「んな気配……」

ふいに、悲鳴混じりの声が届く。

「失礼しまっすいーーきなり武器向けられたーーワタクシ虚弱《きょじゃく》な形《なり》をしておりますが隣町で巡回兵をやっておりまして迷ってしまったところを道をお尋ねしたいと思い寄らせて頂いた次第でありまして……ええ、誤解なんです、本当に……何の変哲もない巡回兵なので……ええ、申し訳ない……」

「兵士かァ」

「タイミング悪ぃな」

「あいつに全部被ってもらう？」

そう話し合うジルとイレヴンが、ふいに黙り込んでいるリゼルに気が付いた。

リゼルはじっと声の方角を見つめている。足元の騒ぎに気を取られた様子もなく、どこか愕然とした様子で瞳を揺らしていた。

怪訝に思ったジルがどうかしたのかと口を開きかけた、その瞬間。

「聞いてません」

リゼルが真顔で二人を見た。ジル達は思わずびくりと肩を跳ねさせる。

「リーダー？」

「主人公です」

「あ?」

「虚弱の巡回兵シリーズだなんて聞いてません」

リゼルがもそもそと屋根の上を移動し始める。

方角は公爵の部屋。まぁやる事やるなら良いかと、ジル達もそれに続いた。

「詰んでます」

「何で?」

「だって、あの巡回兵ですよ」

「お前が大ファンだっつう事しか伝わってこねぇよ」

「彼が俺達を見逃す筈はないです」

三人は公爵の部屋の真上に辿り着く。

屋敷内の警備は、珍妙《ちんみょう》な迷子に集中しているのだろう。イレヴンがバルコニーに下りても気付かれる事はなく、彼はカーテンの引かれた室内を隙間から覗き込んだ。

公爵も玄関での騒ぎにそちらへ向かったのだろう。部屋の中には都合よく誰もいない。

「ラッキー、居ない居ない」

「下りんぞ」

「彼が来るって知ってれば、こんな雑な盗み方なんてしなかったのに……」

何かを拗《こじ》らせて落ち込んでいるリゼルを抱え、ジルもイレヴンに続いてバルコニーに下りた。そして部屋へと潜り込む。

そしてイレヴンがすぐさま見付けたのは、本棚を装った隠し扉。その発見までの手際はまさにプロの所業だった。ジルも呆れれば良いのか感心すれば良いのか分からなくなる程だ。

「ん、それっぽいケース見っけ」

「鍵がねぇな」

「あー……本人の魔力がないと駄目なタイプかも」

「面倒臭ぇな、これごと持ってくか」

「華麗判定的に駄目じゃねぇ?」

ふいに脇に抱えられたままのリゼルが一つの指輪を差し出した。

ジルには見覚えがある。公爵との面会の際、わざわざ指につけていたものだ。上流貿易商を気取る為かと思っていたが、こういう時の為だったのだろう。多少ポンコツになってても優秀なんだよな、とジルは密かに思った。

「魔石です。少しですけど公爵の魔力が入ってます」

「お、さっすがリーダー……まだ落ち込んでんの?」

「俺は、偶発的《ぐうはつてき》な発見も運命的なひらめきもなく、ひたすら地道な作業を繰り返して事件を解決する彼を尊敬してるんです。それが、こんな偶然に頼ってしまうなんて」

「偶然そいつが来なくても何とでもしただろ」

「そうなんですけど」

「このタイミングでそいつが来んのも本の内容なんじゃねッスか」

「そうなんですけど」

本マニアが何やら面倒臭い事を言っている。

とはいえこの〝人ならざる者達の書庫〟では、リゼルが本マニアだからこそジル達が大層楽をしている事も事実。二人には全く共感できないが、マニアなりに許せない何かがあるのだろう。

イレヴンがケラケラと笑いながら魔石に指輪を翳せば、カチリと中で何かが動く音がした。ゆっくりと中身が姿を現していく。

「王冠かァ」

「ちょっと待ってください。彼を相手に犯行を成功させる自分なんて解釈が、んむ」

「いいから行くぞ」

「成功させねぇと話が始まんねぇのはリーダー的に良いの？」

そしてリゼルは抱えられたまま口まで塞がれ、屋敷を脱出するまで無力化された。

こうして公爵の至宝を盗み出した三人は無事に巨大本から解放され、ボスへと続く階段へと導かれる事となる。ちなみに決め台詞は言い忘れた。


後日、リゼルがアスタルニア中の本屋を回って手に入れた同本について。

公爵家の至宝は、その国の消された歴史そのものであった。本物の王族は今はなく、残された王冠だけがその事実を知る。それを華麗に盗みとった者こそ、失われたとされていた王族の末裔《まつえい》だった。

屋敷への訪問をきっかけに盗人の共犯者扱いされた主人公は、どうにか誤解を解こうとその存在へと辿り着く。追い詰め、何故盗んだのかと問いかける彼に、盗人はこう答えた。

『あんたと遊んでみたかったのさ、巡回兵《ヒーロー》』

酷く嬉しそうに笑い、王冠を投げて返した彼は捕まる事なく姿を消す。

リゼルは本の登場人物に滅多に感情移入する事はないのだが、その台詞には思わず共感せずにはいられなかったのだった。

あとがき

自分はずっと目隠れ属性持ちだと思っていたのですが、最近はどうにも目隠れに限らず、顔面が四割か五割以上覆われている事に心ときめくのではと気付きを得ました。

目隠れとはいえ片目の医療用眼帯はトキメキ指数が低めにも拘らず、それが顔面の半分近くを覆う形状の眼帯ですと高め。ワイヤーのような中身の覗ける獣用の口枷《くちかせ》にはトキメキ指数が低めにも拘らず、それが口元を完全に覆い隠しているとトキメキ指数が非常に高め。むしろ全部隠されているともうワッショイワッショイ状態です。

この属性を何と言うのかと、新たな自分の発見に呆然としております。

以前にも目隠れについて語らせて頂きましたが、以降に某ゲームにて某キャラクターの登場があり、目隠れ属性を持つ者への熱い風評《ふうひょう》被害が横行するのでは……と戦々恐々《せんせんきょうきょう》としていたところ全然そんな事はなく。ピンポイントで某キャラクターへの風評被害（おおむね事実）に落ち着いている事実に、皆様の御心の広さを感じて感涙《かんるい》を禁じ得ない岬です。お世話になっております。

さて、今巻ではリゼルのペットが初登場しました。

ケセランパサランです。ケサランパサラン派の方、申し訳ございません。

このケセランパサランは特に特別な方法で幸せを運んでくれる訳ではありません。今の所、増えるばかりで消える事もないようです。最近は増殖も収まっているようで、リゼルの実家の書庫で今日も元気にふわふわしている事でしょう。

ペットが元気で過ごしてくれている、それだけでも十分幸せな事だと思うので、リゼルにとっては幸せを運んでくれる何かに変わりありません。でも休暇世界には神様も精霊もいないから何かは結局分からない、そんなケセランパサラン。きっとリゼルは白いふわふわを見つける度にペットを恋しがっている筈です。

そういえば今回は休暇の癖に珍しく続き物の体裁をとってしまいました。ぜひ、次の巻もお手にとって頂ければ幸いです。

今巻もまた、たくさんの支えがあってこの本を皆様へお届けする事ができました。

ガイドブックにコメントを寄せてくださったさんど先生。にやにやしながら拝見いたしました。そして小説家として素晴らしい賞をお取りになった編集様。それでも変わらず構って頂けるのが畏《おそ》れ多くて幸せです。まさかここまで続けさせて頂けるとはＴＯブックス様。

そして、本書を手に取ってくださった皆様へ。有難うございました！

二〇二〇年六月　岬

リゼル、奔走!?

サルス周遊のさなか
リゼルの刻苦の理由とは——?

穏やか貴族の休暇のすすめ。9

2020年　7月1日　第1刷発行
2024年10月1日　第2刷発行

著　者　岬

編集協力　株式会社MARCOT

発行者　本田武市

発行所　TOブックス
〒150-0002
東京都渋谷区渋谷三丁目1番1号　PMO渋谷Ⅱ　11階
TEL 0120-933-772（営業フリーダイヤル）
FAX 050-3156-0508

印刷・製本　中央精版印刷株式会社

ISBN978-4-86699-004-0

Printed in Japan